DÖRLEMANN

Barbara Trapido

Fliegender Wechsel

Roman

Aus dem Englischen
von Uda Strätling

Mit einem Nachwort
von Rachel Cusk

Dörlemann

Die englische Originalausgabe *Brother of the More Famous Jack* erschien 1982 bei Victor Gollanzc Ltd., London. Die deutschsprachige Ausgabe erschien erstmals 1996 bei der Ernst Kabel Verlag GmbH, Hamburg. Das Nachwort wurde übersetzt von Christina Müller.

Für den Blick hinter die Verlagskulissen:
www.doerlemann.ch/newsletter

Neptunstrasse 20, CH-8032 Zürich
verlag@doerlemann.ch
GPSR-Kontakt: Schöffling & Co. Verlagsbuchhandlung GmbH,
Kaiserstraße 79, D-60329 Frankfurt am Main
info@schoeffling.de

Covermotiv: © Robert Patrick Puckett
Covergestaltung und Satz: Lara Flues, Kampa Verlag
Gesetzt aus der Stempel Garamond LT / 1. Auflage 2025
Druck und Bindung: GGP Media GmbH, Pößneck
Auch als E-Book erhältlich
ISBN 978-3-03820-173-1
www.doerlemann.ch

Für Stan, Elaine und Susan

Da ich kein besseres wüsste, bediene ich mich zur Einführung eines Vorworts von Jacob, das ich, heimlich, vor fünfzehn Jahren las, als es auf dem Frühstückstisch der Goldmans zwischen den verschütteten Cornflakes lag:

> »Guten Gewissens«, heißt es dort, »kann ich meiner Frau kaum, wie es an dieser Stelle üblich ist, für hilfreiche Bemerkungen zum Manuskript, fürs Gegenlesen oder die Übernahme der Fahnenkorrektur meinen besonderen Dank aussprechen, und zwar schlicht und ergreifend deshalb, weil Jane nichts dergleichen getan hat. Sie liest selten, und wenn doch, dann keinen meiner Ergüsse. Gemessen an den überschwänglichen Danksagungen, die ich in den Vorworten meiner Geschlechtsgenossen lese, muss ich mich für ausgesprochen unklug in der Wahl einer Frau halten, die sich standhaft weigert, Lektoratsarbeiten gratis zu leisten. Da der gute Ton trotzdem verlangt, dass ich ihr für irgendetwas danke, danke ich ihr stattdessen also für die angenehme Überraschung, sie unverändert an meiner Seite vorzufinden, etwas, das zu erwarten ich mir im Verlauf von nunmehr bald zwanzig Jahren zu keiner Zeit angemaßt hätte.«

Die Ehe der Goldmans zeichnete sich unter anderem dadurch aus, dass Jacob von Janes hartnäckiger Selbststilisierung zur Haus- und Landfrau abwechselnd erzürnt und entzückt war. Und das wiederum hatte fraglos einen Einfluss auf die Wege, die ich einschlug.

I

Ich begegnete Jacob Goldman erstmals, als ich kurz vor Schulabschluss zum Aufnahmegespräch an der Londoner Universität erschien, an der er lehrte. Ich kam von der vornehmen Schule im Norden Londons, an die meine Mutter mich, unter großen Opfern, geschickt hatte. Als Witwe eines Gemüsehändlers mit leidlich gut gehendem Geschäft hatte sie sich in der Hoffnung »eingeschränkt«, dass ich mir auf diesem Wege den entsprechenden Akzent und Schliff aneignen würde, um in den richtigen Kreisen verkehren zu können. Da es Eltern jedoch nicht erspart bleibt, enttäuscht zu werden, erlebte sie eine Enttäuschung, und zwar insofern, meine ich, als ihr Opfer mir stattdessen recht brauchbare Abschlussnoten bescherte und einen Studienplatz bei Jacob. Jacob, charismatischer linker Philosoph aus dem East End, las mit beachtlicher und bestechender Eloquenz transzendentale Dialektik, die Cockney-Stimme volltönend und mit Verschlusslauten durchsetzt wie die eines Klempnergesellen. Er war in der labyrinthischen viktorianischen Alma mater Philosophieprofessor und wurde für mich bald Vaterfigur und Vorbild. Ich hatte Lord David Cecils Beschreibung seiner »Bude« in Oxford gelesen; Jacob unterhielt sich mit mir in Räumlichkeiten, denen derartiger Glanz auch mit der größten Phantasie nicht anzudichten gewesen wäre. Das Gespräch fand in einer Art türloser Besenkammer statt.

»Lassen Sie mich gleich die Karten auf den Tisch legen«, sagte er. »Ich habe Sie hergebeten, weil die Beurteilung

Ihrer Schule so ungünstig ist, dass sich bei mir der Verdacht regt, Sie könnten Ihren Lehrern einiges voraushaben. Ebenso gut könnten Sie aber auch eine etwas zu sehr von sich selbst eingenommene Renegatin sein. Was trifft Ihrer Meinung nach zu?« Unter den schwarzen Rosshaarbrauen funkelte mir ein Blick entgegen, den ich als feindselig auffasste. Das war natürlich lange vor jenem denkwürdigen Tag, als ich ihn einen Trupp regendurchnässter Zeugen Jehovas in seine Küche bitten sah, denn in Wirklichkeit war er die Güte selbst. Die furchterregenden Haare, die sich aus seinem offenen Hemdkragen kräuselten wie vorquellende Sofapolsterung, konnten es durchaus mit seinen Augenbrauen aufnehmen. Ich muss auf wenig gewinnende Weise mit den Achseln gezuckt haben. Wie hätte ich ihm auch erklären sollen, was mit mir war? Wie sehr ich mich von dem ängstlichen Wunsch getrieben fühlte, zu gefallen, und mich doch hartnäckig außerstande sah, dabei anderen Wertmaßstäben genügen zu wollen als den meinen? Da andere meine Wertmaßstäbe offenbar nicht teilten, schien die ganze Sache recht aussichtslos. Wohl weil ich die erhoffte Anerkennung nicht fand, trieb ich im verzweifelten Versuch, sie vonseiten der Erwachsenen zu erzwingen, die Dinge gelegentlich auf die Spitze.

»Manchmal gebe ich an«, sagte ich.

»Ich auch«, sagte Jacob.

Mag sein, dass ich an meiner Schule zu den Renegaten gehörte, obwohl ich dabei unfehlbar höflich blieb und mich kaum schlimmerer Vergehen schuldig machte, als während des Ethikunterrichts unter der Bank James Joyce zu lesen, den Sport grundsätzlich zu schwänzen und die Feinheiten der Kleiderordnung zu missachten, kurzum alle Zwänge des Schullebens zu unterlaufen, die mir für das Lernen unerheblich schienen. Lernen, wie es mir immer vorgeschwebt hatte, lernte ich bei Jacob. Jacob identifizierte sich offensichtlich bis zu einem gewissen Grad mit Renegatentum; er hatte, wie ich viel später erfuhr, im Laufe einer schwierigen Jugend einmal vor einem milden Tory-Richter gestanden. Ich vermute, es war die liberal-konservative Haltung des Jugendrichters, die Jacob – in Bezug auf Toryismus und verwandte Übel – lehrte, die Sünde zu verdammen und nicht den Sünder. Darin war er sehr gut.

»Erzählen Sie mir mal, was Sie gern lesen«, sagte er, überließ mir das Feld und steckte sich eine seiner widerlichen, proletarischen Zigaretten mit einem Streichholz aus einer großen Haushaltsschachtel an. Zu meiner rückblickenden Beschämung muss ich gestehen, dass ich ihm, unter anderem, erklärte, dass man Wordsworth »ein gewisses Talent nicht absprechen könne«, dass ich Christus als utopischen Sozialisten sähe und dass mir der Sex bei D. H. Lawrence nicht gefiele. Ich neige leider dazu, meine grundlegende Scheu durch gelegentliche Bravourstückchen zu kompensieren, auch wenn ich das heute etwas besser im Griff habe.

»Meiner Frau auch nicht«, sagte er zu meiner nachhaltigen Verwunderung. »In ihren Augen handelt es sich weniger um Erotik als um Exhibitionismus. Aber muss man – verzeihen Sie, das ist eigentlich nicht mein Gebiet – ihm nicht dennoch einen gewissen Pioniergeist zugutehalten? Finden Sie es nicht ein klein wenig undankbar, aus der Vergangenheit gelernt zu haben und sich dann zu mokieren?«

»Mag sein«, sagte ich. »Aber ich bin nicht gerne gezwungen, für irgendetwas dankbar zu sein.« Jacob nahm das mit einem ermutigenden Schmunzeln hin.

»Zugegeben, ich habe nie kostbaren Jadenippes an den Kopf gekriegt«, sagte er. »Mir ist Heinz' Ochsenschwanzsuppe in der Dose um die Ohren geflogen, aber das hat natürlich nicht annähernd die gleiche symbolische Aussagekraft.« Ich verhedderte mich dann noch im Gestrüpp des einzigen philosophischen Werkes, das ich je gelesen hatte: eine Billigausgabe von Bertrand Russell, die ich auf dem Camden-Town-Flohmarkt vermutlich zu dem alleinigen Zweck erstanden hatte, meine Mutter zu ärgern, die Angst hatte, ich könnte mich zum Blaustrumpf mausern und nette junge Männer abschrecken. Dabei erschreckten vielmehr mich die Männer, aber natürlich bedingte sich beides gegenseitig. Wie schon Robert Frost sagt: »Es gibt nichts, was ich mehr fürchte als furchtsame Menschen.« Schließlich erzählte ich Jacob noch, dass mein Lieblingsroman *Emma* sei. Er erlaubte sich die spöttische Bemerkung, dass der wenigstens keinen Sex enthielte. Sex war, was ich nicht ahnen konnte, eines von Jacobs Lieblingsthemen. Ich wurde rot und sagte aus lauter Verlegenheit etwas hitzig: »Natürlich gibt es in *Emma* Sex. Mrs Weston bekommt ein Kind; es ist die Rede davon, dass das Baby bald aus der ersten Garnitur Mützen herausgewachsen sein wird, erinnern Sie sich nicht? Und Babys entstehen nicht ohne Sex, oder?« Jacob ließ ein umwerfendes rabelaisisches Lachen hören und lud mich auf einen Kaffee ein, den wir am Ende des Korridors aus einem Automaten zogen.

»Also, Kindchen«, sagte er, als ich mich verabschiedete, »diejenigen, die zum Studieren herkommen, tun es auf Kosten des britischen Steuerzahlers. Ich erwarte von meinen Leuten, dass sie sich reinknien. Wenn nicht, gebe ich mir alle Mühe, sie rauszuschmeißen.«

In den Sommerferien kriegte ich den Bescheid – Jacobs höchstes Kompliment an mich: Die Fakultät würde mich auch mit nur Dreien genommen haben.

2

Bald darauf machte ich bei Dillon's die Bekanntschaft eines Mannes namens John Millet.

»Von Konfitüre und Lyrik allein?«, raunte er mir ins Ohr. Ein Wildfremder. Er sprach mich zwischen den Büchertischen mit den Sonderangeboten an. Er sprach reinstes BBC-Englisch, und sein Lächeln war süffisant. In dem Einkaufsnetz, das ich über die Schulter geschlungen hatte, lagen ein Glas Kirschmarmelade und ein John-Donne-Taschenbuch. Ich wurde knallrot, eingeschüchtert von seinem klischeehaft guten Aussehen, denn John Millet wirkte, als wäre er einer Reklame für Austin-Reed-Hemden entstiegen. Er trug modisch helles Leinen, und aus seiner Brusttasche ragte ein zerknautschtes Päckchen Gauloises.

»Sie sollten achtgeben, dass ich Sie nicht noch einmal zum Erröten bringe«, sagte er und genoss meine Verlegenheit. »Es beißt sich mit Ihrem Aufzug.« Ich hatte an diesem Tag einen überdimensionalen lila Pullover an, einem Fußballtrikot nachempfunden, denselben, den ich zu meinem Aufnahmegespräch mit Jacob getragen hatte. Er reichte mir, der damaligen Mode entsprechend, bis knapp über den Po. Und schräg über einem Auge, tief ins Gesicht gezogen, trug ich einen kleinen selbst gehäkelten Hut. Kleider sind meine große Leidenschaft, sie sind für mich ungemein wichtig, und mir gelingt oft ein recht überzeugender *Vogue*-Effekt. Einmal, als ich die Tottenham Court Road überquerte, ließ eine Gruppe japanischer Fotografen ihre Auslöser klicken. Es schmeichelte mir sehr, sie allein durch mein Flair bewegt zu haben, todesmutig dem Verkehr zu trotzen. Folklorestil gefällt mir besonders. Ich mag Russenkittel und raffinierte Strickmuster. Ich bin imstande, ganze Panoramen in meine Pullover einzustricken. Ich beherrsche Litzen- und Perlenstickerei und versehe Manschetten und Mieder gern mit Pikeestepperei.

John Millet gab sich in jenem Sommer, und das zu Recht, unbekümmert als Mann in den besten Jahren. Am besagten Nachmittag machte er mit mir in einem weißen Alfa Romeo eine kleine Spritztour, am Embankment entlang zur Tate Gallery, in dem nämlichen Wagen, in dem er kürzlich die Alpen überquert hatte. Er war Architekt und eben nach vier Jahren Rom zurückgekehrt. Sonnengegerbt stand er zwischen den glatten, kieselweißen Henry Moores. In der Souterrain-Cafeteria mit den bezaubernden Wandmalereien verwöhnte er mich mit Donuts und sprach von der Portland-Vase. Vor der Bukolik der Wände sah ich den Rauch seiner Gaulloise aufsteigen und dachte romantisch an Hirtenjungen mit Panflöte. Drei Tage später erklärte er einem Friseur am Sloane Square, wie er mir die Haare zu schneiden hatte.

»So will ich es, so«, demonstrierte er.

Ich sah zu, wie mein Haar in hellen Büscheln zu Boden sank. Das Ergebnis, das musste selbst ich zugeben, war frappierend. Mit meinem so gut wie nicht vorhandenen Busen und meinen schmalen Hüften hatte ich jetzt etwas aufreizend Androgynes. Ich verließ den Laden mit hoch erhobenem Kopf, unwillkürlich nach der blanken Streitaxt tastend, die ich an meinem Schenkel wähnte.

»Schon besser«, meinte er und fuhr mir mit dem Daumen die bloßgelegte Kuhle im Nacken entlang. Er blieb in seinen Berührungen stets höflich zurückhaltend. Wir speisten in einem italienischen Restaurant, wo er vor meinen Augen einen erschütternden Teller zitronenbeträufelter Schnecken verschlang, während ich mit meiner Pasta kämpfte. Meine Kenntnis ausländischer Küche beschränkte sich zu diesem Zeitpunkt auf die Überzeugung, dass Paprika im Eintopf diesen ungarisch machte, Fruchtcocktail aus der Dose hingegen karibisch.

»So musst du es machen«, sagte er und demonstrierte mit Gabel und Löffel nach römischer Art. Als ich mit dieser Methode einen Klumpen von der Größe eines Kricketballs auf meine Gabel bugsiert hatte, war er entzückt von dieser Demonstration jugendlicher Naivität.

»Noch nicht ganz«, befand er mit blitzenden Augen. »Die Florentiner schaffen es mit der Gabel allein. Ich verbringe übrigens ein paar Tage bei Freunden auf dem Land«, sagte er. »Würdest du mich begleiten?« Das Olivenöl auf meinem Kinn reichte vollkommen, um mir das Gefühl zu geben, verwegen bacchantisch zu sein.

»Ja«, sagte ich. »Ja. Ja.« Von den verwaisten Räumen seines Gemeinschaftsbüros in Hampstead aus rief er bei seinen Bekannten an.

»Jane«, gurrte er, »meine einzige Lady Jane, darf ich eine Bekannte mitbringen?« Ich hockte neben ihm auf dem Schreibtisch und hörte jedes Wort mit. Seine Freundin sprach mit den berühmten Murmeln im Mund und antwortete nach kurzem Zögern argwöhnisch.

»Du weißt, dass ich kein geselliger Mensch bin, John«, sagte sie. »Würde mir deine Bekannte gefallen, was meinst du?«

»Unbedingt«, antwortete John. »Dafür kann ich mich verbürgen.«

»Und noch etwas, John, wenn ich so frei sein darf«, sagte sie. »Kämt ihr, diese Bekannte und du, ›zusammen‹ oder solo?« John lächelte mir Mut zu, während mir ganz heiß wurde vor Aufregung. Jetzt gab es kein Zurück mehr.

»Zusammen«, sagte er.

Meine Mutter traf nur einmal auf John Millet. Am Tag, bevor wir nach Sussex aufbrachen. Er verursachte ihr mit Verzögerung einen Ausbruch von Empörung.

»Er ist schwul«, sagte sie, stolz auf ihren untrüglichen Instinkt für alles Abweichende. »Die Welt ist voller netter junger Männer. Warum musst du mit einer alten Schwuchtel umherziehen?«

3

Das Haus gleicht, von der Straße aus gesehen, einer der Idyllen, die die Schachteln von Puzzlespielen zieren, jahreszeitlich umzingelt von hohen Stockrosen. Solche, die du als Kind auf einem Tablett zusammengesetzt hast, als du mit Masern im Bett lagst. Wir sind im tiefsten Sussex, unweit von Glyndebourne. Wir sind in der Landschaft Virginia Woolfs. Mrs Goldman ist in ihrem Gemüsegarten, reißt sich jedoch los und kommt uns entgegen, als sie uns sieht. Sie setzt einen Kartoffelkorb und einen Salatkopf ab und nimmt Johns Hände zwischen ihre.

»Liebster John«, sagt sie. »Wie schön, dich wiederzusehen. Du siehst wie immer blendend aus, aber ich will es dir nicht verhehlen: Du wirst langsam grau.« Ihre Worte sind eine vornehme Mischung aus Upperclass-Vokalen und lispelnden Sibilanten.

»Du bist schwanger«, sagt John vorwurfsvoll, die Hände immer noch zwischen ihren gefangen. »Du warst schon schwanger, als ich abgereist bin.« Sie lacht ihn an.

»Aber nicht ganz so schwanger wie jetzt, oder?«, meint sie. Jane Goldman trägt diesen indiskreten Bauch des letzten Schwangerschaftsdrittels vor sich her, wenn das Kind sich schon mit dem Kopf nach unten gedreht hat. Sie steht gewaltig in klobigen Gummistiefeln da, in die sie die Beine einer uralten Cordhose gestopft hat. Die Hose hat sie unter einem Männerhemd mit Pyjamaband zusammengebunden, weil der Reißverschluss sich nicht mehr über dem Bauch schließt. Einzelne Haarsträhnen stehlen sich aus einem dunkelbraunen Zopf. Sie hat das Gesicht einer Madonna. Ein verhaltenes, ironisches Lächeln liegt darauf, das ihre Wangen mit Grübchen versieht, und sie ist mit unglaublich blauen Augen gesegnet. Eine verwahrloste Burne-Jones, wahrhaftig, in Gummistiefeln.

»Neugeborene haben so drollige Beinchen«, sagt sie zu ihrer Verteidigung. »Was für einen herrlichen Pullover du da hast, John. Mit welchem Glanz du unsere bescheidene Hütte doch immer erfüllst.« John Millet hat seinen Torso in einen makellosen himmelblauen Nickipullover gehüllt, mit leicht gepufften Ärmeln, die in gerippten Bündchen zusammenlaufen.

»Darf ich dir Katherine vorstellen«, sagt er. Jane Goldman blinzelt mich im grellen Licht aus kurzsichtigen blauen Augen an.

»Freut mich«, sagt sie, reicht mir die Hand und schenkt mir ihr Lächeln.

»Weshalb hast du dir die Haare wachsen lassen?«, fragt John besitzergreifend. »Diese schwerblütige teutonische Frisur. Sie gefällt mir nicht.« Jane lacht.

»Weniger Frisur«, sagt sie, »als Vernachlässigung. Da musst du dich an meine Tochter halten. Dort drüben, Rosie. Ist sie nicht hübsch?« Sie zeigt vage in die Richtung, wo eine langbeinige, dunkle Neunjährige mit einer Freundin aus einer Gartenbank und einer Reihe staubiger persischer Teppiche ein Zelt baut.

»Deine Kinder ziehen deine Erbstücke in den Schmutz«, sagt John. Jane betrachtet ihre weltliche Habe mit bewundernswerter Gleichgültigkeit.

»Was du hier an Erbstücken siehst, würde meine Mutter sofort wegschmeißen«, sagt sie. »Wie geht es dir, John? Hast du dich gut amüsiert?« John spricht nicht über sich. Er zieht Formen und Artefakte vor.

»Du bist mich nie besuchen gekommen in Rom«, sagt er. Sie lächelt nachsichtig.

»Hast du schon einmal darüber nachgedacht, was es kosten würde, die Goldmans nach Rom zu verfrachten?« antwortet sie. »Außerdem zieht Jake Tagestouren nach Worthington vor. Er mag keine Auslandsreisen.«

»In Worthington stinkt's nach Seetang«, sagt John. »Dein Mann ist verrückt. Du hättest ihn hierlassen können.«

»Das hätte ich sehen wollen«, sagt sie. »Und sind nicht die besten Leute immer verrückt?«

»Dein Garten ist noch besser geworden«, sagt er und bewundert das Gewucher verwilderter, sich selbst aussäender Blumen.

»Ich kümmere mich nicht um ihn«, sagt sie. »Ich verbringe meine Tage nur noch zwischen Kohlköpfen. Wir hatten heute Morgen erst einen Wortwechsel diesbezüglich, Jake und ich, wenn du's genau wissen willst. Er behauptet, ich würde zu viel Zeit darin verbringen.« Sie lacht kurz auf. »Was er wirklich meint, ist, dass er eine anständige Ehefrau braucht, die ihm seine Manuskripte tippt und ergeben seinen Schimpftiraden bei der Lektüre der Sonntagszeitung lauscht.« John lächelt.

»Wie geht es Jake?«, fragt er.

»Prächtig«, sagt sie und verleiht dem Eingeständnis einen verschwörerischen Unterton. »Ich möchte sogar sagen, es läuft alles in seinem Sinne. Das würde er dir gegenüber natürlich niemals zugeben, der alte Schmierenkomödiant. Er leidet so gern. Er grummelt schon das ganze Wochenende über seinen Korrekturfahnen. Morgen trägt er sein jüngstes Werk nach London.« John findet ganz offensichtlich Trost in der Erkenntnis, dass seine Freunde sich nicht verändert haben. Er braucht sie unverändert.

»Gehen wir hinein«, sagt sie. »Er wird sich unbändig freuen, dich zu sehen.«

»Und die Kinder?«, fragt John noch artig, während wir langsam aufs Haus zu wandern.

»Wachsen und gedeihen«, sagt sie. »Roger und Jont sind wahre Riesen geworden, mit tiefen Stimmen und Quadratlatschen. Roger treibt sich irgendwo herum. Jonathan ist wie immer angeln, aber er wird wohl zum Lunch auftauchen. Eigentlich sind sie unverändert. Roger ist hinreißend, und Jonathan macht nur Ärger. Ebenso hinreißend, aber macht eben nur Ärger. Rosie ist ein reizendes Geschöpf, aber träge und verwöhnt. Ich habe den Verdacht, dass sie sich darauf versteht, die Herren der Schöpfung für sich einzunehmen«, sagt sie. »Jacob jedenfalls ist ihr hoffnungslos verfallen. Sie tut nichts als schwimmen und Rad schlagen. Die Babys sind eine Wonne. Kaum lästiger als ein paar Kätzchen. Können beide nicht bis zehn zählen. Erinnerst du dich an Roger mit vier, John? Wie er die Unendlichkeit entdeckte, als er am Fenster stand und MGs zählte? Plötzlich dämmerte ihm, dass die Zahlen einfach immer weitergehen. Weißt du noch, wie Jacob uns alle mitschleppte, um zur Feier des Tages das Geld für den Milchmann für süße, klebrige Kuchen auf den Kopf zu hauen? Was waren wir albern, wie?«

»Ich stehe bei Roger in tiefer Schuld«, sagt John galant und leicht ironisch. »Mit drei klärte er mich darüber auf, dass der Pottwal gelegentlich ganz gerne einen Hai vernascht, und ich habe es nie vergessen.«

»Er hat diese ganzen unglaublichen Dinosaurierbücher gelesen«, sagt Jane.

Roger Goldman hat kürzlich ein Preisausschreiben des *Observer* gewonnen, wie es scheint, für einen satirischen naturgeschichtlichen Essay, in dem er argumentierte, dass die Erde flach sei. John spielt darauf an, was Jane schmeichelt. Er hat den Essay gelesen, da er den *Observer* selbstverständlich auch in Rom bezogen hat. John Millet spricht seinen Namen nicht wie den des Malers aus, sondern wie den der Getreidesorte. Das ist typisch für seine Art wohlerzogenen Understatements. Es ist anzunehmen, dass er seine Verehrung für Jane Goldman seit gut zwanzig Jahren auf diese kavalierhafte Weise zum Ausdruck bringt.

4

Im Wohnzimmer, in der Gesellschaft zweier dunkellockiger Kleinkinder, umgeben von zerstreuten Sonntagszeitungsseiten: mein Philosophieprofessor – ein Zusammentreffen, das mir bei diesem Wiedersehen zwischen Menschen mittleren Alters ein mehr als den Umständen entsprechend marginales Gefühl gibt. Er trägt das Hemd offen und erlaubt mir somit die Feststellung, dass ihm das Haar wie eine Decke bis zum Nabel wächst. Ich halte das für eine harmlose Form von Missbildung, die er stoisch erträgt. Er posaunt John ein Willkommen entgegen und erhebt sich, sein Hemd zuknöpfend.

»Du wirst grau«, sagt er und mustert ihn leutselig. »Du siehst aus wie eine Eminenz. Nein wirklich, John, du siehst aus wie der Vorsitzende vom National Coal Board.« Er umarmt John überschwänglich, wie ein Fußballstar. John überschlägt sich nicht so, genießt die Begegnung aber keinen Deut weniger.

»Ich habe munkeln hören, dass du heutzutage im BBC auftrittst«, schlägt er zurück. »Wie geht's, Jake? Du siehst phantastisch aus.«

»Ich halte mich so einigermaßen«, sagt Jacob. »So einigermaßen.«

»Ich habe dir ein junges Ding mitgebracht«, sagt John. Behaupten zu wollen, er böte mich Jacob in irgendeiner Weise tatsächlich dar, wäre natürlich irreführend. Er gefällt sich in Andeutungen. Jacob ist ohnedies zu entschieden monogam, zu sehr auf Jane fixiert, um andere Frauen überhaupt in Betracht zu ziehen, und zu strikt in Fragen der Fraternisierung. Eher sagt John es, um sich und mich zu kompromittieren oder sich selbst eine Fiktion zu schaffen, die seinen Flirt mit Jacobs Frau legitimer erscheinen lässt.

»Das ist Katherine«, sagt Jane Goldman. Meine Anwesenheit scheint ihm nicht unangenehm zu sein.

»So so«, meint er enigmatisch. »Katherine, wie? Und das hier sind meine herzigen Kinder. Sam und Annie.« Die beiden kleinen Zwillinge haben aus sämtlichen im Haus auffindbaren Kissen einen Berg zusammengetragen und trampeln fröhlich darauf herum. An einem der Kissen ist eine Naht aufgeplatzt, und es spuckt Schaumstoffetzen auf den Teppich, der allerdings sowieso vor Kaffeeflecken und Dreck starrt. »Groß, nicht?«, sagt er. »Schon zu groß, um sie noch in Eton anmelden zu können.«

»Eines scheint allerdings auch ein Mädchen zu sein«, sagt John. »Also hör mal, Jake, deine Frau ist schwanger. Was ist eigentlich los mit euch beiden?«

»Wir ficken gern«, sagt Jacob. Das Wort plumpst wie ein Stein auf mein unschuldiges Zartgefühl, dagegen bringt es weder seine Frau aus der Fassung noch John.

»Keine Ausflüchte«, sagt John. »Ich will wissen, was mit dir los ist. Vier Kinder lasse ich noch gerade durchgehen – und ich räume ein, dass niemand hat ahnen können, dass Zwillinge dabei sein würden. Aber sechs? Wie kommst du zu sechs Kindern?« Jacob lässt sich nicht provozieren, wittert vielleicht einen Hauch unbewusster Lüsternheit hinter Johns Nachdruck.

»Ich gehe ihr eben gern an die Wäsche«, sagt er. »Ich mag sie, mein Gott noch mal. Sie ist mein gesetzlich angetrautes Eheweib.«

»Aber Katholik bist du noch nicht, oder?«, sagt John.

»Soll sie Hormone schlucken und Krebs kriegen?«, schwadroniert Jacob. »Oder soll sie sich Kupferhaken den Gebärmutterhals hochschieben lassen?« (Ich habe bis zu diesem Augenblick keinen Schimmer, dass ich so etwas wie einen Gebärmutterhals besitze, und die Information lässt mich, gewissermaßen als dunkle Vorahnung, meinen Unterleib zum ersten Mal im Lichte eines potenziellen Krisenherds betrachten.) »Vor hundert Jahren haben Frauen ihre Gesundheit ruiniert, indem sie Bleipillen schluckten«, sagt er, »und mit Häkelnadeln in sich herumstocherten. Heute ruinieren sie ihre Gesundheit, indem sie Hormontabletten schlucken und sich Kupferhaken in die Gebärmutter stopfen. Nenne es Fortschritt, wenn du magst.« Ich habe noch nie einer Erörterung von Geschlechtsteilen beigewohnt. Ich finde es erstaunlich.

»Wenn ich recht informiert bin, ist eine Geburt auch nicht eben ungefährlich«, sagt John Millet.

»Das mag wohl sein«, sagt Jacob. »Aber das Kinderkriegen ist ein natürlicher Vorgang. Netter als Pillen und Haken.«

»Du redest wie Malcolm Muggeridge«, sagt John. Er bietet Jane eine seiner Zigaretten an, und sie nimmt sie. Er gibt ihr Feuer und sieht anerkennend zu, wie sie inhaliert. Sie wirkt bei alledem erstaunlich gleichmütig und so, als verkörpere sie eine milde Ironie des Schicksals.

»Wenn du die Wahrheit willst, John«, sagt sie, »dann darfst du nicht Jake fragen. Ich bin schwanger, weil die Idee mir und ihm so köstlich erschien, als wir letzten Winter das gesamte Geburtstagsgeld der Zwillinge für ein extravagantes Gelage verprassten. Wir haben uns über gegrilltem Hummer mit Blicken verschlungen und beschlossen, unsere jämmerlichen Gummiwaren über Bord zu werfen. Ich stimme Jake zu, was die Pillen und das andere angeht.

Du vielleicht nicht, aber du hast auch noch nicht auf dem Tisch der Familienplanungsklinik gelegen. Wie auch immer, Tatsache ist, dass wir es in den nächsten Tagen büßen werden. Mein geliebter Jake wird die halbe Nacht Schüsseln für mich halten, während ich in den Wehen kotze und das Atmen verpatze, wie immer. Dann wird er die nächsten drei Jahre die Höllenqualen der Schlafgestörten erleiden, wann immer er nachts geweckt worden ist. Er wird wieder damit leben müssen, dass uns ins Bett gepinkelt wird und seine Manuskripte bekritzelt werden. Jonathan hat ihn vier Jahre lang fast jede Nacht aus dem Bett geholt. Er und Roger sind hochgradig allergisch gegeneinander. Rosie hat ihn vergangenen Sommer einen Bandscheibenvorfall gekostet. Seine gesamte Steuerrückzahlung ist für das draufgegangen, was der gute Sammy hier seinen ›doofen‹ Therapeuten nennt. Ach, wenn sie nicht einfach immer so goldig wären, John, dann wäre das alles ja nicht halb so verlockend.« John strahlt sie an.

»Ihr seid beide komplett verrückt«, sagt er. »Ich habe euch einen ganz besonderen Wein mitgebracht, von einem Weingut bei Amalfi. Ich habe ihn im Wagen.« Er hat sich inzwischen auf einem wunderschönen kleinen Stuhl mit einer Rückenlehne wie einer Lyra niedergelassen. Der Sitz ist lose, und die Beine knicken nach außen weg. Jede der Bekannten meiner Mutter würde ihn vor Jahren schon geschmackvoll in Dralon aufgepolstert haben.

»Könnte ein wenig Leim vertragen«, sagt John gemessen und untersucht die Verbindungen. »Könnte ich für euch machen, wenn ihr wollt.«

»Bitte«, sagt Jane. »Am besten noch, bevor meine Mutter nächste Woche zu Besuch kommt. An dem Stuhl hängt sie besonders. Lady Gregory hat ihn ihrer Mutter geschenkt. Sie hält es für möglich, dass Yeats mal darauf gesessen hat.« Jane Goldmans Familie ist angloirisch-patrizisch. Sie hat der Verwandtschaft zum Trotz ihren Mile-End-Juden geheiratet.

»Yeats, William Butler«, sagt Jacob. »Der allseits bekannte.« Er wendet sich mir zu, mir, die ich mich mit den Kindern zwischen die Kissen gesetzt habe. »Jane war hier auf dem Dorf mal auf einer Auktion, Katherine«, sagt er zu mir. »Irgend so ein Besucher buchstabiert dem Auktionator seinen Namen. ›Yeats‹, sagt er. ›Gates?‹, fragt der Auktionator. ›Aber nein‹, sagt Janes Typ, ›Yeats, wie der Dichter.‹ Ist das nicht komisch?«, fragt er. Finde ich offenbar, denn ich muss kichern.

Jacobs kleine Tochter hat plötzlich beschlossen, John mit ihrer ungeteilten Aufmerksamkeit zu beehren.

»Janes Baby kommt durch so ein ganz ziehiges Loch«, sagt sie. »Und nur Mädchen haben eins. Wenn du ein Junge oder ein Mädchen bist, bleibst du das immer, weißt du.« Hier wird mehr Aufklärung geboten, als mir in meinem bisherigen Leben zuteilwurde.

»Ganz recht«, sagt John im Brustton der Überzeugung.

»Und solange das Baby drinnen ist, kann es von innen an ihrer Brust nuckeln, nicht?«, sagt sie.

»Ich glaube, da liegst du vielleicht nicht ganz richtig«, sagt er ohne das leiseste Anzeichen von Belustigung. »Ich glaube, innen läuft das etwas anders.«

»Zeit für einen Aperitif«, sagt Jacob mit Entschiedenheit. »Komm mit, Katherine. Wir wollen meinen Sohn für dich auftreiben.« Er will mich vor der Fiktion bewahren, an die John Millet mir zu glauben erlaubt, dass ich zu den Erwachsenen gehöre. Im hinteren Flur, vor der Küchentür, steht ein großer Wäschekorb – wie der, in dem Falstaff untergebracht wird. Dieser quillt über vor Gummistiefeln. Sämtliche sichtbaren tragen in Marker den

Namen R. J. Goldman, vermutlich weil der Älteste, Roger, sie alle zuerst getragen hat. Es unterstreicht für mich dessen glorreiche Vormachtstellung. Am Küchentisch studiert Roger Goldman die Theaterkritiken im *Observer*, die jeansbekleideten Beine lang ausgestreckt. Er trägt auf dem hübschen dunklen Kopf ein bizarres, lappiges schwarzes Barett, das ihm die Aura eines frisch aus Wittenberg eingetroffenen Fremdlings verleiht. Er kratzt sich gedankenverloren die Schuppen am Hinterkopf, dort, wo das Haar unter der Kopfbedeckung hervorguckt.

»Ich schenke dir die Wagnerkappe, was hältst du davon?«, sagt Jacob freundlich.

»Danke«, erwidert Roger, weiter lesend und kratzend. Jacob zieht ihm das Barett über die Augen.

»Hör mal einen Augenblick auf zu lesen, ja?«, sagt er. »Ist sowieso nur der übliche Sonntagsbrei für die Lumpenintelligenz.«

»Leck mich, Jake«, sagt Roger und wird vor Ablehnung starr. Er schaut aber hoch und sieht mich. Er hat die gleichen umwerfend blauen Augen wie seine Mutter und ein ähnlich fein geschnittenes Gesicht.

»Diese Person ist Katherine«, sagt Jacob. »Eine meiner Studentinnen. Kümmere dich um sie.« Er zieht mir einen Stuhl vor. Einen Windsor-Küchenstuhl mit wackligen Stäben in der Lehne. »Mein Gott«, sagt er, »es stehen in diesem Haus mehr kaputte Stühle herum, als Sinn ergibt. Hatten wir Goldilocks zu Besuch? Wirf den hier in den Schuppen, Roggs. Gibt gute Stäbe und Querhölzchen für Crickettore her.« Als Roger sich aufrichtet, überlegt es sich Jacob anders. »Ach, lass es«, sagt er. »Für wie viele Crickettore hat denn eine einzige Familie schon Verwendung?« Er zieht einen anderen Stuhl für mich vor. »Nimm diesen, Katherine«, sagt er. »Den anderen heben wir für unwillkommene Gäste auf. Biete ihr etwas zu trinken an, Roger.« Er stellt eine halb volle Flasche Weißwein aus dem Kühlschrank und zwei Gläser vor Roger hin. Dann bringt er die harten Sachen raus ins Wohnzimmer.

Roger benimmt sich, obwohl vom Schicksal begünstigt durch sein blendendes Aussehen und das förderliche Klima der unerschrockenen Bilderstürmerei seiner Eltern, mir gegenüber so schüchtern und linkisch wie jeder andere Oberschüler. Wir interpunktieren die beklemmenden Pausen mit dargebotenen Informationsbrocken und verstecken uns ansonsten hinter der Zeitung. Roger ist, was das anbelangt, im Vorteil, aber andererseits habe ich noch nie große Schwierigkeiten gehabt, auf dem Kopf Stehendes zu lesen. Roger will für ein Jahr mit dem Volunteer Service Overseas nach Kenia, bevor er im Sommer darauf nach Oxford geht, um Mathematik zu studieren. Ich wage mich so weit vor, ihm zu sagen, dass mir seine Kopfbedeckung gefällt.

»Es ist ein deutsches Studentenbarett«, sagt er. »Es hat Jakes Vater gehört.« Jacobs Familie hat den Niedergang erlebt und ist Hitler zum Trotz wiederauferstanden. Im Stillen, etwas devot, bewundere ich das eindrucksvolle ethnische Gewirr seiner Herkunft.

»Setz es mal auf«, sagt er. Er stülpt es mir kurz über, während ich rot werde und an Schuppen denke.

»Steht dir gut«, sagt er schüchtern und nimmt es mit abgewandtem Blick wieder an sich. Draußen zerrt sich jemand ächzend die Gummistiefel von den Füßen.

»Roggs?«, sagt die Stimme. »Die Schwuchtel Millet hat eine Frau angeschleppt. Schon gesehen?« Roger windet sich vor Verlegenheit.

»Du brauchst deshalb nicht gleich so zu schreien«, sagt er etwas sehr tugendhaft.

»Mann, du Penner«, sagt die Stimme, »der Feger ist um einiges aufregender als die Weihnachtsansprache der Queen!« Er kommt rein, nachdem er die Stiefel achtlos in den Korb geschleudert hat. Auf großen, nackten Füßen; er hat seine Gummistiefel ganz offensichtlich ohne Socken getragen. Seine Augen weiten sich vor Schreck, als er mich sieht, aber er wird nicht halb so verlegen wie Roger und lacht.

»Also gut, gibst du mir deine Telefonnummer?«, blödelt er.

»Vorsicht, Jont«, sagt Roger rasch. »Sie studiert bei Jake.«

Jonathan setzt sich. »Wie? Du bezahlst tatsächlich dafür, ihm zuzuhören?«, meint er zu mir. »Roggs und ich würden bezahlen, damit er den Mund hält, stimmt's nicht, Rogsie? Eine gesponserte Sendepause, wie bei den Jungpfadfindern.«

Jonathan Goldman ist mit seinen sechzehn Jahren größer und grobschlächtiger als sein Bruder. Er hat unschönes krauses Haar, und sein bolleriger Humor überdeckt eine leicht bedrohliche adoleszente Streitlust. Er hat, bei genauerem Hinsehen, viel Ähnlichkeit mit Jacob beziehungsweise sieht – wie meine Mutter, unbelastet von meiner liberalen Zimperlichkeit, sagen würde – aus »wie ein Jude«.

»Der Millet bringt die Alten ja richtig in Fahrt«, sagt er fröhlich. »Glaubst du, er törnt Jane an?«

»Die sind doch immer in Fahrt«, sagt Roger angewidert und richtet den Blick auf einen Punkt weit hinter der Küchenuhr. »Die ganze Familie. Nächste Woche um diese Zeit bin ich auf einem anderen Kontinent.«

Die Küche ist riesig und beeindruckend schmuddelig. In einem Baked-Beans-Karton von Heinz türmt sich neben dem überquellenden Mülleimer weiterer Abfall. Die unteren Enden der Tischbeine sind am Boden mit Kleinkind-Essensresten verkrustet. Auf der Arbeitsplatte welkt neben durchweichten Teebeuteln und halb leer gegessenen Cornflakes-Schalen vom Frühstück das Grün irgendwelchen selbst gezogenen Gemüses. Außerdem entgeht mir nicht, dass sämtliche Goldmans ihre Telefonnachrichten einfach an die Wand kritzeln. Ober- und unterhalb des Küchenanschlusses sieht die Wand aus wie ein beschmierter Bauzaun. Rosie hat eine nicht zu übersehende Marker-Nachricht für ihren Vater hinterlassen: »Jake mus criss anrufen«, heißt es da. Darunter hat Jacob hingekritzelt: »Wenn criss wider anruft, sag ihm, er kan mich mal.«

5

Ich verlasse die Küche und finde Jane Goldman in ihrem Gemüsegarten dabei, Zwiebeln zu schnüren. Sie lädt mich ein, ihr dabei zu helfen, was ich auch tue. Sie meint entschuldigend, es sehe ein bisschen sehr nach William Morris aus, sei aber sinnvoll, wenn die Zwiebeln nicht faulen sollen. Für mich, als Stadtpflanze aus dem äußeren Einzugsbereich der Northern Line, sieht es geradezu nach Robinson Crusoe aus, und das sage ich ihr auch.

»Aber Knoten kann ich gut, und weben«, diene ich mich an. Mrs Goldman lächelt freundlich.

»Jake ist auch so ein Stadtmensch«, sagt sie. »Wenn er ›Northern Line‹ nur hört, kriegt er schon leuchtende Augen. Er mag die Coladosen im Rinnstein. Er mag es, nur fünf Minuten zu Fuß bis zum Everyman Theatre zu brauchen. Das hier findet er hoffnungslos rustikal.«

»Es ist sehr hübsch hier«, sage ich. »Ihr Haus. Es ist sehr hübsch.«

»Und sehr dreckig«, sagt sie. »Stört dich der Dreck, Katherine?« Ich bin auf die Frage nicht vorbereitet. Sie verlangt mir eine schnelle Entscheidung ab, und einem plötzlichen Instinkt folgend verschreibe ich mich, entgegen meiner Neigung, der Ideologie des Drecks.

»Es ist liebenswerter Dreck«, sage ich. Sie blickt fragend zu mir auf.

»Es schützt uns vor den Leuten, das Haus hier«, sagt sie. »Ich hänge sehr daran. Erzähl mir, wie du John kennengelernt hast.«

»In einer Buchhandlung. Bei Dillon's«, sage ich.

»Na, das hat wenigstens Stil«, sagt sie. »Ich habe ihn bei Woolworth kennengelernt, als ich ungefähr so alt war, wie du es jetzt bist. Es ist sehr schmeichelhaft, seine Aufmerksamkeit zu erregen, finde ich. Er meint, er hätte eine Schwäche für das Quattrocentoprofil.« Aber da taucht Jacob, der sich vorsichtig durch eine Reihe ihrer umgestülpten Marmeladengläser vorgeprescht hat, hinter ihr auf.

»Quattrocento. Von wegen«, sagt er. »Er hat eine Schwäche für Frauen mit kleinem Busen.« Wir sind wahrlich beide diesbezüglich nicht sonderlich üppig ausgestattet.

»Verrate mir mal die Details des Schlafarrangements«, sagt er. »Wo dürfen unsere werten Gäste ihre müden Häupter betten?«

»Im Gästezimmer«, sagt sie. »Roger hat es schon hergerichtet. Ich habe ihn darum gebeten.«

»Diese junge Person gehört zu meinen vielversprechendsten Erstsemestern in spe«, sagt er. Sie wechseln einen bedeutungsvollen Blick.

»Ach?«, sagt Jane. »Sieh an.« Ich winde mich innerlich vor Verlegenheit.

»Das tut mir alles sehr leid«, sage ich. »Ich wusste nicht, dass ich hier landen würde, sonst wäre ich natürlich nicht gekommen.«

»Da hast du es, Janie«, sagt er vorwurfsvoll. »Jetzt hast du dem unschuldigen jungen Ding das Gefühl gegeben, nicht willkommen zu sein. Ein klein wenig Fingerspitzengefühl ist gefragt.« Jane Goldman schenkt mir ein köstliches, verschwörerisches Lächeln, und ich fühle mich gleich viel besser.

»Verstehe«, sagt sie mit leisem Sarkasmus. »Nur zu, mein überaus taktvoller Freund. Du hast doch nicht etwa die Absicht, dich auf die Hinterbeine zu stellen?«

»Die Sache ist doch so«, sagt er. »Wir alle kennen und schätzen John als lieben Freund. Ist es nicht so?«

»So ist es«, sagt sie.

»Und wir alle wissen natürlich, dass manchmal selbst die liebsten Freunde eine Schwäche haben für Sodomie, Schweinereien, Kindesmissbrauch oder wie immer du es nennen magst.«

»Bitte, Jacob, es besteht kein Anlass zu allzu großer dichterischer Freiheit«, sagt Jane.

»Die Sache ist einfach die«, sagt er. »Ich lasse nicht zu, dass dieser alternde Homo unter meinem Dach so ganz nebenbei seinen gelegentlichen Appetit auf gegengeschlechtliche Minderjährige befriedigt. Nicht unter meinen Studentinnen. Nicht mit unserer Katherine. Habe ich mich deutlich ausgedrückt?«

Ich glaube, es ist keine Übertreibung zu sagen, dass ich an diesem Tag einen gewaltigen Schritt nach vorne tat. An dem Abend, als meine Mutter John Millet schwul nannte, hatte ich in mein Kissen geweint, aber selbst mir war auf Anhieb klar, dass zwischen dem und Jacobs Bezeichnung seines Gastes als alterndem Homo Welten lagen. Zum einen sagte er es so laut, dass die Worte ohne Scham widerhallten. Und es haftete ihnen nichts von prüdem moralischem Diktum an. Andererseits war ich nicht wenig in die Idee erster sexueller Weihen verliebt. Ich hatte John Millet zuliebe mein wunderschönes Batistnachthemd von Liberty gebügelt, ihm zuliebe trug ich meine allerfahlsten, schwindsüchtigsten Strümpfe und hohe Absätze. Mit seiner Art, wie eine Planierraupe direkt auf den Kern der Sache zuzuwalzen, bestätigte Jacob nicht nur, dass meine Mutter recht hatte, sondern legte meine Privatsphäre frei, bis ich mir vorkam wie eine orientalische Braut, deren Laken nach der Hochzeitsnacht zum Fenster herausgehängt wird.

»Vielleicht tut dir Katherine den Gefallen und erklärt sich bereit, in Rogers Zimmer zu schlafen?«, meint Jane. »Und Roggs geht zu Jonathan. Würdest du das tun, Katherine? Ist allerdings eine Todesfalle elektrischer Verkabelung.«

»Ja, sicher«, sage ich und wische damit die Ungeheuerlichkeit der Situation beiseite, zur Artigkeit erzogen, wie ich es nun einmal bin.

»Du hast dich doch nicht etwa in diesen Typen verguckt?«, fragt mich Jacob. »Es ist da doch hoffentlich nicht mehr als ein wenig Sturm-und-Drang-Romantik im Spiel? Oder?«

»Nein«, lüge ich und frage mich, was er mit Sturm und Drang meint. Jacob streut häufiger Deutsches ein. Seine Familie stammte aus dem Vorkriegsdeutschland, und deshalb gehen ihm diese Zungenbrecher recht mühelos über die Londoner Lippen.

»So ist's brav«, meint Jacob. »Sag ihm, das kann er bei sich zu Hause tun, mein Kind, und wage dich ja nicht ohne Schürhaken in sein Schlafzimmer.« Bis zum heutigen Tage ist mir nicht recht klar, was er damit gemeint haben kann, aber ich muss ein bisschen lachen, und das allein tut schon gut und entspannt. Er wendet sich wieder Jane zu. »Und werden wir heute überhaupt noch etwas essen, Janie, oder hast du uns, wie üblich, hier draußen zwischen deinen Schalotten vergessen? Mein Herz, es ist gleich halb drei.« Er zieht viel aus der Legende der Inkompetenz seiner Frau.

»Ich vergesse euch nie«, sagt sie sanft. »Doch horch, Herr und Gebieter, er naht, unser geprellter Freund. Biete doch um seinetwillen deinen ganzen Takt und dein Zartgefühl auf, tust du das?« John spaziert herbei, sich mit dem Sonntagsmagazin leicht auf den Schenkel schlagend.

»Ich dachte, du hättest dich mit deinen Fahnen eingeschlossen«, sagt er zu Jacob. Er rückt Jane unbewusst lüstern auf den Leib.

»Du riechst sehr französisch«, sagt er. Sie lachen sich an, sehr zärtlich, sehr innig.

»Blödsinn, John«, sagt sie, »das sind die Zwiebeln.«

»Ich regele gerade die Bettenverteilung neu«, sagt Jacob unerbittlich. »Du bekommst das Gästezimmer, wie es dir gemäß der älteren Vorrechte zusteht, und Katherine stecken wir zu den Kindern. Einverstanden?«

»Bitte?«, haucht John schwach und mustert uns alle der Reihe nach. »Was geht hier vor?«

»Katherine ist eine meiner Studentinnen«, sagt Jacob.

»Das weiß ich«, sagt John Millet. Das Schwein, denke ich und leide. Er hat es die ganze Zeit gewusst. Hat er es auf Publikum angelegt? Oder hat er sich, in seiner Weltläufigkeit, nicht lange damit aufgehalten? Hat er gehofft, Jane eifersüchtig zu machen, wenn er von ihr verlangte, ihre Nische in seinem Pantheon unvergleichlicher Frauen zu teilen?

»Ich habe keine Lust, mir vorwerfen lassen zu müssen, unsere jugendlichen Hoffnungsträger zu korrumpieren«, sagt Jacob kalt. »Aber wir wollen uns damit nicht den Sonntag verderben, ja? Lassen wir es auf sich beruhen.« Doch John kann auch hartnäckig sein, und, ihrer gegenseitigen Gesellschaft entwöhnt, müssen sie sich erst wieder an die Toleranz gegenüber ihren jeweiligen Eigenheiten herantasten.

»Meint dein Mann es ernst, Jane?«, sagt John. »Sitzt er inzwischen bei der anglikanischen Kirche im Komitee für Moralische Erneuerung?« Jacob erbost der unverfrorene Versuch, Jane als Mittlerin einzuspannen. Plötzlich wirkt er sehr, sehr groß.

»Ich *bin* das Komitee für verdammte Moralische Erneuerung«, sagt er drohend. »Und noch einiges mehr, wie du feststellen wirst, wenn du es darauf anlegen solltest.« Jane legt John die Hand auf den Arm.

»Bitte spring nicht darauf an, John«, sagt sie. »Es hätte niemand etwas davon. Wir wissen beide, wie ermüdend rhetorisch und hysterisch Jake werden kann. Wenn du die Sache auf die Spitze treibst, brüllen womöglich am Ende Jake und ich uns an, denn so läuft es doch, nicht wahr? Dann leiden die Kinder, und Katherine wird sich ganz schrecklich fühlen. Wenn du uns also stattdessen netterweise diesen ganz besonderen Wein aus dem Auto holen würdest, könnten wir ihn zum Essen trinken. Ich habe mich gewaltig ins Zeug gelegt mit diesem Lunch, das kann ich dir sagen, auch wenn es Jake entgangen ist. Die Babys haben euch Brombeertörtchen gemacht und Berge von Schlagsahne geschlagen. Bitte, John. Dir muss doch klar sein, dass ein Feind wie Jake alle Freunde aufwiegt.« Diese diplomatische Glanzleistung kommt bei John gut an, verfängt bei Jacob aber leider weniger.

»Herrgott noch mal, Janie«, sagt er zornig. »Ich wäre dir wirklich sehr verbunden, wenn du es unterlassen würdest, so von mir zu sprechen – ›Man muss ihm seinen Willen lassen, dem armen Irren‹ … Ich zahle hier die verdammte Hypothek ab, also mache ich hier verdammt noch mal auch die Vorschriften, wenn es mir verdammt noch mal passt. Ich bestimme hier, wer in welchem Bett schläft, merk dir das.« Jane Goldman läuft angesichts männlicher Paranoia zu großer Form auf.

»Ich werde mir das nicht länger anhören, Jake«, sagt sie seelenruhig. »Und Katherine auch nicht.« Wir gehen vor, zurück ins Haus, und ich sehe ihr dabei zu, wie sie Zucchini brät.

»Nein wirklich, du hast das alles mit bewundernswerter Façon abgewettert«, sagt sie. »Alle Achtung. Bist du tatsächlich so gefasst, wie du wirkst?« Zu meiner Beschämung stelle ich fest, dass ich weine. Jane umarmt mich reuevoll.

»Ach, Kindchen«, sagt sie. »Wie schrecklich für dich. Was sind wir doch für Armleuchter.«

»Ich möchte nach Hause«, sage ich. Sie hält mich im Arm. Ich finde die Nähe einer hochschwangeren Frau seltsam tröstlich. Ich bin ein Einzelkind.

»Das verstehe ich nur zu gut«, sagt sie. »Aber ich fände es sehr schade, wenn du gehen würdest.« Ich weine rückhaltlos an ihrer Schulter und verschmiere ihre Hemdpasse mit Wimperntusche.

»Er ist ein Schuft, dich herzuschleifen«, sagt sie, »und so einen Aufstand zu machen. Bei Männern musst du wahrlich auf alles gefasst sein. Und was meinen Jacob angeht, den darfst du nicht zu ernst nehmen. Er führt sich immer und überall auf wie Heathcliff, weißt du.« Sie reicht mir ein zusammengeknülltes Küchenhandtuch. »Dabei ist er eine Seele von Mensch, im Vertrauen gesagt. Du bist nicht vielleicht zufällig die junge Bewerberin mit der Vorliebe für Mrs Weston und die Babyhäubchen, oder?«

»Doch, das muss ich wohl sein«, sage ich, ungehörig schniefend.

»Ah!«, sagt sie fröhlich. »Mein Alter ist schwer angetan von dir. Er hält dich für hochbegabt und findet, unter uns gesagt, dass du die tollsten Beine seit Marlene Dietrich hast. Was für ein herrlicher Zufall, dass du hier gelandet bist. Ich werde nicht zulassen, dass John Millet dich vertreibt. Du musst bleiben. Darf ich vielleicht zu Jakes Verteidigung sagen, dass er sich normalerweise nicht in deine Schlafgewohnheiten einmischen würde? Nur ist es in diesem Fall für ihn ein klein wenig kompromittierend, das siehst du doch ein? Warum er aber deshalb gleich einen Fünfakter im Gemüsegarten daraus machen muss, weiß der Himmel – herumzuschwadronieren und den wilden Mann zu markieren, aber so ist er nun einmal. Es würde mich nicht wundern, wenn dir das ernstlich zu denken gäbe, und zwar, ob du nicht lieber in Leeds oder Bristol studieren solltest. Wenn es dir jetzt wieder besser geht, könnte ich dir ja mal aus der Zeit erzählen, als ich John kennengelernt habe, was meinst du?« Ich sage Ja. Ich mag Autobiographie, und ich mag Jane.

»Er hatte mich eingeladen, ihn in seinem Haus in Belsize Park zu besuchen. Ich verbrachte damals gerade den Sommer bei einer Tante am Cadogan Square. Als ich bei ihm eintraf, fand ich ihn auf der Chaiselongue mit einem wunderhübschen Knaben. Sie küssten sich leidenschaftlich. Ich war nicht annähernd so aufgeklärt wie du. Ich war sehr zugeknöpft, Katherine. Ich war eine brave kleine, flachbrüstige, fromme Tochter aus gutem Hause in Kaschmirwolle. Produkt eines schottischen Kindermädchens und eines Mädcheninternats. Jacob fand mich kreidebleich im Treppenhaus. Er wohnte über John, weißt du. Die beiden verstanden sich blendend. Er nahm mich mit nach oben und konnte mich überzeugen, dass 1945 schlimmere Dinge vorgingen als das bisschen abweichender Sex. Er war sehr nett zu mir und sehr unterhaltsam. Er wirbelte in meinem Kopf einiges durcheinander, und ich hatte alle Hände voll zu tun, die Dinge wieder an ihren Platz zu rücken. Ich blieb die Nacht bei ihm«, sagt sie, »zu meiner eigenen Verblüffung. Ich war entsetzlich prüde, verstehst du. John verbrachte unten die Nacht mit seinem Freund. Wir frühstückten alle zusammen. Es gab eine Gemeinschaftsküche; ich in Jacobs Pyjama, John und sein Liebhaber in identischen Norwegerjacken wie aus dem Strickheft, mit V-Ausschnitt und durchgeknöpft. Johns Mutter hatte sie gestrickt – eine für John und eine für den Freund. Großartige Frau, Johns Mutter. Jacob bis zur Taille nackt, oder vielmehr behaart.«

Ich finde sie herrlich klatschfreudig und vertraulich. Uns verbindet nicht nur das Melodram zwischen den Zwiebeln, nicht nur der glückliche Zufall einer Wesensverwandtschaft, sondern offenbar auch die Tatsache, dass ich komme wie gerufen. Wie so viele Frauen hat sie ihre Frauenfreundschaften auf dem Altar einer glücklichen Ehe geopfert. Sie ist in eine männliche Welt – die Akademikerkollegen ihres Mannes, die Bohemiens, die Politicos und die überwiegend männlichen Nachkommen – assimiliert worden. Sie entscheidet sich blitzartig, mit halluzinatorischem Scharfblick. Sie erzählt mir gleich zu Anfang, dass sie Oxford hat sausen lassen, drei Tage, nachdem sie Jacob kennengelernt hatte, und stattdessen zu ihm gezogen ist.

»Er war viel lustiger. Und der ganze Sex, Katherine, der war so unerwartet nett«, sagt sie in ihrem etwas gespreizten, gouvernantenhaften Ton. »Sie hatten einen ja glauben machen, das alles würde eine furchtbare Hürde sein.« Während sie ihre jungen Jahre für mich Revue passieren lässt, nimmt ihre Schilderung alle Merkmale einer Burleske aus dem achtzehnten Jahrhundert an. Da gibt es die gestrauchelte Tochter, den unversöhnlichen Vater, den fremdländischen Liebhaber, die schicksalhafte Liebesheirat und, natürlich, den unweigerlichen Abstieg ins Elend. Ihr Vater, ein erzkonservativer Oxfordtheologe, inzwischen emeritiert, verstieß sie mitsamt seiner Schwester am Cadogan Square von einem Tag auf den anderen.

»Mein Bruder schwor, meine Entehrung zu rächen«, sagt sie. »Aber er hat sich nie blicken lassen, der arme Henry. Ich nehme an, er hatte Wind davon gekriegt, dass Jake ein harter Brocken war. Jake sah damals ziemlich verboten aus. Mit wallendem Bart, weißt du, wie dieser Wieheißternoch, der alte Knochen auf dem Highgate Cemetery.« Sie wurde prompt schwanger, um jedem möglichen Versuch ihrer Familie, sie Jacobs Klauen zu entreißen, zuvorzukommen.

»Und sie lebten glücklich bis ans Ende ihrer Tage?«, bemerke ich.

»In Wirklichkeit sind wir übereinander hergefallen wie Katz und Hund«, sagt sie. »Ich bin mir ganz sicher, dass ich samt Neugeborenem in den Schoß der Familie zurückgeflohen wäre, hätte man mir nicht so unmissverständlich klargemacht, dass ich nicht willkommen war. Ein Kulturschock ist keine Kleinigkeit, weißt du. Einmal lief mir Henry über den Weg, als ich Roger im Kinderwagen auf der Hampstead Heath herumschob. Er ging einfach an mir vorbei. Ich weiß noch, wie ich dachte: Komisch, mit diesem Menschen habe ich einmal Marshmallows geröstet. Ich ging nach Hause, um mich bei Jake auszuweinen, aber dort lagerte seine verdammte *Kapital*-Schulungsgruppe auf sämtlichen Möbeln. Mir blieb nur John. Jacob war in jenen Tagen viel zu sehr damit beschäftigt, Flugblätter zu verteilen oder an Straßenecken flammende Reden zu halten.«

Als Jacob und John hereinkommen, offenbar wieder versöhnt, werfen sie und Jacob sich pantomimisch befriedende Kusshände zu.

»Und was heckt ihr beiden hier aus?«, sagt Jacob, dem ihre leicht geröteten Wangen auffallen. Er legt die Hände auf ihre Brüste. Er hat keinerlei Hemmung, sie vor aller Augen zu betatschen.

»Ich habe Katherine meine Lebensgeschichte erzählt«, sagt sie unbekümmert.

»Nicht unbedingt nachahmenswert«, sagt er. »Warum

nur plaudern Frauen immer die intimsten Sachen über sich aus? Gesprächen zwischen Frauen zu lauschen ist so, als würdest du an einer Encountergruppe teilnehmen. Ich kann nicht einmal zwischen den Bibliotheksregalen wandeln, ohne unfreiwillig Mitwisser geflüsterter Vertraulichkeiten zu werden. Sie überziehen die Regale mit ihrem Privatleben wie mit Marmelade.«

»Ich muss dir noch etwas Pikantes erzählen, John«, sagt Jane. »Aber nur, wenn du versprichst, dich nicht wieder mit Jake anzulegen. Mein Vater sitzt im Komitee für Moralische Erneuerung.«

6

Mir ist es vorübergehend unmöglich, das Esszimmer der Goldmans zu betreten, weil Jonathan von Sam mit einem Plastikmaschinengewehr umgenietet worden ist und sich im Todeskrampf auf der Schwelle windet. Ich überlege, ob ich einfach über ihn hinwegsteigen soll, aber dann fällt mir ein, dass der kleine Teufel die Gelegenheit ohne Weiteres nutzen würde, mir unter den Rock zu gucken. Ratatatat!

»Steh auf, Jont«, sagt seine Mutter forsch, in ihrem Murmelmundton. »Katherine möchte herein.«

Jane hat uns eine aromatische, knoblauchwürzige kalte Suppe zum Lunch bereitet. Dazu gibt es ofenwarmes Knoblauchbrot und als Hauptgericht einen in Milch geschmorten Schweinebraten. Dazu Gartengemüse in Mengen.

»Was ist es nur Besonderes, was ich herausschmecke?«, fragt John Millet höflich.

»Koriander«, sagt sie. »Man rollt den Braten in Koriander und brät ihn kurz in Butter an. Dann wird die heiße Milch darübergegossen, die eine herrliche Kruste macht und schließlich zu diesem leckeren braunen, krümeligen Zeug verschmort, in dem das Fleisch liegt.« John und sie tauschen als Kenner Tipps aus; sie sind die Einzigen, die etwas vom Kochen verstehen. John ist eine Art gastronomischer Lionel Trilling, und er liebt es, jedem Bissen eine Analyse und ein paar Artigkeiten hinterherzuschicken. »So mancher fände das wohl nicht ganz koscher«, sagt sie, um ihm eine Freude zu machen.

»Es könnte weder sündhafter noch köstlicher sein«, lobt Jacob großzügig. »Du magst zwar das Essen mit zwei Stunden Verspätung auftischen, Janie, aber es lohnt das Warten.« Und so zollt jeder der beiden auf seine Weise derselben Angebeteten Tribut. »Danke«, sagt sie. Jacob, einen großen, saftigen Bissen Schweinefleisch auf der Gabel, zelebriert vielleicht weniger die Überwindung ethnischer Tabus als die des fernen Albtraums seiner jäh beendeten Kindheit, das Wunder der bourgeoisen Gemütlichkeit der Gegenwart, an das er, wie ich vermute, nie so ganz glauben kann.

John Millet lässt mir, zusammen mit dem Salat, gelächelte Botschaften voller Anzüglichkeit zukommen. Ich grolle ihm nicht. Im Gegenteil, ich empfinde inzwischen so etwas wie ein Hochgefühl. Ich fühle mich, nach dem Gespräch mit Jane, auf mondäne Weise arriviert – dort angelangt, wo man sein muss. Wo ich immer sein wollte. In der Gesellschaft weltläufiger, fortschrittlicher Menschen. Einige meiner besten Freunde sind Juden und Homosexuelle. Außerdem ist die Vorstellung des Geschlechtsakts in sich schon so bizarr, so grauenvoll, so furchterregend, dass der Aspekt der Geschlechtszugehörigkeit der Beteiligten fast nebensächlich erscheint. John Millets Beidhändigkeit schockiert mich nicht.

»Spielst du noch diese Fiedel, Roger?«, fragt er.

»Er ist bei Weitem der beste Geiger im National Youth Orchestra«, sagt Jane. Sie neigt dazu, Fragen an seiner statt zu beantworten, als brauchte er sie als Puffer zwischen sich und einer feindlichen Welt, ihr bildhübscher Erstgeborener. Aber Roger ist geneigt, selbst zu antworten. Er ist geneigt, Stellung zu beziehen, mit hoch erhobenem Kopf und fast unmerklich hüpfendem Adamsapfel, erfüllt von pennälerhafter Selbstherrlichkeit.

»Ich spiele nicht Fiedel«, sagt er. »Ich spiele Violine.«

»Werd nicht unverschämt, du rotznasiger Haarspalter«, sagt Jacob unerwartet grimmig. Er und Roger wechseln einen Blick aufblitzender Feindseligkeit. Roger trägt seine Prinzipien, etwas aufreizend, wie ein Banner vor sich her.

»Ich wollte damit nur andeuten, dass es eine Form von Namedropping ist, eine Violine als Fiedel zu bezeichnen«, bemerkt er kühl. »Es ist eine Vertraulichkeit, die erst verdient sein will – das heißt, sofern einem Namedropping gefällt.«

Es mag melodramatisch erscheinen, wenn ich an dieser Stelle einfüge, dass ich mich wegen seines inbrünstigen, verletzlichen Eifers, seines überaus gescheiten verbalen Coups, in Roger Goldman verliebte. Ich erinnere mich an den Augenblick so deutlich wie an die Neigung seines Kopfes. Ich kann über dieses Gefühl nicht lachen wie über vieles andere an meinem früheren Selbst, denn auch, wenn ich gelernt habe, damit zu leben, hat es sich nie ganz verflüchtigt.

»Spar dir deinen Oxfordsnobismus für Christ Church auf, Bürschchen«, sagt Jacob vernichtend. »Und bis dahin kannst du dir merken, dass hier, an meinem Tisch, mit meinen Gästen, Haarspaltereien zu betreiben eine Form von schlechtem Benehmen ist.« Worauf Jonathan zu meinem blanken Entsetzen Jake auf der Stelle einen großen Brocken Knoblauchbrot an den Kopf wirft – und ihn verfehlt. Das Brot fliegt an die Wand.

»Benehmen, ach du Scheiße«, sagt Jonathan. »Was soll dieser ganze Mein-Tisch-Mist, Alter? Mutter hat diesen Tisch beim Ausverkauf abgestaubt. Wieso ist es deiner? Immer diese große Patriarchennummer beim Essen. Da stehst du drauf, wie? Du jüdischer Rowdy.«

Niemand fühlt sich bemüßigt, ihn an seine Manieren

oder an die Hungernden zu erinnern. Jacob instruiert lediglich Sam in der subversiven Kunst, das Brot zurückzuwerfen. Sie scheinen sich ausnehmend gut zu verstehen, Jacob und Jonathan. Jacob ist hinreichend eitel, in Jonathan viel von sich selbst zu bewundern.

»Mach uns doch einen Kaffee, Süßer«, sagt er gutmütig.

»Mach ihn gefälligst selber, Rowdy«, erwidert Jonathan.

»Lieber guter Jont«, sagt Jacob, »sei gnädig.« Rosie zieht eine ganze Pflaume aus dem Mund, um eine tiefsinnige Bemerkung zu machen, ehe sie sie wieder hineinschiebt.

»Jont gibt bloß an«, sagt sie. Jonathan lacht unbeeindruckt.

»In Ordnung, Jake«, sagt er. »Ich koche Kaffee, aber nur wenn ich Pulver nehmen kann, okay? Ich denke nicht daran, mit diesem abgewichsten Filter herumzuhantieren. Das dauert Stunden.« Jacob duldet, wie ich finde, ein erschreckendes Maß an Blasphemie, Aufsässigkeit und Verweigerung. Er scheint es geradezu darauf anzulegen. Als wollte er seine Kinder permanent zum Widerstand anhalten, sie frühzeitig trainieren. Jane wirkt im Vergleich erstaunlich gouvernantenhaft, und offenbar glaubt sie an Kinderarbeit. Sie könnte sich sicherlich eine Spülmaschine leisten, aber sie zieht es vor, ihre Kinder zu benutzen. Sie hält eine Kolonne gemüsehackender Kinder für besser als eine Maschine.

»Koch den Kaffee, Jonathan«, sagt sie frostig. »Wir nehmen richtigen Kaffee, und wir nehmen ihn im Wohnzimmer.« Jonathan verschwindet mit der Bereitwilligkeit von Senfsamen. »Du stapelst die Teller, Rosie, und Roger spült.« Sie verlangt von Roger mehr als von allen anderen. Ehe noch der Tag sich neigt, werde ich Zeugin, wie sie ihn, der auf dem Vorderrasen lümmelt und auf einem Grashalm kaut, auffordert: »Du solltest dir die g-Moll noch einmal vorknöpfen, Roggs.«

»Die g-Moll ist schwer«, sagt Roger.

»Natürlich ist sie schwer«, sagt sie und lässt ihn die volle Wucht ihres Elitedenkens spüren, »aber für jemanden deines Kalibers durchaus zu meistern, mein Schatz.« Ich, die ich aus einer Welt komme, in der Purcell ein Waschpulver ist, finde das mehr als rigoros.

John Millet schwärmt beim Kaffee von Rom. Vom Glockenturm in der Nähe seiner Wohnung in Trastevere, von den verblichenen erdfarbenen Schattierungen der Hausfassaden, von den riesenhaften gefüllten Tomaten in den Trattorien an der Piazza und vom Macho-Röhren der Fiats. Die Bilder verschmelzen mit dem diffusen romantischen Nebel meiner leichtgläubigen großen Träume. Anschließend nutzt Jacob das, was vom Nachmittag bleibt, um an seinen Korrekturfahnen zu arbeiten, John Millet, mit entblößtem Oberkörper, liest in einem Liegestuhl die Sonntagszeitung. Ich lese Sam und Annie aus *Dr. Seuss* vor, und Rosie borgt sich meine Ohrringe, um sie oben anzuprobieren. Jane spielt mit Roger die *Suite Italienne*, und Jonathan macht sich auf seinem Drahtesel mit Angelrute auf den Weg zum Fluss. Jetzt, in der größten Hitze, hat er seine Jeans gegen ausgefranste Shorts und ekelhaft algenverschmierte Tennisschuhe eingetauscht. Er erreicht das Tor, kehrt aber noch einmal um, über sein Rennrad gekrümmt, das er mit einer Hand lenkt, weil er in der anderen die Angelrute hält. Er bremst vor mir.

»Kommst du mit angeln?«, sagt er. Sein Blick ist direkt, und seine Schenkel sind sehr stramm. Er ist die Art Schuljunge, neben dem im Schulbus auf der Fahrt nach Hause zu landen wir Mädchen tunlichst vermieden. »Du könntest Janes Rad nehmen«, sagt er.

»Vielleicht braucht sie es«, sage ich.

»Sie kann zurzeit nicht fahren«, sagt er. Stimmt, Jane

würde sich in ihrem Umstand nur mit Mühe hinter den Lenker quetschen können. »Wenn du Angst hast, können wir zu Fuß gehen«, sagt er. »Mir macht das nichts aus.« Im Stillen verfluche ich Jonathan dafür, dass er den Nagel auf den Kopf trifft und mir das mit derart beleidigender Offenheit demonstriert. Ich bin zuletzt mit neun Jahren Rad gefahren. Ich bin gestürzt und habe mir den Arm gebrochen, einen Tag, nachdem mein Vater gestorben war. Jonathan und Roger dagegen gehören zu den Menschen, die Fahrräder mit der Fertigkeit vietnamesischer Bauern benutzen, die es mühelos schaffen, auf Lenkstange und Gepäckträger Kinder zu balancieren – und gleichzeitig noch Unmengen Vorräte auf dem Rücken nach Hause zu transportieren. Die Sorte Menschen, die einem Hoffnung auf die Zukunftsträchtigkeit der angepassten Technologie machen.

»Ich müsste allerdings ein Paar Schuhe auftreiben, in denen du rumhatschen kannst«, sagt Jonathan und beäugt meine Riemensandaletten. Es fällt mir schwer, mir rückblickend einzugestehen, dass der eine wichtigste Grund unter anderen für mein Ausschlagen von Jonathans Angebot die Aussicht war, in ein Paar getragene Gummistiefel aus dem Wäschekorb steigen zu müssen.

»Ach, ich bleibe lieber und höre der Musik zu«, sage ich. »Ich finde es Tierquälerei, Fische zu fangen, ehrlich gesagt.« Jonathan straft mich mit einem Blick ungeduldiger Verachtung. »Und was erst dem Köderwurm angetan wird«, sagt er und verabschiedet sich.

7

Um sechs Uhr serviert Jane auf dem Rasen Tee und Toast. Jacob taucht zu diesem angenehmen Ritual aus seinem Arbeitszimmer auf, und Jonathan ist vom Angeln zurück. Rosies Freundin, die um die Lunchzeit verschwunden war, kehrt zur Vervollkommnung des Spielzelts zurück. Roger, ganz erhitzt von der Anstrengung des Violinspiels, liegt hingegossen im Gras und schneidet aus einer Toastscheibe ein Tangram-Spiel.

»Gib es mal Rosie«, sagt Jane. »Mal sehen, ob sie es zusammensetzen kann.«

»Gib es doch Katherine, Roggs«, sagt Jacob. Roger hält mir den Teller hin, wälzt sich zu diesem Zweck im Gras auf den Bauch und streckt einen Arm aus. Er sieht mir bei meinen Versuchen zu. Es dauert etwas, aber es gelingt mir. John Millet applaudiert. Roger wendet scheu den Blick ab, als ich zu ihm hinsehe. Auf der Gesäßtasche seiner Levis ist ein leuchtend bunter Schmetterling appliziert.

»Eigentlich dürfte John gar nicht mitkriegen, dass wir Goldmans abgepacktes Brot essen«, meint Jane fröhlich. »John glaubt an hochwertige Kost.«

»Das tust du doch auch, Jane«, sagt John. »Du kaschierst das bloß durch einen Snobismus mit umgekehrtem Vorzeichen.«

»Stimmt genau«, sagt Jane gleichmütig. »Jedem seine eigene überlebenswichtige Variante von Snobismus. Wir sollten alle zusammen noch etwas musizieren, bevor der Tag sich neigt.«

»Du tust doch den ganzen Tag schon nichts anderes«, sagt Jacob, »als musizieren und deinen Garten kultivieren.«

»Essen bereitstellen«, sagt Jane. »Euch Lunch bringen und Tee. Was sollte ich deiner Vorstellung nach denn tun, Jake? Einen Psychologiekurs an der Fachhochschule Brighton belegen? Dazuverdienen, um dir schmucke Pullover zu kaufen, wie sie John trägt?« Jacob wendet den Kopf, um sie mit einem Blick tiefer Resignation und Liebe zu bedenken.

»Das alles habe ich heute Morgen schon zu hören gekriegt«, sagt er. »Ich brauche keinen Wiederaufguss. Alles, was ich damit sagen will, ist Folgendes: Wenn sich in diesem Haus noch mehr Musik zusammenbraut, verziehen John und ich uns in den Pub. Sollt ihr anderen euch meinetwegen an euren Nymphen und verdammten Hirtenknaben berauschen. Ein höchst ziemlicher Zeitvertreib, wenn ich's mir genau überlege, für Frauen und Kinder an einem Sonntagabend.« Er sitzt zu ihren Füßen im Gras, den Kopf zwischen ihren Knien. Sie thront hinter ihm in einem Korbstuhl mit gerader Lehne. Sie hat ihre Tasse abgestellt und fährt ihm mit den Fingern durchs Haar.

»Als wüssten wir nicht ganz genau, dass du bloß den Ton nicht halten kannst«, sagt Jonathan und tut ihm den Gefallen, anzubeißen. Jane lächelt. »Wahr gesprochen, Jont«, sagt sie. »Ein Gewinn ist es nicht, Jake singen zu hören, es sei denn gelegentlich ein Lied der Internationalen Brigaden, und das falsch. Lieber Göttergatte, unbedingt: Entführe John auf eine Stunde in den Pub! Dann kann er sich anschließend revanchieren und uns ein exquisites Abendmahl bereiten.«

»Mit dem allergrößten Vergnügen«, sagt John.

Sie brechen auf, Jacob und John, vom Nimbus einer verlockenden, aber exklusiven männlichen Kameraderie umgeben, Zigaretten und Schlüssel aufklaubend.

»Wir nehmen meinen Wagen«, sagt John. »Wir sind ja nur zu zweit.«

»Das nennst du einen Wagen?«, sagt Jacob. »Ich nenne so etwas einen Egotrip.«

Wir singen *O Worship the King*, vierstimmig, a capella. Ich würde mich vermutlich in den Schulchor zurückversetzt fühlen, wäre ich nicht hin und weg von Rogers volltönender, tiefer Stimme. Jane, die neben mir steht, entschuldigt sich bei mir für ihre gezischelten S-Laute. Dann singen Roger und Jonathan allein für uns. Zwei wunderschöne, herzzerreißende Lieder voll Trauer und kristallener Tränen. *Christall Teares.* Die Lieder sind für mich Grund genug, hinfort den Namen Dowland mit Hochachtung auszusprechen.

»Und jetzt diese«, sagt Jane.

»Ich kann nicht Tenor singen«, sagt Roger und verwirft das erste mit unangemessen falscher Bescheidenheit.

»Stell dich nicht an, Rogsie«, sagt Jonathan einschmeichelnd. »Wenn Jane es singt, klingt es, als brauche sie einen neuen Spülgang im Kehlkopf.«

»Oh, vielen Dank, Jont«, sagt Jane.

»Ich kann nicht Tenor singen und fertig«, sagt Roger. »Sing du's.«

»Also gut, also gut, dann sing ich's«, sagt Jonathan. »Gib schon her.« Er hebt die Arme und mimt den Chorleiter. »Ruhe! Ruhe bitte!«, verlangt er geziert. »Ich muss um absolute Ruhe bitten. Kleb dir dein Kaugummi hinters Ohr, Rosie.«

Go christall teares
Like to the morning showers
And sweetly weepe
Into thy Ladyes brest.

Das zweite Lied ist ein Duett. Jonathan, zu meinem nachhaltigen Staunen, schraubt seine Stimme hierfür in einen durchdringenden Alt hoch. Ich habe noch niemals ein männliches Wesen jenseits der Pubertät wie ein Mädchen singen hören, und es haut mich zunächst um wie der unerwartete Zusammenstoß mit einem Mann in Fummel an der Straßenecke. *Down and arise*, lautet der Refrain. *Down and arise I never shall.* Ihre jeweilige Erscheinung konterkariert das Lied in seiner pittoresken Melancholie: Roger mit seinem kessen Schmetterling auf der Gesäßtasche, Jonathan mit seinen behaarten Rugbybeinen und sockenlosen Füßen; beide so offensichtlich vom Schicksal begünstigt und für die obersten Sprossen bestimmt. Jane begleitet sie auf dem Klavier. Als das Lied zu Ende ist, dreht sie sich Roger zu.

»Sehr hübsch, ihr beiden«, sagt sie. »Holst du jetzt bitte die Babys aus der Wanne, Roggs?«, delegiert sie unverbesserlich. Als er der Aufforderung nachkommt, setzt Jonathan seine Querflöte zusammen und bläst probeweise übers Mundloch. Rosie spielt ein wackliges Menuett auf ihrer Sopranflöte und schüttelt die Spucke aus. Die kleinen Goldman-Zwillinge tapsen herein und lauschen, noch nass hinter den Ohren, in ihren Baumwollpyjamas, während Jonathan ihnen *Tom, Tom, the Piper's Son* vorspielt. Sie versuchen mitzusingen, vergessen aber immer wieder den Text, worüber Jane schmunzeln muss.

»Ihr süßen Knirpse«, sagt sie und gewährt ihnen einen Augenblick beiläufiger Zuwendung. Sie scheinen überhaupt im Großen und Ganzen das gelungene Ergebnis wohlwollender Vernachlässigung zu sein. Jane ist durchaus eklektisch, und nun lässt sie ihren Nachwuchs aus *Yellow Submarine* mit Querflöte, Violine, Klavier und

Sopranflöte Kammermusik machen. Es muss vorzeitig abgebrochen werden, wegen haltlosen Gelächters.

»Du bist zu gut für uns Fußvolk, Rogsie«, sagt sie. »Wie kannst du es ertragen?« Rogers Gesichtsausdruck nach zu urteilen kostet es ihn Überwindung.

8

Fischstäbchen und Baked Beans ist die Kost, die Jacob bei seiner Rückkehr seinen drei Jüngsten verabreicht. Es ist seine wöchentliche Geste in Sachen Beteiligung am Haushalt. Er verarbeitet Essen und Kinder sehr rasch und erteilt dabei Anweisungen wie ein jovialer Pfadfindergruppenführer. Ich kann ihn dabei beobachten, weil ich in der Küche an John Millets großmeisterlicher Suppenkocherei teilhabe. Er bereitet, Jacobs Metzgerschürze vorgebunden und mit hochgeschobenen himmelblauen Bündchen, unter denen die gebräunten Sehnen seiner hübschen Handgelenke zum Vorschein kommen, eine Suppe aus Jane Goldmans überschüssigen Tomaten. Seine Kreation verlangt die Zugabe von Reismehl und Eidottern, jede Menge in einem Steinmörser Zerriebenes und schließlich behutsames Durchseihen. Jonathan und ich sind beauftragt, Brotstreifen in eine Lache geschmolzener Butter zu tunken und in Parmesan zu wenden, den Jane in Großmarktmengen aus ihrer Vorratskammer hervorgezaubert hat. Die Streifen werden sodann im Ofen geröstet. Sie sollen zur Suppe gereicht werden. Roger sitzt am Küchentisch, nun wieder mit Barett, und studiert einen Swahilisprachführer.

»Jont«, sagt er, »hör dir das bloß mal an. ›Boy, ich habe dir doch gesagt, du sollst *alle* meine Gepäckstücke bringen. Du hast mir nur drei gebracht.‹« Sein Umgang mit Jonathan ist unkomplizierter als der mit sonst irgendjemandem. Jonathan lacht.

»Großer Gott!«, sagt er.

»Wer schreibt eigentlich den Mist, Rogsie?«, sagt Jacob. Er nimmt seinem Sohn das Buch aus der Hand und studiert das Vorsatzblatt. »Deutsche Missionare«, sagt er angewidert. »Was kann man da anderes erwarten.«

»Das Durchseihen ist äußerst wichtig«, erklärt mir John Millet. Ich bin mit den Brotstreifen fertig und habe das Passieren übernommen. »Stell den Topf bloß nicht wieder auf den Herd, Kind, sonst essen wir Rührei.«

»Tropfeiersuppe«, foppt ihn Jonathan. Jane sitzt neben Roger am Tisch, sie sieht müde und schwanger aus. Wir essen in der Küche, nachdem die Kleinen abgefüttert sind, und alle sind sich einig, dass die Suppe ganz vorzüglich schmeckt.

»Die Babys müssen ins Bett«, erklärt Jacob. »Und du auch, Mrs Goldman. Du siehst aus wie der wiederaufgewärmte Tod. Was hämmerst du auch den lieben langen Tag auf das Klavier ein, wo du eigentlich die Füße hochlegen müsstest?« Er leitet das Insbettbringen mit einer abendlichen Burleske ein, reißt Witze und stößt Drohungen aus, die ein Crescendo hochvergnügter Empörung nach sich ziehen. Er spielt die Primadonna in Hinblick darauf, welche Gutenachtgeschichten er zu lesen bereit ist und welche nicht. Er legt bei allem, was die Kleinen vorschlagen, sein Veto ein.

»Ameliaranne Stiggins!«, kreischt Annie aufgeregt.

»Ameliaranne Stiggins?«, empört sich Jacob zum Schein voll strengem, ungläubigem Ekel. »Höchstens rückwärts oder über meine Leiche hört ihr von mir Ameliaranne Stiggins. Nehmt zum Beispiel John hier – das ist der rechte Mann. Er kann euch Ameliaranne Stiggins auf Italienisch bieten.« John lächelt. »Lass hören, John: ›Mrs Stiggins setzte sich plumps in ihren Lieblingsstuhl.‹« John geht nicht darauf ein.

»Kinder sind dein Kreuz, Jake«, sagt er, »nicht meines. Ich habe meine Zigaretten im Wagen liegen lassen.« Er geht sie holen. Jane überträgt den Abwasch Jonathan.

»Also los, Männer«, sagt Jacob. »Ihr geht voraus. Zehn Sekunden brauche ich höchstens für meinen Kaffee. Dann gibt es die *Genauso-Geschichten* oder E. Nesbit.« Überraschenderweise ist Jacob, was Kinderbücher angeht, Traditionalist. Er gibt den Zwillingen mit Rogers Swahilisprachführer einen Klaps auf den Hintern. »Marsch ab«, sagt er. »Den trifft es am härtesten, der als Letzter mit Zähneputzen fertig ist.« Die Kleinen verschwinden wonnekreischend nach oben. Rosie drückt sich noch in der Tür rum.

»Ich bin kein Mann«, sagt sie, »also muss ich noch nicht ins Bett.«

»Los, mein Herz«, sagt Jacob. »Morgen ist Schule, und deine Mutter knirscht schon mit den Zähnen.« Rosie geht Jane unverkennbar auf die Nerven.

»Ich will dir meinen Handstand zeigen«, sagt Rosie.

»Warum musst du so eine Pest sein?«, bemerkt Jacob freundlich.

Sie setzt sich in den Eingang.

»Ich bin zu müde zum Laufen«, sagt sie. »Du musst mich tragen.« Janes Mundwinkel werden sichtbar hart. Jacob steht auf und schlingt sich Rosie über die Schulter wie einen Mehlsack.

»Los jetzt, Süße«, sagt er. »Und du gehörst ins Bett, Weib. Du bist schwanger.« Roger, dem Jacobs Theater in nicht geringem Maße zuwider ist, hat sich still verdrückt. Jonathan, der an der Spüle demonstrativ rumort, nimmt es mit seinem Vater auf.

»Herrgott noch mal, das sind ja die reinsten SA-Methoden, Jake«, meint er. Er ahmt den Ton nach. »Gewonnen hat, wer sich als Erster mit seiner eigenen Seife wäscht!« bellt er. Eine Bemerkung, die hinreichend die Grenzen des guten Geschmacks verletzt. Wie sehr, lerne ich erst später, als ich von Jane im Laufe unserer Bekanntschaft erfahre, dass Jacobs Vater in Nazi-Deutschland verschwunden ist – eine Tatsache, aus der ich zugleich den Schluss ziehe, dass Roger sich nicht scheut, das Barett eines Toten zu tragen. Eines Märtyrers. Er geht, könnte man sagen, nicht nur das landläufige Risiko ein, es irgendwann im Bus liegen zu lassen, sondern das profundere Risiko, sich per Ansteckung den Tod zu holen.

»Da hast du deinen Abwasch, Ma«, sagt Jonathan. »Alles, bis auf das Sieb. Ich denke nicht daran, deinen schwulen geriatrischen Freunden den Schweinkram aus dem Sieb zu pulen.«

»Es ist nicht *mein* Abwasch, Jont«, sagt sie. »Hast du heute irgendetwas gefangen?«

»Ich habe das Angeln aufgegeben«, sagt Jonathan. »Es ist Tierquälerei. Frag sie.« Er nickt unverschämt in meine Richtung. Jane grinst.

»Das ist nicht dein Ernst«, sagt sie zu mir. »Das glaube ich nicht. In einer notleidenden Welt, Katherine?«

»Nur weil es noch schlimmere Dinge gibt, ist es noch lange nicht weniger grausam«, sage ich. Vermutlich ist es dumm, eine solche Debatte mit der Frau eines Mannes zu führen, der seinerzeit den gelben Stern getragen hat.

»Denk an die Milch in deinem Kaffee«, sagt sie. »Sie wurde einem säugenden Kalb vorenthalten.«

»Mit der darfst du von Rechts wegen gar nicht reden«, sagt Jonathan auf dem Weg zur Tür zu mir. »Sie ermordet kaltblütig Blattläuse.« Fast stößt er mit Roger zusammen, der jetzt wieder in die Küche kommt. Janes Gesichtszüge werden mütterlich weich, als sie ihren Ältesten mustert.

Jane Goldman ist zweifellos eine große Bewunderin der männlichen Physis im Allgemeinen, aber für Roger hat sie eine besondere Schwäche. Er ist unleugbar schön. Sie tätschelt ihm die Wange, als er sich neben ihr am Tisch niederlässt.

»Mutter«, mault er, »wenn Jake morgen im Wagen nach London fährt, wie soll ich dann zum Violinunterricht kommen?« Sie seufzt ungeduldig, will ihn lieben, aber nicht seine Probleme für ihn lösen.

»Du findest schon eine Lösung, Roger«, sagt sie gleichmütig. »Die Menschen haben Violine gespielt, lange bevor das Automobil erfunden wurde.«

»Es sind zwanzig Meilen«, sagt Roger. »Wieso kann er nicht mit dem Zug fahren? Tut er doch sonst auch.« Jane lächelt ihn wissend an.

»Ein perfider Mensch, dein Vater«, sagt sie. »Geht einfach hin und benutzt seinen eigenen Wagen, wenn ihm danach ist. Er muss morgen hierhin und dorthin, deshalb. Trotzdem, wenn du ihn höflich bittest, würde er ihn dir vielleicht sogar überlassen. Er ist schließlich kein dreiköpfiges Monstrum. Warum kannst du nie vernünftig mit ihm reden?«

»Ich hasse ihn«, sagt Roger. »Er macht mich ständig an.«

»Ich will dir mal etwas sagen, mein Herz«, sagt sie, die Hand wieder an seiner Wange. »Wenn du mit mir in dem Ton reden würdest, wie du es mit ihm tust, würde ich dich bestimmt nicht anmachen, ich würde dir ein Veilchen verpassen. Jetzt geh bitte mit Katherine Fernsehen gucken. Du ermüdest mich.« Roger schmollt, er fühlt sich von ihr verraten.

»Nützt dir mein Wagen vielleicht, Roger?«, sagt John Millet, der inzwischen wieder hereingekommen ist, großzügigerweise. »Ich muss morgen nach Brighton zu einer

Baustelle, aber ich wäre wohl bis eins wieder hier.« Selbst Roger, Wunderkind und Unendlichkeitsbedenker, ist für die Reize eines weißen Alfa Romeo nicht unempfänglich. Er hört auf zu schmollen und blickt hoch.

»Ich nehme doch an, dass du mit der Linkssteuerung fertig wirst?«, meint John.

»Klar«, sagt Roger. »Ich müsste um vier los, wenn es recht ist. Vielen Dank auch. Macht es dir wirklich nichts aus?«

»Ganz und gar nicht«, beteuert John. »Keine Ursache. Fahr doch mit nach Brighton, wenn du willst, als Probefahrt. Ich habe gedacht, ich könnte mir vielleicht auf dem Rückweg die Kapelle ansehen. Die mit den Malereien von Duncan Grant und Vanessa Bell, weißt du?« Er lässt seinen erlesenen Geist einen Augenblick zu Wänden schweifen, die reich mit Früchten und Blumen bemalt sind, während wir unter der japanischen Reispapierlampe der Goldmans sitzen, die vor Fliegendreck und Staub starrt. Das Papier löst sich langsam vom Drahtgestell und baumelt in Spiralen tief über den Tisch.

»Wie liebenswürdig«, sagt Jane anerkennend. »Nimm doch Katherine auch mit.«

»Und jetzt werde ich mich mit einer Petroleumlampe in deinen Schuppen zurückziehen und ein paar deiner Stühle reparieren«, sagt er. Er küsst sie auf die Wange. »Bevor eines deiner Kinder sich noch ein Bein bricht«, fügt er hinzu.

Über unseren Köpfen brüllt Jacob aus Leibeskräften, zu freudigem Kreischen, dass er bis fünf zählen werde und jeder in die Besenkammer komme, der danach außerhalb seines Bettes angetroffen wird.

9

Roger schleppt mich zum Fernsehen mit. Die Goldmans, als kultivierte Menschen, besitzen einen kleinen schrottreifen Apparat, den sie ins Kinderspielzimmer verbannt haben. Das Kinderspielzimmer ist ein Schlachtfeld aus Legosteinen und Puzzlestücken. Verblichene Kinderzeichnungen hängen mit sich rollenden Rändern an einer Pinnwand neben Rosies Schwimmabzeichen, die verkünden, dass sie hundert Yards, fünfhundert Yards, eine Meile schwimmen kann und dass sie imstande ist, Leben zu retten. Die Kinderstühle sind plüschig rot und grau gemusterte Scheußlichkeiten, die man eher als Müll an stillgelegten Eisenbahnstrecken zu finden erwarten würde. Was immer das Mobiliar der Goldmans über sie verraten mag, es sagt auf jeden Fall aus, dass sie artikuliert genug sind zu widerlegen, was es zu verraten scheint.

Jonathan hat sich vor uns eingefunden. Er hat sich schamlos in *Wir Mädchen* von 1964 vertieft. Roger schaltet den Fernseher ein. Da es Sonntagabend ist, herrscht ein durchgängiger Tenor gnadenlos dumpfer moralischer Aufrichtung vor. Geboten werden Interviews mit Menschen, denen der Glaube geholfen hat, Widrigkeiten zu überstehen. Roger zirpt während eines resolut positiven Berichts über Ganzkörperlähmung unruhig durch die Zähne.

»Mann, Rogsie«, sagt Jonathan. »Schalt den Mist endlich ab. Du stehst richtig auf diese ganzen Gangrän- und Rotzgeschichten, wie? Kein Wunder, dass du träumst, dir würden sämtliche Zähne ausfallen.« Roger lacht, errötet leicht, sensibel und schön. Er spielt an den Knöpfen und sucht Alternativen. Es sind dies eine Aufführung von *Les Sylphides*, Royal Ballet, und Ava Gardner in einem uralten Safari-Melodram.

»Das nehmen wir«, sagt Jonathan. »Bloß keine Kultur.« Ava Gardners Reize, in Kaki verpackt, überspringen die Jahrzehnte und erreichen uns selbst über den bescheidenen Bildschirm der Goldmans.

»Wetten, dass das Kenia ist«, sagt Jonathan, den Blick stier auf Ava Gardners Vorbau im olivgrünen Drillich gerichtet. »Die sind ja ausstaffiert wie die Pfadfinder. Deine Garderobe wird vollkommen daneben sein, Rogsie. Du wirst wohl oder übel bei Oxfam nach einem Wildhüterhut stöbern müssen.« Roger lacht noch einmal und schüttelt sich das dunkle Schnittlauchhaar aus den Augen.

»Du wirst mir fehlen, Jont«, sagt er. »Du bist der einzige Mensch, der mir fehlen wird. Du bist der einzige Mensch, den ich kenne, mit dem es sich zu reden lohnt, genau genommen.«

»Schwachsinn«, sagt Jonathan. »Und noch was: Mutter wird wegen der Flöte wie der Teufel hinter mir her sein, wenn du mit der Scheißgeige erst verschwunden bist. Oder muss das Violinge heißen? Warum hast du eigentlich heute Mittag diesen ganzen Mist verzapft?« Roger zuckt mit den Achseln.

»Mir war eben danach«, sagt er. »Jake und dieser Millet gehen mir auf die Nerven.«

10

Ich finde am Morgen, als ich herunterkomme, in der Küche nur einen John Millet vor, der sein Gesicht sowohl dem elektrischen Rasierapparat als auch dem Morgentau ausgesetzt hat. Er hat noch vorm Frühstück einen Spaziergang gemacht, den himmelblauen Nicki über den nackten Oberkörper gezogen. Der Goldman-Wagen knirscht auf dem Kies draußen: Jane kehrt von der Ablieferung an Kindergarten und Grundschule zurück. Jonathan ist schon früher mit dem Fahrrad losgefahren.

»Hast du gut geschlafen?«, fragt mich John, in der Absicht, sich auf meine Kosten ein klein wenig zu amüsieren, als jetzt Jane eintritt. Er überreicht mir eine Wildblume. Eine Blume für die Unberührte.

»Salbeigermander«, sagt er.

»Wolfsmilch«, verbessert ihn Jane. »Schläft Jake noch? Vorhin lag er mit Annie in unserem Bett. Habt ihr uns gestern Nacht herumgeistern hören? Annie hat sich dreimal übergeben. Ich glaube, ihre Lymphdrüsen sind geschwollen.«

Jacob, als er erscheint, bekundet aller Welt grummelnd, dass er kein Auge zugetan habe, und greift verschlafen nach der Kaffeekanne. Das ist eine handfeste Lüge, haben wir doch eben von seiner Frau gehört, dass er schlief, als sie losfuhr.

»Ich musste das Bett mit zwei Frauen teilen«, sagt er. »Die eine schwanger, die andere kotzend.« Es ist sehr viel angenehmer, werde ich mit der Zeit feststellen können, Jacob ohne John Millet als Gegenspieler zu erleben, der, wiewohl sexuell beidhändig, für Jacob aufgrund seiner Verehrung für Jacobs Frau und seiner blaublütig britischen Vornehmheit eine Bedrohung darstellt. Ich bin gewissermaßen Schachfigur bei Jacobs daraus folgender Zurschaustellung von Virilität.

»Wie ist es heute Morgen um den Konzeptrahmen bestellt, meine Liebe?«, fragt er mich, als er seine Fahnen auf den Tisch klatscht. Was soll man auf so eine Frage erwidern?

»Bestens, danke«, sage ich.

»Ihrem Konzeptrahmen geht es bestens«, wiederholt er. »Wo ist der verdammte *Guardian*? Haben diese jungen Nichtsnutze ihn nicht geliefert?«

»Komm schon, Jake«, tadelt John milde. »Du kannst doch kaum mit den gestrigen Nachrichten durch sein.«

»Die gestrigen Nachrichten sind genau das, worauf ich aus bin«, sagt er. »Es ist das, was mir Tag für Tag der *Guardian* vorsetzt.« Ich halte ihn im Großen und Ganzen für einen begnadeten Krittler. Ob CBI, die Königinmutter oder die bürgerliche Presse, aus allem und jedem krittelt er neue Hypothesen ins Leben. Ich mag ihn sehr. Mehr als irgendjemanden, den ich kenne.

»Wie wär's mit Frühstück, Jake«, sagt Jane. »Den *Guardian* hat Roger. Er hat ihn oben. Lass ihn in Ruhe.« Toast und Kaffee für Heathcliff – und Marmelade.

»Wie kommt es, dass bei mir kein Paar Socken zusammenpasst, Jane?«, meint er nun. »Wie kommt es, dass die Socken anderer Männer zusammenpassen? Haben sie liebevollere Frauen?«

»Vielleicht waschen sie ihre Socken selbst«, sagt Jane. »Jake, du musst los.«

»Also denk an das Kind, Janie, ja?«, sagt Jacob, der sich

zum Aufbruch bereit macht. »Wir haben ein *krankes Kind* im Haus. Kann ich mich darauf verlassen, dass du das nicht vergisst?« Roger kommt mit dem *Guardian* und seinem Transistorradio herein. Er hört ein Streichkonzert. »Roger, Annie ist krank«, sagt Jacob. »Man muss sich um sie kümmern. Sorgst du dafür, dass deine Mutter das tut? Sorgst du dafür, dass sie einen Arzt ruft, falls es nötig sein sollte?«

»Purcell, Rogsie?«, sagt Jane.

»William Boyce«, sagt er.

»Natürlich«, sagt sie. Sie hat gelegentlich eine Übereinstimmung mit ihm, die mich sehnsüchtig an die Zeit denken lässt, als meine Mutter und ich zusammen *Meine Lieder – meine Träume* guckten und an der Stelle gemeinsam Tränen vergossen, an der Julie Andrews ins Kloster zurückkehrt. Ich überfliege die erste Seite von Jacobs Korrekturfahnen, ich gehöre zu denen, die automatisch die Texte anderer lesen.

»Den üblichen besonderen Dank kann ich meiner Frau guten Gewissens nicht aussprechen«, stand dort usw. »Wenn sie nicht wäre, gäbe es keine Bücher, die es zu schreiben lohnte.«

»Deine Fahnen«, sagt Jane, als er sie zum Abschied küsst. »Vergiss deine Fahnen nicht.«

»Mein Gott!«, ruft er und schlägt sich die Hand vor die Stirn. »Meine Fahnen!«

11

Roger Goldman schreitet durch den Seepromenadenkitsch wie ein Pilger auf John Bunyans Reise zur seligen Ewigkeit. Die Hökerer von Zuckerwaren in Gestalt menschlicher Schenkel, von grauenhaften Hüten mit schlüpfrigen Slogans, von Brightoner Gesteinsbrocken, sprechen sich selbst Hohn. Roger ist gegen jede Versuchung gefeit, mich gelüstet nach Hotdogs. Rings um uns her gehen Ferienfamilien gnadenlos ihren jeweiligen Auffassungen von Kindererziehung nach. Gebildete Eltern dozieren Kleinen in Kinderkarren vor, zu deren Förderung, bei jeder Welle und Möwe. Bescheidenere Eltern frönen jener seltsam angelsächsischen Ausprägung von elterlichem Sadismus, der die Androhung von Schlägen mit dem Angebot von Süßigkeiten vereint. Zweijährige, die es kaum in ihren Buggys hält, so sehr lockt die See. ›Gib Ruhe jetzt, Stephen, du hast deine Chips gehabt!‹

Roger trägt seine Schmetterlingsjeans und ein voluminöses, kragenloses in der Taille gegürtetes Hemd. Der Märtyrerhut klemmt unter seinem Gürtel. Wir spazieren weit über den bevölkerten Teil des Strandes hinaus und lassen uns schließlich auf etwas öligen Kieselsteinen nieder. Roger schlenzt vielversprechende Steine ins Meer, und das mit einem kräftigen Bowling-Überarmwurf, bei dem mir der Atem stockt.

»Bist du froh, die Schule hinter dir zu haben?«, frage ich.

»Natürlich«, sagt er. »Du nicht?« Ich versuche, ihm zu beschreiben, wie mir vor Freude schwindelte bei der

Schulabschlussfeier. Vielleicht bin ich albern. Ich erzähle ihm, wie meine beste Freundin, meine liebste und engste Kichergefährtin, und ich uns unsere Taschentücher in den Mund stopfen mussten bei der letzten absurden Darbietung von *Lord Dismiss Us* während der letzten Andacht, wie wir die Unmengen Krimskrams, die sich in unseren Pulten angesammelt hatten, in einer großen Decke fortschlepppten, die wir zwischen uns den Hang hinuntertrugen, wie wir unsere Schulhüte in einen Briefkasten rammten und auf der Straße Pommes aßen und unsere Uniformen entweihten.

»Ich bin mit Jonathan direkt nach Hause geradelt«, sagt er. »Es gab an der Schule niemanden, mit dem ich Lust gehabt hätte zu feiern. Mein Musiklehrer spendierte mir ein Glas grauenvollen Sherry.«

Zum Rendezvous mit John gehen wir durch die Brighton Lanes, und ich traue mich nicht, stehen zu bleiben und die Auslagen der Schuhgeschäfte zu betrachten, aus Angst, dass Roger mich trivial finden könnte. John, der bereits wartet, lädt uns zu Steak und Pommes ein, als wären wir Kinder auf einem Schulausflug. Alle meine Ausflüge mit John haben etwas von besonderen Unternehmungen mit einem spendablen, aber irgendwie verderbten Onkel. Wer weiß, bei seiner Unvoreingenommenheit genießt er vielleicht wechselweise die Vorstellung, einen von uns beiden zu vernaschen. Während er auf der Herrentoilette verschwindet, bringt mir der Kellner den bestellten Apple Pie mit Sahne.

»Und für den jungen Herrn?«, drängt er Roger freundlich.

»Ich bin kein ›junger Herr‹«, sagt Roger hochfahrend, »ich bin Roger Goldman.« Ich kichere.

»›Junger Herr!‹«, schnaubt Roger verächtlich, kaum dass

der Kellner sich entfernt hat. »Viktorianisch.« Verbündete plötzlich durch unsere köstliche Jugend und die altmodische Anrede, mit der der Kellner selbige unterstrichen hat, berauschen wir uns an leicht hysterischer Belustigung.

»O je«, meint John Millet mit Gönnermiene, als er wiederkehrt.

Die Kapelle ist wunderschön, versteckt, wie sie im urwaldhaft Grünen liegt, und innen auf kunstvolle Weise noch üppiger. John fotografiert mit Blitzlicht. Es ist, als würde an den Wänden Erntedank gefeiert. Als ich zum Mittelschiff hinabblicke, sehe ich, dass Roger auf die Kanzel gestiegen ist. Unerhört, ich würde es nie gewagt haben.

Roger fährt zurück, neben sich auf dem Beifahrersitz John Millet. Bei unserer Rückkehr ist Annie vollständig genesen und schwirrt mit Jane in der Küche herum. Jonathan, in seiner grässlichen Schuluniform, zieht über den neuen Englischlehrer her, der ihn hat nachsitzen lassen, weil er »angeblich« unverschämt geworden sei.

»Du bist unverschämt, Jont«, sagt Jane unbekümmert. »Ich finde, das macht einen Teil deines Charmes aus, aber du kannst nicht unbedingt von anderen erwarten, dass sie das genauso sehen.«

»Der Armleuchter hat mich aufgefordert, ›Auf Sturmwind reitend, oder Himmels Cherubim / zu Ross' auf unsichtbaren, luft'gen Rennern‹ zu paraphrasieren«, empört er sich. »Was zum Teufel bringt es, das zu paraphrasieren? Es klingt besser, wie es ist.«

»Und was hast du zu ihm gesagt, Jont?«, will Jane wissen.

»Aber findest du nicht auch, Jane, dass es Unsinn ist, das paraphrasieren zu wollen?«, meint Jonathan.

»Was hast du zu ihm gesagt, Jont?«, beharrt Jane.

»Ich habe ihm gesagt, wenn er es nicht verstehe, solle er es nicht mit uns durchnehmen.«

»Und?«, fragt sie.

»Er hat gemeint, wenn ich so schlau bin, kann ich ja den Unterricht übernehmen. Also habe ich ihn übernommen. Und ich hab's um einiges besser gemacht als er, aber nach ungefähr zehn Minuten hat er abgebrochen, weil ich ihn glatt an die Wand gespielt habe. Der soll mir noch mal komisch kommen«, sagt Jonathan. Das hier ist gewaltigeres und besseres Unruhestifen, als ich mir je habe träumen lassen. Im Stillen verneige ich mich neiderfüllt vor ihm.

»Gib acht, was du tust, Jonathan, mehr sage ich dazu nicht«, sagt Jane. »Weder Jake noch ich werden vorm Direx im Staub kriechen und uns für dich verwenden, wenn er beschließt, dich rauszuwerfen.« Sie wendet sich Roger zu. »Die jungen Damen haben für dich angerufen, Roger. Die mit dem Tennisplatz. Sie haben dich für morgen zum Tennisspielen eingeladen.« Roger zuckt mit den Achseln.

»Sie spielen in Weiß«, sagt er garstig. »Wie Statisten bei *Holiday on Ice*.« Mich schaudert angesichts dieser snobistischen Aburteilung, und ich danke dem Herrn, dass ich mich immer in der Bibliothek versteckt habe, wenn Sportstunde war. Hätte ich Tennis gespielt, ich hätte es sicherlich in Weiß getan.

»Rangehen, Rogsie«, sagt Jonathan, während Jane uns Tee kocht. »Ich würde es auf die mit den Beinen anlegen.« Roger sagt nichts. Er geht seine Violine holen. »Ich muss los«, sagt er zu John, der ihm die Autoschlüssel aushändigt.

12

Am Abend, im Garten, verzeiht mir Jane, dass ich eine halb reife Gurke gepflückt habe, die ich irrtümlicherweise für eine Zucchini hielt. Kartoffeln kommen weiß aus der Erde, entdecke ich. Die braune Schale bildet sich erst danach. Jacob gesellt sich nach seiner Rückkehr zu uns, zusammen mit Annie und Sam, die ihn am Tor abgefangen haben. Er bringt den *Listener* und ein Stück in Weinblätter gewickelten Käse für seine Frau.

»Das ist für dich, mein Herz«, sagt er. »Und nicht zum Teilen mit irgendjemandem.«

»Selbst mit dir nicht?«, meint sie. Sie ist gerührt. »Ach, Jake.«

In den *Listener* gerollt trägt er eine Tüte von Dillon's, die er mir überreicht. Es ist ein Exemplar der *Ragged Trousered Philanthropists.*

»Als Erholung von Leavis' großer Tradition – Eliot, James, Conrad und wie sie alle heißen«, sagt er. Ich bedanke mich überschwänglich, ich fühle mich durch das Mitbringsel sehr geehrt.

»Führst die Jugend beizeiten ans Neue Jerusalem heran, wie, Jake?«, spottet Jane. »Da bin ich ja froh, dass ich den Käse bekommen habe. Ich bin zu alt, um konvertiert zu werden.«

»Ich komme gleichzeitig als Taschenbuch heraus«, teilt er ihr mit. Sie jubelt und küsst ihn.

»Wow!«, sagt sie. »Wow, Jake!«

»Lasse dich heute Abend von mir ausführen«, sagt er.

»Wir vernachlässigen die Kinder und unsere Gäste und gehen aus. Wir halten Händchen im Kino.«

»Ich muss dir gestehen, Jake, dass ich seit heute nachmittag ziemlich regelmäßige Wehen habe«, sagt sie.

»O Gott«, sagt er. »Das war's dann wohl fürs nächste halbe Jahr. Oder kann man heutzutage wieder Ammen heuern? Wer braucht schon Au pairs? Wieso wimmelt es auf der Welt von Au pairs? Eine Amme ist's, was wir brauchen.«

»Tut mir leid, Jake«, sagt sie. »Ich sollte heute Abend vielleicht lieber zu Hause bleiben.«

»Liebste«, sagt er und fügt sich ins Unvermeidliche. Er dreht sich nach Annie und Sam um. »Jane wird morgen für euch ein Baby haben. Rosie wird begeistert sein, euch beide vom Nesthäkchenthron gestoßen zu sehen.« Jane lacht leise.

»Das wird sie wahrhaftig, nicht?«, sagt sie. »Arme Rosie.«

Jane macht den Kindern an diesem Abend das Essen, wobei sie sich periodisch gegen den Tisch lehnt und während der Kontraktionen tief durchatmet. Sie hat von der Küche aus die Hebamme und den Arzt angerufen. Ich finde das alles unbeschreiblich aufregend, und ich staune, wie gelassen sie ist.

»Ich dachte, die Leute krallen sich am Bett fest und schreien«, sage ich.

»Das kommt erst später«, sagt sie. »Später breche ich dann zusammen. Ich bin nie eine dieser unausstehlichen Frauen gewesen, die das alles hundertprozentig hinkriegen.« Jacob und John schauen im Kinderspielzimmer fern: Nachrichten. Jonathan macht am Küchentisch Hausaufgaben. Er hat eine Zeitung über die Pfützen und Krümel gebreitet und sein Latein obendrauf gepackt. Ich beschäftige Rosie und die Zwillinge auf dem Küchenboden mit einer Runde Schnipp-Schnapp, aber Rosies Reaktion ist natürlich zu schnell für die beiden anderen. Andererseits ist sie noch nicht alt genug, die Kleinen gewinnen lassen zu können.

»Schnapp!«, ruft sie in einem fort. »Schnapp! Schnapp!« Die Kleinen überfallen sie, um sich ihre Karten zurückzuerobern. Jane schickt die Zwillinge mit einem knappen Befehl hinauf ins Kinderspielzimmer zu Jacob, ehe sie eine erneute Wehenwelle abwettert.

»Jont«, sagt sie, »mir wird schlecht.«

Geistesgegenwärtig schnappt sich Jonathan einen großen antiken Krug vom benachbarten Bord und lässt Büroklammern, Rabattmarken und Paketschnur über den Tisch regnen, ehe er ihn ihr reicht.

»Reiher hier rein, Ma«, sagt er, und das tut sie.

»Hol Jake«, sagt sie, als sie den Kopf wieder heben kann. »Sag ihm, ich lege mich jetzt hin. Sag ihm, dass der Tisch vollgekotzt ist.«

»Schnapp!«, schreit Rosie. »Gewonnen!«

Roger kehrt mit der Violine im Kasten zurück.

»Hallo«, sagt er. Er dreht einen Stuhl herum und setzt sich rittlings darauf. Er legt den Geigenkasten auf Jonathans Latein. Rosie macht einen Handstand gegen die Küchentür.

»Jane bekommt ihr Kind«, sagt sie, stolz, als Erste mit der Nachricht kommen zu können.

Jonathan kehrt zurück.

»Mutter gebiert«, sagt er. Er nimmt den Krug mit Erbrochenem und geht damit zur Tür. »Denn man Prost«, sagt er pietätlos. Wir hören, wie er das Zeug im unteren Klo hinunterspült. Roger sagt keinen Ton, aber das Ereignis macht ihn zappelig.

»Wollen wir spazieren gehen?« meint er. Wir treffen auf dem Gartenweg die Hebamme. Ich beäuge ihre Tasche, denke an Häkelnadeln und Bleipillen.

»Na, welcher bist du denn?«, meint sie jovial zu Roger. »Habe ich dich auch schon geholt?« Bei allen Unterschieden sind die Goldmankinder doch aus einem Guss, alle von ein und demselben Fließband.

»Ich bin ich selbst«, sagt Roger kalt. Er ist ein Meister der Feindseligkeit. Er zieht sich den Hamlethut noch tiefer ins Gesicht, um sich vor ihr zu verbergen. Wir überqueren rechts vom Haus ein Feld zum Bach. Hinter dem Bach, über den wir springen, liegt ein eher morbider kleiner Legeschuppen, der zur benachbarten Farm gehört, und an seiner Längsseite wächst ein Brombeerdschungel, wo wir pflücken und naschen.

»Jane sagt, es gibt auch Brombeeren ohne Dornen«, sagt er und studiert einen Kratzer an seinem Handgelenk. »Sie will welche ziehen.«

»Habt ihr immer schon hier gelebt?«, frage ich. Er schüttelt den Kopf.

»Seit ich fünf bin«, sagt er. Er reicht mir Brombeeren, die er von Ranken außerhalb meiner Reichweite gepflückt hat. »Wir haben mal in Belsize Park gelebt. Wo wohnst du?«

»Hendon«, sage ich. »Ich bringe meine Katze zum Tierarzt in Belsize Park.«

»Wir haben damals am Haverstock Hill gewohnt«, sagt er. Ich verzweifle im Stillen, als ich daran denke, dass Roger in vier Tagen fort sein wird und wir nichts als diese totgeborenen Unterhaltungen haben. Plötzlich sagt Roger: »Einmal haben Jont und ich in Oxford Brombeeren gepflückt. Im Garten meiner Großmutter. Wir haben ein Experiment durchgeführt, als Gottesbeweis, weil die Großeltern uns zu bekehren versucht hatten. Wir müssen so vier und sieben gewesen sein. Wir haben den Heiligen Geist endlos beleidigt, um zu sehen, ob der Zorn Gottes auf uns niederfährt. Die Nachbarn haben es gehört und uns verpfiffen. Mir war in meinem ganzen Leben noch nie etwas so peinlich. Mein Großvater wollte uns dazu zwingen, um Vergebung zu beten. Ich habe mich geweigert. Ich konnte nicht.«

»Ja, nicht?«, sage ich, »beten ist entsetzlich peinlich. Eine Qual.«

»Wenigstens tun es die Anglikaner nach einem Buch, sodass zumindest ein Ende abzusehen ist«, sagt Roger. »Die Quäker dagegen hören gar nicht mehr auf, wenn sie richtig in Fahrt kommen. Unser Schuldirektor war Quäker.« Er reicht mir wieder eine Handvoll Beeren.

»In der Pfingstbewegung machen sie es an der Wurlitzerorgel«, sage ich. »Sich in Fahrt bringen, meine ich. Ich hab's mal im Radio gehört.« Ich schwebe mindestens drei Meter über dem Boden, als mir klar wird, dass ich Roger zum Lachen gebracht habe. Als wir zum Haus zurückwandern und ich mir alle Mühe gebe, mir auf meinen albernen Absätzen nicht den Hals zu brechen, sinniere ich ehrfurchtsvoll, dass ich Beeren aus der Hand von einem empfangen habe, der sich nicht scheut, Experimente mit dem Allmächtigen durchzuführen.

13

Um elf Uhr kommt Jacob mit dem Arzt in die Küche, der sich bald darauf verabschiedet. Ich sitze dort mit John und Jonathan. Roger ist schlafen gegangen.

»Tja«, sagt Jacob stoisch, »ich habe schon Schlimmeres gesehen.« Er setzt Wasser auf, um Jane und der Hebamme Tee zu kochen. »Sie hat alles draußen. Das Kind ist weiblich und ein ganz schöner Brocken.«

»Wie geht es ihr?«, fragt John.

»Hervorragend«, sagt er. »Etwas bleich und hinfällig natürlich. Der menschliche Körper ist nicht besonders zweckdienlich konstruiert. Katzen und Pferde tun sich leichter. Der Säugling nuckelt zufrieden. Kommt doch einen Moment mit hoch.«

Jane sitzt aufrecht in einem sehr hübschen alten Messingbett, mit bunt gestreiften Kissen im Rücken. Ihr Gesicht ist gezeichnet und etwas aufgedunsen. Die Hebamme sitzt bei ihr auf der Bettkante und gurrt das Baby dümmlich an.

»Komm schon, Schätzchen«, drängt sie, »nimm die ganze Warze, Süße, sonst wird die Mama wund. Das wollen wir doch nicht, oder?« Sie schiebt den dunklen Hof von Janes Brustwarze dem Säugling routiniert in den Mund. Das Zimmer riecht vage nach Menstruationsblut. Auf einem Teewagen am Fußende des Bettes steht eine Emailleschüssel mit einem Organ, das vom Aussehen her einem Ochsenherzen, so wie man es beim Fleischer sehen kann, nicht unähnlich ist, bloß, dass bläuliche Nabelschnur daran hängt. Jane sieht Jonathan danach schielen.

»Meine Plazenta, Jont«, sagt sie und streckt die Hand nach ihm aus. »Die Natur ist eben manchmal blutig. Willst du es mal halten?«

»Also gut«, sagt Jonathan. Er nimmt das Baby hoch, stützt den Kopf in der hohlen Hand. Es ist in seiner wattierten Decke wie ein winziges Jesuskind verpackt. Quattrocento. »Hallo, kleine Ratte«, sagt er.

»Sie ist bildhübsch«, sagt die Hebamme streng.

»Passt gerade in deine Satteltasche, wie, Jont?«, meint Jane. »Willst du sie nicht morgen in die Schule mitnehmen? Sie übers Pflaster schaukeln?«

»Wir haben schon morgen«, sagt John. »Katherine und ich werden jetzt aufbrechen, Jane.« Er gibt ihr einen Kuss. »Übernimm dich nicht, hörst du? Wir sehen uns bald wieder. Komm doch mal nach London rein.«

»Du musst unbedingt wiederkommen, Katherine«, sagt Jane zu mir. »Schreib mir deine Telefonnummer an die Küchenwand.« Sie küsst mich. »Jacob, sorg dafür, dass sie es tut«, sagt sie. »Wo ist Roggs?«

»Er ist eingeschlafen«, sagt Jonathan. »Beim Schach gegen sich selbst.«

John chauffiert uns stumm und zielstrebig ins nächste Hotel und trägt uns ein. Ich bin machtlos. Mir kommt es, als ich die Halle betrete, so vor, als hätte ich einen elektronischen Pieper am Ringfinger der linken Hand, der den fehlenden Ehereif meldet. Ich bin auf leicht morbide Weise von seiner geckenhaften Schönheit fasziniert, die in ihrem Narzissmus ans körperlich Abstoßende grenzt. Obwohl er sich vorsichtshalber im Dunkeln entkleidet, erkenne ich schemenhaft das grotesk vergrößerte männliche Organ – als wäre es, der Komik halber, wie bei einer Aufführung von Aristophanes umgebunden. Während mein Hirn plötzlich die Verbindung herstellt zu dem, was unsere

Biologielehrerin uns über Schwellkörper und die Reproduktion bei Kaninchen erzählt hat, wird mir, zu meiner Erleichterung, klar, dass all dies Routine ist. Es gibt keine Schwierigkeiten beim Eindringen, keinen Schmerz. Bloß das tröstliche und wenig bemerkenswerte Ausfüllen eines Hohlraums. Einfacher als der erste Tampon. John empfindet vermutlich den zusätzlichen Kitzel der Unterlaufung von Jacobs Verbot. Am Morgen fährt er nach London rein und setzt mich an der U-Bahn in Hampstead ab, ehe er ins Büro weiterfährt.

»Ich melde mich«, sagt er.

14

Meiner Mutter hatte ich gefehlt. Das war unverkennbar. Dabei hatte ich keinen Augenblick an sie gedacht.

»War es schön?«, fragte sie.

»Ja«, sagte ich.

»Was habt ihr unternommen?«, fragte sie. Ich war in einem Hotelzimmer entjungfert worden und hatte Brombeeren aus der Hand eines bildschönen jungen Mannes empfangen, der Violine spielte und den Heiligen Geist hereingelegt hatte. Ich hatte eine menschliche Plazenta gesehen und ein Neugeborenes. Ich hatte von Häkelnadeln gehört und Kupferhaken in der Gebärmutter und Eidotter in der Suppe. Ich hatte eine ältere Frau kennengelernt, die ich bewundern und der ich nacheifern konnte, an Mutters statt.

»Ich habe einen Ava-Gardner-Film im Fernsehen gesehen«, sagte ich.

»Ist das alles?«

»Ich war an der See, in Brighton«, sagte ich.

»Du hast mir gefehlt«, sagte sie. Meine Mutter machte mir Kaffee, den ich auf dem Sofa trank, den Blick starr auf das Bild über dem Kamin gerichtet. Das Porträt eines Kindes mit Murilloaugen und künstlicher gläserner Kullerträne. Für meine Mutter versinnbildlichte dieses Billig-Woolworthbild: Kindheit. Ich hatte mit seiner verkitschten Niedlichkeit nie mithalten können. Ich fragte mich vorwurfsvoll, weshalb eine Kristallträne akzeptabler sein sollte als die andere, während ich an die Goldmans dachte und daran, wie sie Dowland sangen. Meine Mutter würde den Erdball umrunden, um an meiner Seite zu sein, wenn ich im Sterben läge, und hat es auch getan.

»Es hat sich herausgestellt, dass es die Familie meines Professors war«, sagte ich, plötzlich doch mitteilungsbedürftig. »Der, bei dem ich das Aufnahmegespräch hatte. Seine Frau hat gestern Abend ein Kind gekriegt. Zu Hause, im Schlafzimmer. Es wurde in ihrem Bett geboren.« Zwischen den Zeilen verstand meine Mutter sehr wohl. Die Botschaft lautete Ablehnung, und sie machte sie feindselig.

»Dinge gibt's«, sagte sie spitz. »Wenn du erst so weit bist, dass du Kinder bekommst, wirst du schon merken, dass der rechte Ort dafür die Klinik ist.« Das Heim meiner Mutter erschien mir beklemmend ordentlich und peinlich gewollt. Sie hatte sich einen Einrichtungsstil zu eigen gemacht, der genau besehen allein durch das Wirrwarr optischer Reize Epilepsie hätte auslösen müssen. Ein Dschungel sich beißender Muster auf Boden und Wänden. Auf dem Boden: herbstlich gemusterte Axminster-Auslegware; gemustert deshalb, so meine Mutter, weil dann der Dreck nicht so auffiele. Da aber unsere Aktivitäten sich auf solche beschränkten, die keinen Dreck machten, gab es keinen Dreck, der hätte auffallen können. Reinlichkeit bestimmte unser häusliches Sein, so wie meiner Erinnerung nach die Hoover-Werke – dieser imposante museale Bau – den Stadtrand von London beherrschten. Hinter mir hing auf der Tapete, die meine Mutter als »modern« bezeichnete (womit sie meinte, dass das Muster ein nicht-gegenständliches war), eine mehr als stattliche Sammlung von Porzellanenten im Basrelief. Als »ein reichlich Drittel der jährlichen transatlantischen Migration«, würde Jonathan Goldman sie dereinst bezeichnen, zu einem Zeitpunkt, als die Enten schon zu modischem Kitsch avanciert waren.

»Das war aber unhöflich von dir, zu bleiben, wenn du wusstest, dass das Kind kommen sollte«, sagte meine Mutter. Mütter halten dich grundsätzlich für unfähig zum rechten Umgang. Sie machen sich solche Sorgen darüber, dass du vielleicht ungeliebt durchs Leben gehen musst.

15

Ich bin mit John Millet nie wieder ins Bett gegangen, wohl aber gelegentlich ins Theater. Manchmal brachte er einen recht hübschen Anwalt mit, mit dem er tändelte, und manchmal Jane. Dann überließ Jane die Kinder Jacob und Jonathan, streifte ihre Gummistiefel und ihre durchgewetzten Jeans ab und schlüpfte gleichgültig in ein trutschiges Kostüm, das sich eher für Gefangenenbesuche geeignet hätte. Es unterstrich lediglich ihr phantastisches Aussehen. Es machte immer großen Spaß, mit ihr unterwegs zu sein. Trotz des Altersunterschieds verdrängte Jane nach und nach meine Freundinnen und wurde meine wichtigste Kichergefährtin. Ich besuchte sie ziemlich oft. Einmal, auf der Damentoilette des Purcell Room, probierte sie meinen Mascara aus.

»Sag mal, weshalb, meinst du, führt er uns gern zusammen aus?«, fragte sie. »Es ist ein bisschen wie eine polygame Ehe, nicht? So ohne Kinder und ohne Jacob. Eine tröstliche Phantasie.« Ich lachte, mir in meiner Naivität natürlich nicht bewusst, was für einen Angriff auf ihre Identität und ihren Seelenfrieden Jacob tatsächlich darstellte. Oder wie schwer es beiden fiel, sich gegen die Vorstellung zur Wehr zu setzen, dass schöne Frauen zu nichts anderem geboren wären, als schön zu sein.

Einmal drehte sie sich im Beifahrersitz von Johns Wagen nach mir um und sagte: »Roger möchte deine Adresse haben, Katherine. Irgendso eine durchsichtige Ausrede wie die, dass du ihm ein Buch besorgen musst. Könnte es sein, dass mein Erstgeborener zärtliche Gefühle für dich hegt?« Ich hielt im Dunkeln die Luft an und sagte nichts.

»Schick ihm doch auch meine Adresse«, sagte John. Eine Bemerkung, die er in Jacobs Gegenwart nicht gewagt hätte, und eine, die offenbar auch Jane ziemlich beunruhigend fand.

»Wenn du auch nur den kleinsten Vorstoß in diese Richtung wagst, hetze ich dir Jacob auf den Hals«, sagte sie. John lachte sie aus. »Es ist mein voller Ernst«, sagte sie. »Jacob ist ein beachtlicher Faustkämpfer. Nicht umsonst ist er auf der Mile End Road zwischen all diesen widerlichen Mosleyianern aufgewachsen. Er würde auf deinem spiegelblanken Parkett ein Blutbad anrichten.« John lachte noch einmal.

»Ich ziehe dich doch nur auf«, sagte er. »Dein Roger ist mir ohnehin zu intensiv. Da habt ihr euch einen richtigen kleinen Neurotiker herangezüchtet, ihr beide, nicht wahr?«

»Setz mich an der Bahn ab«, sagte sie.

»Ich ziehe dich doch nur auf«, sagte er.

»Setz mich an der verdammten Bahn ab, bevor mir die Muttermilch gerinnt«, sagte sie.

An der Victoria Station wechselte ich in den frei gewordenen Beifahrersitz. John Millet brachte mich heim. Ich sagte nichts, erschüttert von seiner unvermuteten Bösartigkeit. John Millet hatte mich, glaube ich, ursprünglich ins Spiel gebracht, um Jane zu verunsichern, die seine Aufmerksamkeiten genoss, und um Jacob in die Bredouille zu bringen, der die Frau bekommen hatte, die John selbst möglicherweise genommen hätte, hätte er nur den Mumm gehabt, sich der dann unumgänglichen Unordnung des Lebens zu stellen. Und in seine Pläne passte mit Sicherheit nicht, dass seine jüngere Qattrocentoausgabe in den

Armen von Janes Sohn landete, den er zuletzt mit fünfzehn erlebt hatte. Vielleicht war ihm entfallen, dass aus Kindern Erwachsene werden. Ohnehin passte ihm die Vorstellung nicht, dass Jane von Jacob Kinder hatte.

Im Hause der Goldmans gab es eine kleine Ausgabe der Sonette Shakespeares, in rotes Leder gebunden und mit einem pointierten kleinen Hinweis auf das Sonett 87 auf dem Vorsatzblatt. Das Sonett 87 ist das, bei dem es heißt:

Leb wohl! Dich halt' ich nicht; bist mir zu teuer;
Und, fürcht' ich, deines Wertes wohl gedenk.

Es war das Hochzeitsgeschenk John Millets an Jane. Ich hatte den Band eines Tages auf dem Badezimmerboden entdeckt, wo ihn Jonathan, der ihn inzwischen für seinen Literaturkurs benutzte, hatte liegen lassen.

16

Rogers Handschrift war ein Schock. Ich war immer davon ausgegangen, dass alle Menschen von überlegener Bildung von dem Umstand unterrichtet waren, dass man kalligraphische Buchstaben notwendigerweise parallel ausrichtete, mit kräftigem Abstrich und nach oben hin verbindenden Winkeln von fünfundvierzig Grad. Rogers Handschrift war klein, uneinheitlich in der Neigung der Buchstaben und schwer zu lesen. Ich unterzog meine Annahme deshalb dahingehend einer Revision, dass ich beschloss: Roger, als Krönung der Schöpfung, stand es frei, sich seine eigenen Regeln zu setzen, und seine Handschrift war der Ausdruck seiner großartigen Missachtung der gängigen Normen. In Wirklichkeit hatte Roger einfach eine Sauklaue. Er hatte keine Begabung fürs Schreiben.

Roger berichtete mir in seinem ersten Brief, dass er in einer Dorfschule in einer Wellblechhütte Mathe unterrichtete und zusätzlich jeden Morgen Hymnen auf einem Klavier hämmerte, das ihn schaudern machte. Die Hämmer hatten keinen Filzbelag mehr, und es lag überhaupt zu viel christlich missionarischer Eifer in der Luft. Die Busse hatten keine Federung, aber sie brachten dich heil in die Stadt und beförderten dein Fahrrad als Gepäck auf dem Dach mit, sofern du das Glück hattest, eines zu besitzen. Alle Welt bestand darauf, Bananen mit dir zu teilen auf diesen Busreisen. Gutnachbarschaftlichkeit, schrieb er, treibe ihn in den Wahnsinn. Der Hausboy, der zum Haus gehörte, machte ihn ebenfalls wahnsinnig, meinte er, weil er stundenlang mit Stahlwolle an ein paar Aluminiumtöpfen herumschrubbte, mit denen er, Roger, in wenigen Minuten fertig wäre. Dieses selbe verachtete Gesinde, schrieb er, war kreuzbeleidigt, wenn man seine Hemden selber wusch, an denen es mit Blöcken blauer, scheckiger Seife herumzuschrubben vorzog, weil es das Gejammer weißer Arbeitgeber über die Waschmittelpreise leid war. Mangos waren zahlreicher als Menschen, köstlicher als das Christentum, und er wollte mir welche mitbringen. Er hatte sein Transistorradio vergessen, und das brauchte er, um der Gefahr von Unterhaltungen mit den anderen zu entrinnen, die das Haus mit ihm teilten. »Langweilige britische Provinzler«, schrieb er, für die Fortschritt darin gipfele, »die ganze Welt zu West Hartlepool zu machen«. Sie machten ihn wahnsinnig. Alles machte ihn wahnsinnig. Ich liebte ihn für seinen alles überbietenden Snobismus.

»Ich wollte dir sagen, dass du schön singst«, schrieb er. »Und dass ich hoffe, dass John Millet kein besonders enger Freund von dir ist.« Die Folge dieses seltsamen Briefes, den ich fast stündlich las, war, dass ich um Horizonterweiterung bemüht war, auf der Karte West Hartlepool suchte und beschloß, hinfort meine Wäsche selber zu waschen, was bisher meine Mutter für mich getan hatte. Meine Mutter erwies sich nur leider als mindestens so sehr auf ihr Revier bedacht wie Rogers Hausboy.

»Wenn du dein eigenes Heim gründest, kannst du machen, was du willst«, sagte sie empörenderweise und verweigerte mir den Zugang zur Waschmaschine. Als ich mich Jane gegenüber über diese selbstherrliche Beschneidung meiner Rechte beschwerte, musste ich feststellen, dass ihre Sicht der Dinge, verständlicherweise, eine andere war.

»Ein Ort, wo jemand anders dir die Wäsche besorgt, kann so übel nicht sein«, sagte sie. »Weißt du, Katherine, als die Zwillinge geboren wurden, habe ich Jacob gegenüber das Recht durchgesetzt, Papierwindeln zu benutzen, nur um feststellen zu müssen, dass sie nichts taugten.«

Ich setzte meine Antwort an Roger sorgfältig auf, betonte, wie leid es mir getan habe, dass ich mich nicht von ihm verabschieden konnte. Ich schrieb, um unsere flüchtigen Momente größerer Nähe zu evozieren, dass ich das Klavier für die Rache des Heiligen Geistes ob seiner Schmähung aus den Brombeerbüschen hielte, ich erzählte ihm, dass ich mit seiner Mutter ein Konzert besucht hätte und dass sie auf der Damentoilette meinen Mascara ausprobiert habe und wie umwerfend ich sie fände, dass mein Trimester begonnen habe und dass ich meine sämtlichen Ringbücher aus purem Überschwang in Florentiner Papier eingeschlagen und meinen Vorrat an grünen Venus-Bleistiften gespitzt hätte. Dass ich alles erfrischend anders als Schule fände und dass Jacob ein großer Hit bei den Studenten sei, weil so flott und so eloquent und scharfsichtig. John Millet, versicherte ich ihm, sei nur ein weitläufiger Bekannter, mit dem ich gelegentlich ins Theater ginge. Ich wünschte ihm viele angenehme Abende fern des Geräuschs von Stahlwolle auf Aluminium und spekulierte, ob mein Brief wohl per Laufboten gebracht würde, dreckverschmiert in einer Stockgabel.

»Seitdem du meine Stimme gelobt hast«, schrieb ich, »singe ich auf dem Heimweg von der U-Bahn. Sag mir doch, was ich singen könnte.« Rückblickend gesehen, hätte ich ihm wohl kaum einen ärgerlicheren Brief schreiben können. Hätte er nicht schon beschlossen gehabt, in mich verliebt zu sein, wäre der Kontakt auf der Stelle abgebrochen. Ich hatte seine Verärgerung über Klavier und Hausboy belächelt, wo er doch ein junger Mann war, der seine Abneigungen ernst genommen wissen wollte. Ich hatte den unverzeihlichen Fehler begangen, seine Eltern zu loben. Ich hatte mich meinem nach Höherem strebenden Kreuzritter als junges Ding entlarvt, das weltlichen Genüssen frönte: Ich trug Mascara, und ich band meine Hefte – diese Symbole materieller Bescheidung und geistiger Fron – in Schmuckpapier ein.

Rogers nächster Brief, eine wutschäumende Epistel, berichtete vom Diebstahl seiner Violine. Ich dürfe es keinesfalls seinen Eltern erzählen, schrieb er, sonst werde Jacob einen Anfall kriegen, wegen der Kosten, sie zu ersetzen; Jacob sei nämlich ein alter Geizkragen, und er, Roger, würde es nicht dulden, hinter seinem Rücken beschimpft zu werden. Es war ihm überhaupt lieber, wenn ich seinen Eltern gar nichts von ihm erzählte, denn er liebte es nicht, wenn über ihn geredet wurde. Er riet mir dann, mir die Noten zu einer Reihe Volkslieder im Cecil Sharpe House zu besorgen und es damit zu versuchen. Er schrieb, ziemlich abschätzig, von der Schule, an der er unterrichtete, deren oberstes Ziel zu sein schien, den Schülern Bürojobs in den Behörden zu sichern, mit der Folge, dass ermüdender Wert auf Lesen, Schreiben, Rechnen und Respektabilität gelegt wurde. Die Schüler seien ausnahmslos konformistisch und unterwürfig, schrieb er. Es gab nirgends jemanden wie seinen Bruder Jonathan.

»Alle wienern sich die Schuhe«, schrieb er angeekelt, wo er doch angenommen hatte, dass diese Steinzeitsitte mit der Abschaffung des Militärdienstes obsolet geworden war. Ich hörte sofort auf, meine Schuhe zu putzen, und beging dazu noch den Fauxpas, für Roger im Victoria und Albert Museum die Postkarte einer Stradivari auszusuchen, die ich ihm mit Beileidsbekundung schickte. Ich gestand außerdem, dass Partituren für mich kaum mehr wären als Kaulquappen, die Stufen auf und ab wimmelten, denn ich hätte nie Noten lesen gelernt, und dass ich eine schwindelerregend gute Note für einen Essay über den Apriorismus erhalten hätte – für mich berauschend, denn ich hätte immer gedacht, Apriorismus gehörte zu den Wörtern, die Leuten vorbehalten wären, die im Dritten Programm Vorträge hielten, und dass ich nie damit gerechnet hätte, eine derjenigen zu sein, die wussten, was es hieß.

Roger antwortete dahingehend, dass ich doch bitte, wenn ich schon Fotos schickte, ihm eines von mir schicken sollte. Er habe seine Violine zurückbekommen, schrieb er, allerdings ohne Bogen. Er legte eine Zahlungsanweisung bei und trug mir auf, in die Wardour Street zu gehen und ihm einen neuen zu kaufen, was ich tat, auch wenn ich mich der Sache so wenig gewachsen fühlte, als hätte man mich losgeschickt, um beim Herrenfriseur eine Packung Präservative zu besorgen. Ich sandte ihm den Bogen und glaubte nicht, dass er jemals ankommen, sondern unterwegs abgefangen und dazu zweckentfremdet werden würde, Hasen zu erlegen. Es war mir bis zum Erwerb nie aufgefallen, wie sehr ein Geigenbogen der anderen Sorte ähnelte. Ich schickte ihm einen Schnappschuss von mir, den John Millet in der Vanessa-Bell-Kapelle gemacht hatte.

Aus Rogers nächstem Brief fiel mir seine Schmetterlings-Applikation in den Schoß, und ein Foto von ihm. Sein Brief teilte mir mit, er liebe mich. Ob ich bitte seinen Schmetterling tragen würde, den der Hausboy sonst bis zur Unkenntlichkeit schrubben würde. Das hieß, wenn ich glaubte, seine Gefühle erwidern zu können. Wenn nicht, würde ich ihn bitte in den Müll werfen und ihm sofort Bescheid sagen?

Das Foto war kostbar, denn bis dahin hatte ich ihn mir aus Janes Lächeln und Janes Augen erschließen müssen. Doch die Andeutung eines Bartschattens und die Jugendlichkeit fehlten bei ihr. Und auch die Aura von Eifer und Selbstherrlichkeit, die mich hatte dahinschmelzen lassen. Auf dem Foto stand er, braun wie eine Haselnuss, in sehr unbritischen Sandalen, inmitten von Schülern vor seiner Wellblechhütte. Alle waren sie im scharfen Licht klar umrissen. Im Hintergrund nicht-dampfendes Dschungelgrün. Die Schüler, förmlich, in Positur, nicht gewohnt, fotografiert zu werden. Ordentliche Krawatten. Produkte einer Missionsbildung, die Roger verachtete. Roger, Hände in den Hosentaschen und ein angedeutetes Lächeln auf den Lippen, wirkte so, als müsste er sich zügeln, den Fotografen nicht im Umgang mit dem Belichtungsmesser zu unterweisen.

Ich schob dieses Foto unter den Rand des Spiegels über meiner Frisierkommode, eines kleinen, weiß lackierten Sperrholzdings mit umlaufendem Vorhang. Ein Relikt kindlicheren Geschmacks.

»Man würde gar nicht meinen, dass er Jude ist«, sagte meine Mutter. Sie wollte mich damit zur Qualität Mann beglückwünschen, die ich zu ihrer Beruhigung endlich an Land gezogen hatte.

»Er ist kein Jude«, sagte ich ärgerlich. »Jude ist man nur, wenn auch die Mutter jüdisch ist.« Meine Mutter musterte mich wissend, fast mitfühlend, voller Verständnis, dass ich mich gedrängt fühlte, jedes denkbare Stigma, das meinem jungen Mann anhaften könnte, zu leugnen. Sie hatte nicht umsonst so lange im Londoner Norden gelebt; sie wusste: Wer Goldman hieß, war Jude.

»Ich habe nichts gegen Juden«, sagte sie. »Ein Jammer, dass er sich in Afrika herumtreiben muss, wo es dir guttun würde, ihn um dich zu haben. Gibt es bei uns denn nicht genug Schwarze für seinen Geschmack?«

17

Ich befestigte den Schmetterling an meiner Büchertasche, was Jacob, mit dem ich mich eines Tages im Bibliotheksfahrstuhl wiederfand, veranlasste, ganz unschuldig zu bemerken, dass die heutige Jugend ein seltsames Faible für Lepidopteren an den Tag lege.

»Mein Junge trägt genau das gleiche Insekt auf seiner Arschbacke«, sagte er. »Er schreibt uns ja nicht, der Flegel. Jont erhält von Zeit zu Zeit den einen oder anderen Schrieb, sodass wir immerhin nicht täglich ein schwarz umrandetes Telegramm befürchten müssen.«

»Vielleicht ist er zu beschäftigt«, sagte ich. Jacob guckte skeptisch.

»Schuljungen, die man auf die Dritte Welt losgelassen hat. Roger und seinesgleichen laufen unter ›Entwicklungshilfe‹«, meinte er sarkastisch. »Mit unseren Steuergeldern, Katherine, wird diese neokolonialistische Inszenierung finanziert.«

»Ich zahle keine Steuern«, sagte ich. Jacob musste lachen.

»Dann eben nur meinen. Von Jont hören wir, dass er allmorgendlich auf dem Klavier Hymnen spielt. Ist das der Exportbonus, Katherine? Christentum und Kommerz Hand in Hand? Verkaufe ihnen zuerst die protestantische Ethik und dann den Rest? Dem armen Kind ist die Violine gemopst worden, wie es scheint. Sag mal, Katherine, hast du schon Mumps gehabt?«

»Ja«, sage ich. »Wieso?«

»Annie hat Mumps«, sagte er. »Hättest du nicht vielleicht

Lust, rauszukommen und meinem notleidenden Weib beizustehen? Wie dir auf Anhieb einleuchten dürfte, ist die Lebensqualität für Frauen mit kranken Kindern und säugenden Kleinstkindern etwas reduziert. Das Baby hat eine verstopfte Nase und muss alle zehn Minuten an die Brust. Es muss die Brustwarze loslassen, um zu atmen, verstehst du? Keine sehr ergiebige Methode.« Jacob wurde immer sehr explizit in diesen Fragen. »Ist doch für Frauen entwürdigend«, meinte er, »diese permanente Kranken- und Kinderpflege.«

»Ich könnte gleich heute Abend kommen, wenn ihr wollt«, sagte ich. »Ich bin sowieso auf dem Weg nach Hause. Dann packe ich nur rasch ein paar Sachen zusammen.«

»Du bist ein Engel«, sagte er. »Mein Weib genießt deine Gesellschaft. Und ich verlange ja nicht, dass du Fußböden schrubbst, das ist dir doch hoffentlich klar?«

Wir nahmen nachmittags denselben Zug, und Jacob, der großzügig meine Fahrkarte bezahlt hatte, bot mir zur Auswahl entweder den *Guardian* oder *New Society*. Ich wählte *New Society.*

»Furchtbares Blatt«, sagte er entschuldigend. »Zusammengeschrieben von Typen, die dir ohne Fünfzehnhundert-Pfund-Forschungsstipendium nicht erklären können, wie du zum nächsten Puff findest.«

»Tatsächlich?«, sagte ich. Ich hatte *New Society* noch nie gelesen. »Warum kaufst du es dann, Jacob?« Er grinste. Laut Jane war er süchtig nach Gedrucktem. War nichts zur Hand, brachte er es fertig, in alten Kommoden zu wühlen, in der Hoffnung, die Schubladen könnten mit Vorjahresausgaben der *Hampstead and Highgate Gazette* ausgelegt sein. Er las den *Guardian* wie ein alterprobter Pendler: der Länge nach Spalte für Spalte gefaltet. Er las auch den Wirtschaftsteil, worin ich bis heute höchstens die Kartoffelschalen einwickele, aber Jacob wusste eben immer gern, was der Klassenfeind dachte.

Eine meiner ersten Großtaten bei den Goldmans bestand darin, den Küchenboden mit Waschsoda zu schrubben, während Jane mit Annie Bilderdomino spielte und zugleich Sylvia stillte. Jacob, der mir so eindringlich das Dilemma der an Heim und Herd gefesselten Ehefrau geschildert hatte, war – natürlich – mit einer Thermoskanne Kaffee und einer dicken Biographie Rosa Luxemburgs in die Bibliothek entschwunden.

»Wenn meine Söhne nur einen Funken Verstand besitzen, werden sie Frauen wie dich heiraten«, sagte Jane. »Ich könnte genauso wenig diesen Fußboden schrubben wie fliegen. Nachdem ich geheiratet hatte, Katherine, habe ich zugesehen, wie sich Rogers Laken und Windeln im Bad türmten, und dann bin ich zu Jacobs Mutter gefahren und habe ihr mein Leid geklagt. Sie war wunderbar zu mir, Jacobs Mutter. Sprach so gut wie kein Englisch, was natürlich von enormem Vorteil war. Sie hat mich immer ohne Frage akzeptiert. Ein so wohltuender Kontrast zu meinen eigenen Leuten. Selbst bei der Ankunft des ersten männlichen Enkels fiel kein einziges Wort über genitale Verstümmelung.« Ich hielt beim Hinweis auf Rogers unbehelligte Vorhaut mit Schrubben inne.

»Da saß die gute Frau in ihrer piefigen kleinen Wohnung, Mann vermisst, vermutlich tot, und hortete, umzingelt vom bigotten britischen Proletariat, Nescafé und Bitterschokolade zwischen Wäschestapeln«, erzählte Jane, »kein böses Wort über irgendjemanden. Kein Wunder, dass Jake so nett ist. Ich habe die Menschen noch nie sonderlich leiden mögen. Mal abgesehen von Jacob und den Kindern gibt es vielleicht ein halbes Dutzend Menschen auf der Welt, die ich mag, mehr nicht.«

Ich schrubbte ihr den Fußboden, geschmeichelt, zu ihnen zu zählen.

»Sie strickt gerne, wie du«, fuhr Jane fort. »Allerdings nicht auf deinem Niveau. Früher hat sie Rogsie so widerliche kleine Morgenjäckchen aus aufgeribbelten Pullovern gestrickt, die Gute.« Ich hatte kürzlich für Rosie ein quergestreiftes Minikleid in Neonpink und -orange gestrickt, mit dem ich endgültig ihr Herz erobert hatte und das sie oft genug feucht miefend aus dem Wäschekorb zerrte, weil sie es nicht entbehren mochte. Jane hatte daraufhin vorsichtig angefragt, ob sie mich damit beauftragen dürfte, heimlich einen großen schwarzen Pullover für Jonathan zu stricken, zu Weihnachten.

»Das fände er einfach umwerfend«, erklärte sie. »Und er würde darin zu niedlich aussehen, glaubst du nicht? Er meint, das würde ihm einen unwiderstehlich finsteren Touch verleihen.« Jonathan im schwarzen Pullover, stellte ich mir vor, sähe aus wie der Donnergott mit Migräne. Weil ich sie liebte, weigerte ich mich, mehr als einen Shilling pro Unze für die Arbeit anzunehmen. Klarer Fall von Selbstausbeutung.

Ich babysittete an diesem Abend für die Goldmans, damit sie ins Kino konnten, denn Jonathan hatte irgendeine Schulveranstaltung. Er war um zehn wieder da, außer sich vor Wut, weil der Direktor ihn erst gebeten hatte, für ein Preisausschreiben ein Gedicht einzureichen, und das Erzeugnis dann als unpassend abgelehnt hatte.

»Ich würde meinen Kopf drauf wetten«, verkündete er, »wenn ich das verdammte *Scholar Gypsy* abgekupfert und als eigenes Gedicht eingereicht hätte, wäre er drauf reingefallen. Wenn du mich fragst, verdankt ein Direx seine Stelle der Tatsache, dass er jeden Scheißsonntag in der Kirche auf den Scheißknien liegt, und am Scheißkarfreitag zweimal.« Ich saß im Kinderspielzimmer und schrieb eine Arbeit ins Reine – auf Kanzleipapier mit gleichmäßigen Rändern auf beiden Seiten.

»Mein Gott, bist du ordentlich«, sagte er. »Schönschrift!« Er redete immer noch auf mich ein, als seine Eltern heimkamen, denen er daraufhin seine etwas abgeschwächte Empörung kundtat.

»Darf ich es mal sehen?«, sagte Jacob und meinte das Gedicht. Jonathan zog es aus seiner Hosentasche. Jacob lachte laut auf.

»Was hätte es dafür geben sollen, Jont?«, fragte er.

»Hundert Pfund«, sagte Jonathan.

»Mach mir eine Abschrift, und du kriegst von mir einen Fünfer«, sagte Jacob.

»Abgemacht«, sagte Jonathan. »Jake, schau dir bloß mal Katherines Aufsatz an. Ist *das* nicht ein Gedicht?«

»Ich weiß, wie ihre Arbeiten aussehen«, sagte er.

»Aber ich meine die Schrift«, beharrte Jonathan. »Ist die nicht traumhaft? Ist die nicht eine Wucht?«

»So sind die Frauen, Jonathan«, sagte Jacob. »Frauen schreiben so. Frauen aus der Mittelschicht schreiben so. Frag mich nicht, wie sie es zustande bringen. Der einzige Mann, den ich kenne, der so schreibt, ist John Millet.«

»Suche ja nicht meine Kinder mit deiner Bigotterie heim«, verwarnte ihn Jane.

18

Jacobs Mutter kam am Wochenende zu Besuch, das graue Haar coiffiert wie das der Queen, die Handtasche voller Suchard-Schokolade, die sie wie einen kostbaren Schatz den Kindern darbot. Dank deutscher Wiedergutmachungszahlungen hatte sie es bis nach Golders Green gebracht, und mehr verlangte sie offenbar nicht vom Leben. Rosie benahm sich ihr gegenüber abscheulich, entsinne ich mich, wand sich unwillig aus ihrer Umarmung und grapschte nach der Beute. Sie umarmte auch mich, dezent nach 4711 duftend. Sie nannte Jonathan »Dschonny« und ließ sich, da ihre Augen schwächer wurden, von ihm aus einer wuchtigen teutonischen Entsprechung zu *Woman's Own* vorlesen. Jonathan las akzentfrei; er war enorm sprachbegabt, aber das Gelesene schlug ihm auf den Magen.

»Erbarmen«, murmelte er nach einer Weile. »Ich kann diesen Mist nicht weiterlesen.«

»Keine Randbemerkungen, bitte«, sagte Jane. »Lies, Jont. Tu was für dein Seelenheil.« Großmutter bot Jonathan noch ein Stückchen Schokolade an, strahlte und nahm keinen Anstoß.

»Dir macht das natürlich nichts«, sagte Jonathan zu Jane, »du verstehst es ja nicht. Es geht um die Ex des Schahs von Persien. Es ist schleimscheißerischer Mist über die Frau eines Faschisten, die keine Kinder bekommt. Na und? Das bedeutet doch weniger Diktatoren, oder?«

»Warte nur, bis es deine eigene Frau ist, die keine Kinder kriegt«, sagte Jane. Jonathan rollte die Augen ungeduldig himmelwärts, dann mampfte er seine Schokolade weg und las, ganz Kavalier, weiter. Später machte ich mit Jacob und Jonathan einen Spaziergang, bei dem Jonathan die Episode für seinen Vater nachspielte und die Sprechweise seiner Großmutter und ihre Mimik mit frappierender und entlarvender Treffsicherheit wiedergab. Ich weiß noch, dass wir drei hinterhältig zwischen den Hecken gackerten und einen flüchtigen Augenblick lang ein Herz und eine Seele waren. Jakes Mutter war Metzgermeisterstochter. Sie hatte in die Kreise der Berliner Intellektuellenszene eingeheiratet. Jacob kramte für uns, während wir ein Feld überquerten, eine Kindheitserinnerung an seinen Großvater mütterlicherseits hervor, der ihn gern ermahnte, die Auslage nicht zu verstellen.

»›Bleib vom Fenster weg, Junge. Und lass die Leute die Würste sehen. Und die Würste die Leute.‹« Die Anekdote gehört zu meinen Lieblingssprüchen. Ich gestand daraufhin, dass mein Vater Gemüsehändler gewesen war. Wahrscheinlich wusste es Jacob ohnehin, aus den Bewerbungsunterlagen. Er bemerkte dazu rührenderweise, das erkläre die Bande zwischen uns, weil wir nämlich beide aus der kleinbürgerlichen Kaufmannsschicht stammten. Ich glaube, da ist etwas dran.

Ich dachte ständig an Roger. Ich schob die Gedanken beiseite, wenn ich Seminararbeiten schrieb, las oder schlief, aber zwischen Absätzen, am Ende von Kapiteln und während ich gegen Morgen mit dem Kopf im Kissen wühlte, rief ich mir wieder und wieder seine äußere Erscheinung und seine Art in Erinnerung. Er verlieh mir Kraft und Inspiration, mein stiller Romantizismus. In diesem Jahr lieferte ich einige sehr gute Arbeiten. Das Geld der Steuerzahler war an mich nicht verschwendet.

19

Roger rief mich noch am Tag seiner Rückkehr aus Kenia von Heathrow aus an, und zwei Stunden später stand er bei meiner Mutter vor der Tür. Ich sah ihn vom oberen Fenster aus, bevor er klingelte, und ging gemessen die Stufen hinunter, obwohl jugendlicher Überschwang in meiner Brust aufwallte. Und da war er leibhaftig, wurde voll und ganz allen herzklopfenden Erwartungen gerecht: mit dunklem, aus den Augen zurückgeworfenem Schuljungenhaar, mit lachenden Grübchen in gebräunten Wangen, mit leichtem Gepäck, buchstäblich und auch im übertragenen Sinne – noch im geographischen und sozialen Jet lag.

»Eure Klingel läutet in D-Dur«, sagte er. Die Klingel bei meiner Mutter gehörte zu der Sorte, die einige Takte des Glockenspiels von Big Ben zum Besten gab. Anheimelnd, und doch entlarvend kleinbürgerlich, Marke »Harmonie«.

»*Meine* Klingel ist es nicht«, verteidigte ich mich, »es ist die meiner Mutter.« Wie der Auftakt war auch alles Weitere: Roger in seiner hochmütigen, febrilen Anmut der beängstigende Inbegriff von Vornehmheit; ich, mit einem ewigen Mea culpa auf den Lippen, gewillt, an mir zu arbeiten. König Cophetua und die Bettlerin. Aber mir fiel damals nur auf, dass Rogers helle, blaue Augen in seinem feinen, sonnengebräunten Gesicht noch strahlender wirkten. Er trug in der Linken zwei Duty-Free-Tüten mit Johnny-Walker-Werbung voller fleckiger Mangos – alle für mich. Er hatte hitzig mit den Zollbeamten debattieren müssen, um sie einführen zu dürfen, und er hatte gesiegt, weil Überzeugungskraft Berge versetzt und Roger nicht eben wenig Überzeugungskraft besaß. Ich glaube, lieber hätte sich Roger die Hand abhacken lassen, als Götzen zu dienen, damals.

Über den Schokoladenkuchen meiner Mutter fiel Roger zu ihrem Entzücken mit dem Appetit eines Schuljungen her und erzählte uns, dass er die letzten drei Tage vor Abflug an einem Strand in Mombasa verbracht hatte. Er zerrte aus einer Bordtasche voller Gepäckaufkleber der East African Airways Fotos hervor, Fotos von arabischen Dhaus und Marktständen. Er hatte ein klappriges asiatisches Hotel mit Wellblechdach und Veranda aufgenommen. Das Hotel nannte sich stolz Bond Street Hotel, Piccadilly und war mit einer Emailletafel versehen, die empfahl, Coca-Cola eisgekühlt zu genießen. Es waren Bilder aus einer anderen Welt, einer Welt, die er lieben gelernt hatte. Sobald er sein Studium in Oxford beendet habe, sagte er, wolle er nach Ostafrika zurück und dort unterrichten. Ich schäme mich heute noch, gestehen zu müssen, mit welcher naiven, vorstädtischen Voreile ich mir eine unwahrscheinliche Zukunft als Lehrersfrau an den Hängen des Kilimandscharo auszumalen begann. Ich sah mich sonnengebleichte Frotteewindeln auf eine Leine hängen, die unter blühendem Hibiskus flatterte, während Roger die langen Beine streckte und die Durchsicht der in braunes Packpapier eingebundenen Hefte unterbrach, um – sehr zufrieden – seine häusliche Idylle zu betrachten.

»Meine Familie glaubt, ich käme erst morgen«, sagte Roger. »Ich will in Golders Green bei meiner Großmutter übernachten.« Diese Auskunft eröffnete uns die herrliche Aussicht auf einen ganzen ungestörten Tag in der Metropole.

»Erwartet sie Sie?«, fragte meine Mutter. Roger schüttelte den Kopf.

»Ich rufe sie irgendwann später an«, sagte er.

»Aber Ihre Eltern!«, meinte meine Mutter ungläubig. »Werden die nicht morgen am Flughafen stehen?« So gehörte es sich. Man holte Leute am Flughafen ab. Besonders Verwandtschaft.

»Meine Eltern?«, sagte Roger. »Die doch nicht.« Rogers Eltern würden eher von ihm erwarten, sich das Geld für die Bahn zu verdienen oder sich, ausgerüstet mit einer amtlichen Landvermessungskarte und elementaren Geographiekenntnissen, zu Fuß auf den Weg zu machen. Meiner Mutter diente das wohl eher als Bestätigung dafür, dass die Goldmans, die schon so verantwortungslos gewesen waren, sechs Kinder in die Welt zu setzen, diese nun, wie nicht anders zu erwarten, sträflich vernachlässigten. Sie seufzte mit einem Unterton von Siehst-du-Empörung.

Später gingen wir spazieren, Roger und ich, und drängten im Schutz des Waldes von Primrose Hill Gesichter und Körper ungeschickt aneinander.

»Ich liebe dich«, sagte Roger. »Du hast mir gefehlt. Ich musste ständig an dich denken.«

»Ich auch«, sagte ich.

»Du bist so schön«, sagte Roger. Ich erinnere mich, dass ich mir bei seiner Liebeserklärung unangenehm des Horstes kleiner pubertärer Pickel auf meiner einen Wange bewusst war, verdeckt, so gut es ging, mit dermatologischem Make-up, und mich angesichts seiner makellosen braunen Haut schämte.

»Ich kann das *Coventry Carol* auf der Sopranflöte spielen«, sagte ich. »Das mit den zwei b und dem einen Kreuz.« Roger lächelte und küsste mich so unbeholfen auf den Mund, dass mein Ohrring ins Gras fiel.

Oben auf dem Hügel erfand Roger ein Spiel mit dem Sonnenlicht. Wir starrten in die Sonne, hielten uns dann die Finger vor die Augen und beschrieben uns gegenseitig die Muster auf unserer Netzhaut. Endlos sich vervielfachende Kegel und schillernde Amöben in Rot und Grün. Dann sprach er von Oxford. Roger liebte Oxford. Es war der Ort seiner Kindheitsferien, fern von seinen sich kabbelnden Eltern. Sein Großvater, der unbegreiflicherweise darauf beharrte, Jane nicht unter seinem Dach zu dulden, hatte nie etwas dagegen gehabt, Janes Kinder aufzunehmen, vorausgesetzt, dass seine Frau die Vereinbarungen traf. Rogers Wahrnehmung der Person, die Jane immerfort nur als »das Schlossgespenst« bezeichnete, war die eines Menschen, der mit einem Wettlaufen veranstaltete und einem gestattete, an seiner Pfeife zu ziehen. Oxford war ein Märchenort kopfsteingepflasterter Gassen, die alle zum Süßwarenladen führten. Es war der Ort, wo es zum Abendessen Erdbeeren gab, kurz vorm Läuten zur Abendandacht, der Ort, wo die Großmutter, in Twinset und dicken Strümpfen, einen auf die Brücke an der High Street mitnahm, um den Stechkahnfahrern zuzusehen, und wo man durch Torbögen in versteckte Innenhöfe mit hohen Steinmauern gelangte. Nie wäre es ihm in den Sinn gekommen, Oxford als traditionslastigen Anachronismus und Haufen alter Steine zu betrachten. Ihm war die Vorstellung von Privilegiertheit nicht, wie mir, peinlich. Er beschrieb mir mit freudiger Inbrunst den Weg, den er vom Bahnhof am Müll und Dreck der Uferböschung des grützgrünen Kanals entlang und am Gefängnis vorbei nach St. Ebbes ziehen würde, der Pracht und Herrlichkeit von Christ Church entgegen.

»Du kannst mich dort jederzeit besuchen«, sagte er. »Dann zeige ich dir die Brücke, von der aus Jont und ich um die Wette gespuckt haben.« Bei dieser Vorwegnahme der Verlockungen von Oxford regte sich zaghaft die beängstigende Lust. Roger hakte sein Bein recht gewagt über meines, wie wir so dort im Gras lagen.

»Stell dir ein Schicksal vor schlimmer als der Tod«, sagte er. Wir mussten beide lachen, aus Nervosität, über die melodramatische Wendung und die Realität dahinter. Roger hatte sie mit sicherem Instinkt gewählt, um so unsere Tollpatschigkeit, unsere Unerfahrenheit zu überspielen.

Ich war im Sommer zum ersten Mal in Oxford gewesen, und da auch nur kurz. Ich war mit Jane hochgefahren, um Rosie für eine Woche bei den Großeltern abzuliefern. Sie waren inzwischen aus ihrem Collegehaus zwischen kopfsteingepflasterten Gassen in einen stattlichen edwardianischen Kasten etwas nördlich des Ortskerns gezogen, mit einem Garten voller Pflaumenbäume. Durchs Tor konnte man auf dem hinteren Rasen eine Sonnenuhr erkennen, gestützt von zwei romantisch bemoosten Steinputten. Unterwegs hatte Jane mir erzählt, dass ihr Vater im Studierzimmer eine Sammlung alter japanischer Kampfschwerter aufbewahrte.

»Eine üble Ansammlung alter Messer zum Niedermetzeln von Menschen«, sagte sie. Mich befiel unvermittelt Paranoia, und ich sah Rosie auf die Tür eines Hauses voller Klingen zugehen.

20

Roger war, was meine Mutter »eine Marke« nannte. Das lag vor allem daran, dass er seine Schuhe mit Schnur schnürte. Mit der Zeit, und je drängender ihr Verdacht wurde, dass er mir nie einen Verlobungsring kaufen würde, benahm sie sich ihm gegenüber zunehmend frostig, und sie redete sich ein, Schnürsenkel verschmähe er nur, um sie zu ärgern, und obendrein sei er nicht ganz klar im Kopf. »Ich will ja gar nicht bestreiten, dass er furchtbar gescheit ist«, sagte sie, »aber gescheite Leute sind eben auch oft labil.« Unausgesprochen hieß das, und das sollte mir offenbar schmeicheln, dass ich nicht so gescheit sei und deshalb ganz normal. Intelligenz gehörte nicht zu den Dingen, die sie sich für ihre Tochter erhoffte. Hübsch sein war das, worauf es bei Mädchen ankam, und ich war hübsch genug, wenn auch in ihren Augen umso weniger, je mehr ich versuchte, es Roger recht zu machen, der mir zu verstehen gegeben hatte, dass ihm das Klirren von Silberarmbändern missfiel und dass er Gesichter »ohne Kriegsbemalung« vorzog.

Roger schnürte sich die Schuhe mit Paketschnur, weil er sich nicht überwinden konnte, wie alle anderen zu Selfridges zu gehen, wenn er etwas brauchte. Er kaufte fast nie irgendetwas Neues. In dieser Hinsicht glich er Jane. Wenn Jane oder Roger etwas brauchten, dann gingen sie in Secondhandläden. Sie gingen zu Räumungsverkäufen, Auktionen und in Läden, in denen Nachlässe verschleudert wurden. Roger, der zum Beispiel im Leben nicht

Küstenpfadfinder gewesen war, lief eine ganze Zeit lang in einem abgelegten Sea-Scout-Pullover herum, den er gelegentlich verkehrt herum trug. Der Pullover hatte ein Namensschildchen mit der Aufschrift »John Venables«. Er trug, was man eines der ersten bedruckten T-Shirts nennen könnte. »SCHWARZ« verkündete es in großen Lettern auf der Brust – was seinen Vater (zu Rogers Ingrimm) zu der boshaften Bemerkung veranlasste, er wäre »doch hoffentlich kein Schwarzhemd« geworden. Ich dagegen ertappte mich dabei, dass ich angesichts Rogers Secondhand-T-Shirts der Größe 14 darüber brütete, ob Träger der Größe 14 auf rätselhafte Weise anfälliger für tödliche Verkehrsunfälle oder Krankheiten wären. Wie sonst war es zu erklären, dass die Läden, die er frequentierte, diese Größe im Überfluss anboten?

Als großer Freund von Nachschlagewerken hatte uns Roger natürlich – auf nämlichem Wege – einen antiquierten Sexualratgeber besorgt. Ihm entnahmen wir, neben ähnlichem zum Brüllen komischem Schwachsinn, dass das Ejakulat junger arischer Männer süßlich rieche, nach Kastanien, und dass der Hof der jungfräulichen weiblichen Brustwarze rosig sei, sich aber mit zunehmender sexueller Erfahrung dunkel verfärbe. Dieses wundersame Werk erwies sich für uns als dankenswerter Eisbrecher auf diesem latent peinlichen Terrain, da es Stellungen in so exzessiver, rokokohafter Detailverliebtheit darstellte, dass wir uns prustend daranmachten, sie auszuprobieren, und zwar ohne die Reißverschlüsse unserer keuschen Cordjeans auch nur zu berühren. Die meisten liefen auf unwahrscheinliche Verrenkungen mit Stühlen und überhängenden Tischplatten hinaus. Sie gestatteten uns im Umkehrschluss, Vertrauen in unsere eigene nonchalante Geläufigkeit in diesen Fragen zu finden.

Bei Roger und mir, muss ich gestehen, klappte es nie so sonderlich im Bett, selbst wenn wir den tröstlichen Hautkontakt genossen. Für mich war das alles nie sehr viel anders als die Turnstunden von einst, und ich lag dann genauso verschwitzt, erschöpft und heimlich nach meiner Armbanduhr schielend da, um abzuschätzen, wie lange sich das bloß noch hinziehen könnte. Roger erwischte mich einmal dabei und war eingeschnappt, dieser arrogante und unsichere Junge. Mir war noch nicht aufgegangen, dass ein so hübscher und intelligenter Kerl wie Roger nicht weniger von Unzulänglichkeitsgefühlen gepeinigt war als jeder andere auch. Ich war doch selbst ein eher unsicherer Mensch mit einem eigenen Satz von Selbstzweifeln. Rückblickend denke ich, ich hatte unbewusst meine Unzulänglichkeiten zum Bestandteil meiner zur Schau getragenen Persönlichkeit gemacht, in der Hoffnung, sie auf diese Weise zur Ausstrahlung zu erheben. Roger war da anders. Die Leser von Pogo-Comics erinnern sich vielleicht an Pogos Freund Albert, der in einer Tüte im Schrank eine »Nieder mit der Regierung«-Parole aufbewahrte. Wenn man die Tüte aufmachte, ertönte ein »Hoch die Regierung« – weil die Parole sich geschickt tarnte. Roger bewahrte seine Unzulänglichkeiten auch in einer Tüte im Schrank auf, und wer immer die Tüte aufmachte, bekam nur Statements von vernichtender Überlegenheit zu hören.

»Sex sollte eigentlich nichts weiter als ein selbstverständlicher und notwendiger Vorgang sein«, meinte Roger später an diesem Tag, während er sich, über seine mathematischen Hieroglyphen gebeugt, die Schuppen kratzte. Er hatte einen wunderschönen Nacken. »Wie Schnäuzen«, sagte er. Roger, in seinem blinden Bedürfnis, sich vor Kritik zu schützen, konnte einem das Gefühl geben, nichts als ein gebrauchtes Taschentuch zu sein.

Wir machten einander manchmal sehr glücklich, glaube ich. Weil ich mich immer ein bisschen vor Roger fürchtete, spielte ich oft für ihn die Unterhalterin, redete viel und machte mich über mich selbst lustig, um ihn zum Lachen zu bringen – ohne mir träumen zu lassen, dass er dergleichen als Munition horten würde. Roger gab mir oft das Gefühl, der Tölpel bei Shakespeare zu sein, der so geblendet ist von seinem erlauchten Gegenüber, dass er zu dem Schluss gelangt, Remuneration müsse das lateinische Wort für drei Heller sein. Ich spielte den Hanswurst für ihn, unterhielt ihn königlich mit Ausschnitten meiner Kindheit, die man entschieden nicht als Upperclass bezeichnen konnte, meinen köstlichen Enid-Blyton-Orgien, meiner ungebrochenen literarischen Kindheitskost aus Bobbsey-Zwillingen und der frivolen Mam'zelle mit ihren Lockenpapierchen, die vor dem Anblick von Mäusen zitterte, aus Lacrosseschlägern, die sich in den Gängen einfanden, wenn die Ferien zu Ende gingen. Ich malte für ihn niederträchtige Karikaturen meiner Mutter im smaragdgrünen Trevira-Hosenanzug, hingestreckt in der Hollywoodschaukel mit den Troddeln, in den neuesten Nevil Shute vertieft. Ich erzählte ihm, dass mein Onkel Platten von George Formby sammelte. Ich bezweckte damit eher – meine ich jedenfalls –, meinem Sinn für Komik zu frönen als mich anzubiedern, aber so muss es wohl gewirkt haben. Immerhin hatte ich als Kind viel gelesen, anders als seine Schwester Rosie, das bezaubernde Naturkind, die Barbarin, die nichts tat als springen und laufen.

21

Ich war für Roger in Sachen symbolischer Logik eine bittere Enttäuschung. Er war akademischer, als ich es je hätte sein können. Ich rechnete während meiner Studienzeit an Jacobs Fakultät stets damit, jeden Moment als Hochstaplerin entlarvt zu werden. Jede gute Note für eine Seminararbeit überraschte mich von Neuem und gewährte eine neue Galgenfrist. Ein Gefühl nicht unähnlich dem, aufzuwachen und mit Erleichterung festzustellen, dass man nur geträumt hat. Dass man nicht wirklich am Samstagvormittag im schmuddeligen Unterhemd die High Street hinuntergegangen ist. Mich hatte die Philosophie aus keinem anderen Grund angezogen, als dass sie mir nach dem soliden Pragmatismus des Gemüsehandels so schwindelerregend nutzlos erschien. Es war dies die denkbar subtilste Art, meiner Mutter und den Tanten, die von mir als Chefsekretärin träumten, eins auszuwischen. Als ich den Weg aber einmal eingeschlagen hatte, kam mir vieles in verrücktem Maße abgehoben vor. Jacob, der zum Glück mit beiden Beinen so fest auf dem Boden stand, war – natürlich – die große Ausnahme. Weil er ein so guter Lehrer war, weil er sich nicht zu schade war, klar und deutlich zu bekunden, dass er sich von einer politischen Ideologie leiten ließ, weil er von der deutschen Geschichte und Geistesgeschichte geprägt war, hatte vieles von dem, was er lehrte, eine andere Lebendigkeit. Wenn er beispielsweise von Kant sprach, dann verlieh er der Sache eine Brisanz, als hätte der Postreiter die Schriften aus dem Königsberg des achtzehnten Jahrhunderts gerade eben geliefert. Er durchlöcherte für uns mit der bewundernswerten Verve und Respektlosigkeit des Abtrünnigen die marxistische Epistemologie. Da die meisten unter uns »eher links« waren, schätzten wir an seinen kritischen Analysen, dass sie nie der Ideologie der Rechten Vorschub leisteten. Und dann kam diese Sache mit der symbolischen Logik.

Ich hatte meinen Mathematikunterricht auf der Schule bei der Sportlehrerin gehabt, die das Fach als Nebenfach unterrichtete, und zwar schlecht. Mathematik, so ihre Auffassung, »trainiere den Geist«. Für mich war die Mathematik ein Dickicht von Operationen, aus denen die Zahlen verschwunden waren. Ich erblickte darin nie wie Roger das vor reiner Vernunft erstrahlende Gebäude. Ich wurde in meiner künstlerisch angehauchten Voreingenommenheit durch den Streit der Wissenschaften bestärkt. Mir ging es um die Herzensangelegenheiten. Wie sollte ich da eine Beziehung zu a, b und x aufbauen? Außerdem war es einfach eine Tatsache, dass die Mädchen an meiner Schule, die schließlich Naturwissenschaften studierten, solche waren, die bei der Bewerbung um Studienplätze in den Geisteswissenschaften den Jungen unterlagen. Ich war eindeutig pro Geisteswissenschaften. Kratz mich, und ich bin es dennoch. Nur weil Rogers blendendes Aussehen und seine Bildung mir den Atem raubten, ertrug ich seine mit widerlichen Flüssigkeiten gefüllten Reagenzgläser und seine Sammlung von in alten Steinbrüchen zusammengeklaubten Versteinerungssplittern. Dann, plötzlich, inmitten meiner künstlerisch angehauchten Studien, ereilten mich Thesen, die in der Sprache der Sportlehrerin formuliert waren.

»Ich kann sie nicht ausstehen«, sagte ich am folgenden Wochenende zu Roger über die ps und qs. Wir lagen auf der Wiese und sahen den Segelbooten zu, die zwischen Enten dahinglitten.

»Ich erkläre dir das«, sagte Roger. Auf die Rückseite seines William Byrd, den er in der Hosentasche stecken hatte, schrieb er: »Wenn p, dann q. Nicht-q … daraus folgt: nicht-p.«

»Wenn alles Brot geschnittenes Brot wäre«, sagte Roger, »dann brauchten wir kein Brotmesser, stimmt's?«

»Es sei denn, man verstreicht Marmelade mit dem Brotmesser«, sagte ich. Und wie immer überging mich Roger.

»Da wir aber nicht auf das Brotmesser verzichten können, folgt, dass nicht alles Brot geschnitten ist. Okay?«

»Okay.«

»Das drückt man in der Form ›wenn p, dann q; nicht q, also nicht p‹ aus, weil Symbole praktischer sind als die konkreten Beispiele vom Brot und dem Brotmesser.«

»Ja«, sagte ich, weil ich ihn liebte, obwohl für mich mehr das Brot zählte, erstrahlend in einer Verpackung, auf der »Mother's Pride« stand. Im Laufe des Nachmittags eliminierte Roger nicht nur das Brot, sondern auch »wenn«, »dann« und »nicht«. Das geschnittene Brot war zu Klammer auf p Haken q Klammer zu Strich q Drehkreuz-Strich p geworden. Von Marmelade keine Spur. Die Striche hatten mit Falsifikation zu tun, erinnere ich mich. Sie zeigten an, dass sich innerhalb der These eine verdammte Lüge verbarg. Wir klassifizierten Thesen in Ketten von Einsen und Nullen. Eine Stunde später blieb ich bei der axiomatischen Methode auf der Strecke.

»Der Qualifikator«, sagte Roger, »bestimmt den Umfang der Zuordnung einer Beschaffenheit zu einem –« Mir fiel gerade in diesem Moment auf, dass ein kleiner Junge einen Fisch gefangen hatte.

»Er hat einen Fisch gefangen«, sagte ich. Weil Roger

zu dieser Zeit noch in mich verliebt war, wurde er nicht garstig.

»Katherine«, sagte er. »Was nützt dir die Philosophie ohne Mathematik? Damit stehst du da wie ein Architekt ohne Ingenieurskenntnisse. Sieht meinem Alten ähnlich, dich ohne Mathevorkenntnisse aufzunehmen, diesem hohlen Kasper.« Ich hatte mir keine Gedanken bezüglich meines Nutzens gemacht. Der einzige Nutzen, den ich für mich sah, war der, Roger zu gefallen. Mir schwante allmählich, dass männliche Kommilitonen anders waren. Dass sie über Karrieren und Forschungsstipendien nachdachten, während ich nur daran dachte, eine möglichst große Palette von Vorzügen und Fertigkeiten zu kultivieren – einem erstklassigen Ehemann zu Gefallen.

»Es dreht sich ja nicht alles um p und q«, sagte ich, was vollkommen richtig war.

»Und wo nicht, versinkt alles in einem obsoleten Sumpf von Dämonen und Moral«, sagte er. Sein Ärger galt Jacob und nicht mir, aber, leicht paranoid wie er war, sah er mich oft als Stellvertreterin Jacobs.

»Mathematisch gesehen bist du wie jemand aus der Zeit vor der Erfindung des Buchdrucks«, sagte er. »Ich muss zum Singen.« Roger sang im Kathedralenchor. Er zog los, folgte dem Ruf der Glocken wie jemand, könnte man sagen, aus der Zeit vor der Evolutionstheorie. Am Abend, im Wartesaal am Bahnhof, machte er sich daran, mir Algebra beizubringen – und ließ mich auf einem Gefühl beschämender Inkompetenz sitzen. Ich stieg in dem unguten Empfinden in den Zug, dass Roger nur ungern in eine Frau verliebt war, die einen emotionalen Block hatte, wenn es darum ging, Symbole für Gedanken zu setzen.

22

Roger hatte in Oxford großen Erfolg. Damit meine ich nicht, dass er der klassische Erstsemester wurde, der zu rudern beginnt und Sommerbälle organisiert, das tat er nicht, aber wo er als Schüler – da blasiert und altklug – recht einsam und recht unbeliebt gewesen war, fand er in Oxfords weniger banausenhafter Atmosphäre mit ihrem überkommenen Elitedenken Anerkennung. Dank seines familiären Hintergrunds hatte er angesichts einer Übermacht von Public-School-Absolventen auch nicht unter den üblichen Grammar-School-Komplexen zu leiden. Seine Lehrer behandelten ihn wie jemanden mit großer Zukunft. Er liebte die alte Musik, trotz der Verstrickung mit der Kirche, die er zu verabscheuen behauptete. Zugegeben, die Gottesmänner, die einem in Oxford über den Weg liefen, wirkten viel zu niveauvoll, um sich mit der Banalität der Glaubensfrage abzugeben. Für mich war Christ Church ein von der zeitweiligen Präsenz des Kardinal Wolsey beherrschter Ort. Als Ex-Methodistin und neuerdings Jüngerin des Marxismus Jacobscher Prägung fand ich es skandalös, dass Kirchenleute im Staatssold die Machtideologie einer herrschenden Klasse aufbereiten und weitergeben durften. Ich hatte auch nicht viel für die Ex-Chorknaben in ihrem Harris-Tweed übrig, mit denen Roger am Wochenende Violine spielte. Mir ist es lieber, wenn Leute sich Stereotypen widersetzen, diese aber waren deren Verkörperung. Roger betrachtete es als ungehörig und respektlos, darüber zu spekulieren, wie sie wählten, wenn sie doch ein wunderbares Streichquartett abgaben, aber mir ging es auf die Nerven, ihren Oxforder Insidergesprächen zu lauschen. Es war die Zeit der Studentenunruhen, immerhin, aber sie redeten vom Büffeln in der Bod, von einer Erledigung auf der High, von *Ninth Week* und *handshake*. Und *don* war eine Bezeichnung, die ich einfach nicht über die Lippen brachte. Ich fand sie peinlich. Meine Lehrer waren Lehrer, nicht *dons*. Jacob war nie ein *don*. Unter einem *don* stelle ich mir jemanden vor, der mehr als nur landläufig unfähig ist, ein Ei zu kochen oder ein Päckchen zu schnüren. Jemanden, der sich Spinnweben aus dem Haar kämmt. Jemanden, der voll durchgeknalltem Fanatismus im Geräteschuppen grüne Funken versprüht. Dr. Faustus. Jemanden mit ewigem Doktorhut und Hornbrille, der stets in die Frühbeete des Dekans trampelt. Ich gewöhnte mir, um Rogers Musiker zu provozieren, an, Blätter trotzkistischer Splittergruppen zu lesen, wenn ich zwischen den Instrumentenkoffern und Mänteln auf Roger wartete.

»Gehört das zur Pflichtlektüre an der London School of Economics?«, fragte mich einer mal.

»Ich bin nicht an der London School of Economics«, sagte ich. Dieser Komiker hatte sich einmal Roger gegenüber zu der Bemerkung verstiegen: »Bloß weil ich an Gott glaube, hält deine Freundin mich für einen Radikalen.« Was, das musste selbst Roger zugeben, wirklich zum Schreien war.

Ein einziges Mal ist mir bei meinen Besuchen in Oxford ein wahrhaft bezaubernder Mann begegnet. Wir lernten uns auf einer Mauer in der Nähe der naturwissenschaftlichen Seminargebäude kennen, wo ich auf Roger wartete. Ein Australier und diplomierter Mathematiker. Donald O'Brien hieß er und war, wie ich erfuhr, Sohn eines Polizisten und Nachfahre eines irischen Sträflings.

»Hast du mit dieser Uni zu tun?«, fragte er. Ich fand seine unverdorben direkte, koloniale Ausdrucksweise erfrischend und musste lachen. Ich erklärte, das hätte ich nicht.

»So etwas wie dich bringen sie hier anscheinend auch nicht hervor, wenn ich das mal so sagen darf«, sagte er. Ich muss gestehen, dass die ungeschminkt chauvinistische Bemerkung mir nicht unrecht war, da Roger unlängst eine weibliche Klavierbegleitung aus Darlington Hall gefunden hatte, mit Upperclass-Vokalen und trutschigen Klamotten wie Janes, deren Auftauchen mich in Panik versetzte. Ich glaube, ich wusste immer, dass Roger mich letzten Endes wegen irgendeiner Bischofstochter, Roedean-Absolventin und Harfenistin, irgendeiner Cousine zweiten Grades von den Huxleys, die Frösche sezierte, sitzen lassen würde. Um so mehr klammerte ich, und um so verletzlicher war ich.

»Mir ein Rätsel«, sagte mein Aussie, während wir den aufziehenden Nieselregen abwarteten, »wieso nie jemand auf die Idee gekommen ist, das hier zur Strafkolonie zu erklären und die britische Bevölkerung en bloc nach Australien zu exportieren.« Die Idee war in ihrer Schlichtheit bestechend. Sie veranlasste mich – vielleicht zum ersten Mal – einzuräumen, dass ein analytischer Verstand auch von Nutzen sein konnte.

»Magst du Oxford nicht?«, fragte ich.

»Klar mag ich Oxford«, sagte er, »es ist schon in Ordnung. Abgesehen davon, dass die Colleges sind wie Internate, die Frauen entweder nicht vorhanden oder hässlich wie die Nacht, und die Kolonialmafia von nichts anderem reden kann als vom Saufen und Pissen. Die Kinos, das muss ich zugeben, sind eine Wucht. Aber was sitzen wir hier noch im Regen herum, Baby. Komm mit auf einen

Drink.« Ich ließ mir die Chance entgehen. Ich gab ihm einen Korb, wie die tugendhafte Lukrezia wild entschlossen, dass niemand als Roger allein je wissen sollte, ob ein Muttermal meine Brust zierte oder nicht.

23

Roger sagte mir bei einer Gelegenheit, dass ich zu viel lachte. Es gab noch andere Dinge, die sein Missfallen erregten. Ich las *Vogue*, und ich strickte in aller Öffentlichkeit. Es waren diese Schandmale weiblicher Unterdrückung, die Roger zu beseitigen bestrebt war, damit ich mit erhobenem Kopf als seine wackere und gleichberechtigte Weggefährtin durch die Welt gehen könnte. Im Grunde handelte es sich um nichts anderes als ein Bedürfnis zu strafen, das Bedürfnis, mich zu treffen. Ich lachte zu viel. »Besonders über Jakes Witze.«

»Du solltest es dir verkneifen«, sagte er. »Es ermutigt ihn nur, sich noch mehr zu produzieren.« Ich war viel zu verliebt und viel zu jung, um den absurden und beleidigten Hamlet in ihm zu erkennen, zerfressen von ödipaler Eifersucht auf Jacob. Nach dem Motto: Seid zu Nacht enthaltsam, und das wird eine Art von Leichtigkeit der folgenden Enthaltung leihn. Heute liegt für mich auf der Hand, dass Roger, den seine Mutter in der schwierigen und einsamen ersten Zeit ihrer Ehe in dem Glauben ließ, er bedeute ihr mehr als alle anderen, in ungewöhnlichem Ausmaß von der Phantasie besessen war, sie gehörte ihm allein. Es erleichterte die Sache nicht gerade, dass Jacob dazu neigte, seiner Frau auch vor Dritten lüstern in den Hals zu beißen oder den Zustand ihrer postnatalen Scheide zum Tischgespräch zu machen. Jacob brachte es ohne Weiteres fertig, von seinem Pendelzug zu kommen und Jane die Hände unter den Pullover zu schieben, während sie dastand und den Kindern Toast machte. Als ich mein Erstaunen hierüber erst einmal überwunden hatte, fand ich das weder unanständig noch unsympathisch. Ich fand es eher liebenswert. Auch, dass er sie gelegentlich ganz unverhohlen mitten am Nachmittag nach oben abschleppte. Es half mir, die schwierige Tatsache zu akzeptieren, dass wir alle unsere Existenz der Vereinigung unserer Eltern verdanken. Es half mir, mit mehr Nachsicht an die braven Einzelbetten meiner Eltern mit ihren identischen Frotteeplüschüberwürfen zu denken. Es half mir anzuerkennen, dass es Leidenschaft auch unter Frotteeplüsch geben mochte. Selbst, wenn auf dem Nachttisch dazwischen das Bullrich-Salz stand.

»Er ist wie der Kerl in den *Cloggies*«, sagte Jonathan einmal vergnügt zu Roger, als Jacob seiner Frau an der Küchenspüle zwischen die Beine griff. »Er hört nicht auf, sie öffentlich zu vergewaltigen.« Jonathan schien es gleichgültig oder entgangen zu sein, dass Roger schwer schluckte und eingehend seine Fingernägel untersuchte.

Jonathan war mir ein Rätsel. Roger bewunderte und respektierte ihn offensichtlich. Jonathan konnte, im Gegensatz zu mir, ungestraft *Vogue* oder *Beano* lesen oder was immer er wollte, ohne Rogers Missbilligung zu erregen, und das tat er oft genug. Jonathan hatte ein äußerst ambivalentes Verhältnis zu Kultur. Er wechselte zwischen den gräulichsten, vulgärsten, blut- und lusttriefendsten Comics und Avantgardeformen anspruchsvollster Literatur. Er war der einzige Mensch meiner Bekanntschaft, der *Finnegans Wake* gelesen hatte. Er hatte die *Blechtrommel* im Original gelesen. Er brachte fast keinen Satz ohne ein *fuck* über die Lippen. Ich, als seine Mutter, wäre versucht gewesen, ihm den Mund mit Seife auszuwaschen. Dabei lag es bestimmt nicht daran, dass Jane ihre Kinder nicht im Griff gehabt hätte, sie schien einfach nichts dabei zu finden. Ich sah sehr wohl, dass er mit seinem kleinen Bruder und seinen Schwestern liebevoll umging und dass er gelegentlich selbst von einer unverfrorenen kindlichen Unschuld war, die zu seinem bedrohlicheren Halbstarkenhabitus im Gegensatz stand. An seinem siebzehnten Geburtstag beispielsweise rief er mich an, um mir zu sagen, dass er am Nachmittag feiern wolle, und um mich zu fragen, ob ich nicht kommen wolle. Es entpuppte sich als höchst vergnügliches und harmloses Ereignis, zu dem er seine zwei besten Schulfreunde, seine gesamte Familie – einschließlich deutscher Großmutter – und mich eingeladen hatte. Jane hatte einen Kuchen gebacken, Sam und Annie hatten ihn dekoriert, und Rosie hatte die Schrift mit einem Spritzbeutel aufgetragen. Jonathan bestand darauf, dass Kerzen auf den Kuchen müssten. Die Kinder trugen Papierhüte und sangen für ihn:

Happy Birthday to You
Squashed tomatoes and stew
Bread and butter in the gutter
Happy Birthday to You.

Das Ganze hätte eine Produktion der Elstree-Studios sein können. Roger würde sich nie und nimmer einer solchen Schmach ausgesetzt haben. Seine Geschenke – die John-Williams-Platte, das Abonnement auf *Private Eye*, die herrlichen Mordinstrumente für Süßwasserfische – waren allesamt in geblümtes Papier eingewickelt und mit Schleifen und Kärtchen geschmückt. Nach Kaffee und Kuchen gab es eine Schatzsuche mit Hinweisen. Schwierigen Hinweisen für uns Ältere, von Jacob im Stil des *Times*-Kreuzworträtsels ersonnen, und weniger gemeinen Hinweisen für die Kleineren, von denen Rosie versicherte, sie wären »kinderleicht«. Da ich keine Ahnung gehabt hatte, was ich ihm schenken sollte, hatte ich ihm eine Klingel für sein Fahrrad gekauft, mit Zebedee-Figur drauf, weil die nicht teuer war. Wie sich herausstellte, passte das Geschenk wunderbar zum regressiven Charakter der Veranstaltung, gefiel Jonathan riesig und war der Neid Annies und Sams. Und, wie ich vermute, Rogers, der es aber nicht zugeben wollte. Ich würde es nie gewagt haben, Roger so ein billiges japanisches Blechding zu schenken.

24

Über ein halbes Jahr lang spielte Roger mit seinen Eltern ein hochkompliziertes Versteckspiel, was mich anbelangte, und erklärte, sie dürften nicht wissen, dass wir zusammen seien. Er wolle nicht, dass seine Eltern ihre Nasen in sein Privatleben steckten, sagte er. Das verlangte, dass ich meine Besuche bei ihnen auf ein Minimum drosselte, was schwierig genug war, denn Jane lud mich recht häufig ein. Ich schlug aus diesem Grunde auch ihre Einladung aus, Weihnachten mit ihnen zu feiern, obwohl sie sogar meine Mutter darin einschloß.

»Es wird herrlich«, versuchte sie es mir schmackhaft zu machen. »Ich habe soeben einen ganzen Blue Stilton gekauft, Katherine. Er ist gigantisch. Und meine Mutter hat dem Schlossgespenst eine ganze Kiste seines besten Bordeaux stibitzt und per Bahn geschickt. Komm schon. Wir singen die schönsten alten Weihnachtslieder und überreden Roger, für uns zu spielen. Roger würde sich riesig freuen, wenn du kämst.«

»Ich muss zu meiner Tante«, sagte ich und fühlte mich dabei mies und verlogen.

»Ach, Katherine«, sagte sie. »Nun komm schon. Jake ist Weihnachten um so vieles besser auszuhalten, wenn ich jemanden von außen dazuhole. Wenn du nicht kommst, wird er nur an uns herummäkeln, sich über die Ausgaben und das Gesinge beschweren und uns zum Teufel wünschen, der Muffkopf. Du *musst* kommen.« Es war absurd.

Wenn ich mal nicht widerstehen konnte oder wenn

Roger befand, es sei in Ordnung, dass ich käme, hielt er sich möglichst auf Distanz, was ich nicht anders als überflüssig und verletzend finden konnte. Gesegnet, wie er es nun einmal war, mit Eltern, die anders als die meisten überhaupt nichts dagegen gehabt hätten, wenn er seine Freundin mit in sein Bett nahm, zog er es dennoch vor, mich auf Fetzen dreckigen Sackleinens im Nebengebäude der Farm oder im Fahrradschuppen auf ein Regencape zu betten, wo er dann meine Rückenwirbel in den Zement rieb. In der Skala grundlegender menschlicher Bedürfnisse rangiert Wärme über dem Geschlechtstrieb. An beiden Örtlichkeiten fror ich erbärmlicher als je zuvor in meinem Leben.

»Ich liebe dich«, sagte Roger, während ich behutsam das Stielende einer alten Rübenhacke unter dem Schulterblatt hervorzog. Hätte Roger mich auf einem Nagelbett bumsen können, hätte er es getan.

Einmal passierte es, an einem lauen Frühlingstag, dass er nicht mit ans Meer wollte. Er müsse arbeiten, sagte er. Ich saß also zwischen Jonathan und Rosie hinten im Wagen, sehnte mich fürchterlich nach ihm und ertrug stoisch den Radau von Sam und Annie, die hinten auf der Ladefläche des geräumigen Kombis aus einem unordentlichen Haufen Zeugs Pixi-Bücher ausgruben und sich über die Besitzrechte stritten.

»Denkt euch doch ein Spiel aus«, rief Jane vorne vom Beifahrersitz, Sylvia auf dem Schoß. Jonathan wusste ein Spiel, das Rosie auch kannte.

»Du tust so, als würdest du auf Passanten schießen«, sagte Jonathan, »und für jeden Treffer gibt es Punkte zwischen eins und zehn.«

»Ja!«, rief Rosie begeistert. »Es gibt zehn Punkte für

alte Frauen im Rollstuhl und acht für alte Schachteln mit Stock.«

»Wie?«, meinte Jacob. »Je hinfälliger, desto höher die Punktzahl?«

»Und für Schwarze auch«, sagte Rosie. »Für Schwarze, die alt sind, gibt es auch zehn Punkte, auch wenn sie nicht im Rollstuhl sitzen.«

»Aha«, meinte Jacob, »das heißt, es gilt eine analoge Korrelation zwischen stigmatisierenden ethnischen Merkmalen und hohen Punktwerten? Verstehe ich das richtig?«

»Genau«, sagte Jonathan.

»Und unversehrte Bleichgesichter sind demnach keinen Schuss wert?«

»So ist es«, sagte Jonathan. Jacob zuckte in gespielter Resignation mit den Achseln.

»Es sei mir fern, euch mit einem Appell ans liberale Gewissen zu unterdrücken«, sagte er. »Bitte.« Das Spiel wurde an einem Zebrastreifen schließlich undurchführbar, als alle Anspruch darauf erhoben, ein altes Muttchen mit roter Perücke, die fünf zahnlose Pekinesen in einem Kinderwagen über die Straße schob, als Erstes erwischt zu haben.

»Könnt ihr vielleicht mal damit aufhören, Leute?«, sagte Jane. »Ich finde das Ganze einigermaßen ekelhaft.«

»Erklärt mir eines«, meinte Jacob. »Unterscheidet ihr innerhalb der Kategorie hinfälliger Dunkelhäutiger noch weiter? Sagen wir zwischen Afrikanern und Asiaten?«

»Für Pakis gibt's mehr«, sagte Rosie. »Das haben wir auf dem Bus zur Schwimmstunde so gespielt.«

»Großer Gott«, sagte Jacob. »Und gibt es zufällig auch einen Bonus für Juden?«

»Sei nicht albern«, sagte Rosie. »Juden kann man nicht erkennen. Sie sehen aus wie normale Leute.«

»Was denn für normale Leute?«, fragte Jacob. »Wie normale schwarze Leute zum Beispiel?« Rosie knurrte ungeduldig. Sie hatte keinen ausgeprägten Hang zur soziologischen Analyse.

»Du bist so dumm, Jake«, sagte sie. »Warum bist du so dumm?«

Am Kieselstrand, wo wir uns bis aufs Badezeug auszogen, entdeckte ich, dass Jacobs Brusthaar sich schwarz und üppig über die Schultern hinweg und den gesamten Rücken hinunterzog. Es ringelte sich in engen Löckchen auf dem Schlüsselbein und streckte sich in Schulterhöhe, wo es in einem dichten Pelz glatt anlag. Ich schielte immer wieder zu ihm hinüber, wie ein Kind, das einen Buckligen bestaunt.

»Sag mal«, bemerkte Jane, die meinen verstohlenen Blick gesehen hatte, »du bist aber auch wirklich höchst unanständig und unnatürlich stark behaart, nicht wahr, Göttergatte?«

Roger war, als ich zu ihm zurückkam, mit technischen Verbesserungen seiner selbst gebauten Stereoanlage beschäftigt.

»Ich liebe dich«, sagte er.

Da gab es den Sonntagnachmittag, als Roger nicht mit mir ins Kino gehen wollte. Jane und Roger hatten den ganzen Vormittag an der *Frühlingssinfonie* gearbeitet, während ich auf die Kleinen aufpasste. Ich tat es gern. Das Schlimmste, was schließlich passieren konnte, war, dass sie Fingerfarben über den Küchenboden verteilten, was niemanden stören würde, und dass Sylvia Farbe lutschte, die den beruhigenden Aufdruck »nicht toxisch« trug. Ich mag Kinderbilder. Sam, erinnere ich mich, malte eine ganze Reihe schnippischer Krokodile mit Zickzackzähnen, und Annie einen »weiblichen Zwiebelbaum«.

»Nur die Mädchen wachsen so«, erklärte sie. »Das sind nicht solche, die unter der Erde wachsen.«

»Janie«, sagte Jacob beim Lunch, »wie kommt es, dass du den ganzen Vormittag Klavier spielst und deine Brut diesem armen jungen Ding überlässt?« Jacob war neurotisch, was Janes Klavierspiel anging. Vielleicht ertrug er es nicht, dass sie in etwas anderem aufging als ihm, oder vielleicht erregte es ihn in einem unerträglichen Maß.

»*Meine* Brut, wie?«, sagte sie und schenkte ihm ihr betörendes Lächeln.

»Verdammt, Jane«, sagte er, »ich habe zu tun. Ich sehe bloß, dass du das Kind einlädst und sie dann ausnutzt wie eine Dienstbotin.«

»Ich glaube wirklich nicht, dass ich deinen Rat dazu benötige, wie ich mit meinen Freunden umgehe«, sagte Jane. »Katherine ist eine kinderlose junge Frau. Kinderhüten ist nicht ihr ganzes Leben. Es ist für einen Menschen in ihrer Lage eine nette Abwechslung, sich mal ein, zwei Stunden um Kinder zu kümmern. Es sind doch nette Kinder, oder nicht? Was ist an ihnen auszusetzen?« Jacob musterte sie skeptisch.

»Mein Gott, Jacob«, sagte sie. »Sie hat sonst nichts Dringendes zu tun. Frag sie doch. Benutze sie nicht, um mir eins auszuwischen.«

»Katherine, was ist das für eine unnütze Universität, die dir nichts zu tun gibt?«, sagte Jacob zu mir. »Wenn du nichts zu tun hast, solltest du dich amüsieren.«

»Ich *habe* mich amüsiert«, sagte ich. »Ich mag eure Kinder.«

»Ich mag meine Kinder auch, aber ich weiß genau, dass sie langweilig und nervig sind«, sagte er. »Roger, geh mit dem Mädchen ins Kino. Lass uns mal sehen, was läuft. Sammy, bring mir doch mal die Zeitung. Die Lokalzeitung. Sie liegt im Badezimmer auf dem Fußboden.«

»Ich habe zu viel zu tun«, sagte Roger. »Ich muss am Montag meinen Tutor sprechen.« Sam kam mit der Zeitung, in feuchten, verknitterten Klumpen. Sie hing in seinen Armen wie ein toter Vogel. Jacob nahm sie ihm ab und schlug sie heftig aus.

»Danke, mein lieber Junge«, sagte er. Jonathan beugte sich über Jacobs Schulter und las prustend von der Titelseite des Lokalblatts.

»FAMILIE BRAND UNTER FEUERSCHOCK«, durch seine Betonung den Text veralbernd. Er und Jacob begannen eines ihrer Lieblingsspiele.

»Ach ja«, griff Jacob die Sache auf. »Unsere guten Freunde, die armen Mr und Mrs Brand. Und wieder ein brandneuer Schock für die beiden. Mich wundert, dass sie nicht geradezu katatonisch sind vor Schock, wie, Jont?« Rosie und ich kicherten albern. Jane lächelte nachsichtig. Nur Roger fand es gar nicht komisch.

»Worüber lacht ihr?«, protestierte Annie, die sich ausgeschlossen fühlte. »Worüber lacht ihr!«

»Es ist ein Haus abgebrannt«, sagte Roger spitz. »Da musst du Jake fragen, was er daran komisch findet.« Jacob ignorierte ihn. Er blätterte zielstrebig über Landwirtschaftsmaschinen und Wallache hinweg, über die Hochzeitsfotos und die Verkaufsanzeigen der Möbelgeschäfte.

»Also Roger«, sagte er. »*Liebende Frauen.* Genau das Richtige für Katherine. Die D.H. Lawrence-Verfilmung. Beschleunigter Atem im Unterholz. Da müsst ihr hin, Roggs. Sei nicht so ein scheißsüffisanter Streber.«

»Er ist kein Streber, Jake. Ihm macht lediglich die Arbeit Freude«, sagte Jane.

»Das weiß ich«, sagte Jacob. »Das weiß ich. Trotzdem kann er diese durchaus vorzeigbare junge Dame doch mal ins Kino ausführen, oder? Du kannst heute Abend lernen,

Rogsie. Ich empfehle einen Becher Kaffee um Mitternacht.«

»Ich kann mir nicht vorstellen, dass Katherine es nötig hat, sich von dir Begleiter rekrutieren zu lassen«, sagte Jane.

»Mein Gott!«, rief Jacob ungeduldig. »Jonathan, geh du mit ihr.«

»Weder Katherine noch Jonathan haben einen Führerschein, Jacob«, sagte Jane. »Und Katherine fährt nicht Rad.«

»Dann wirst du liebenswürdigerweise den Autoschlüssel holen, Janie, und sie in der Stadt absetzen«, sagte Jacob.

»Das werde ich nicht, falls es dich interessiert«, sagte Jane. »Das alles hat weder mit mir zu tun noch mit Katherine. Du steigerst dich da ganz einfach in etwas hinein.«

»Jont«, sagte Jacob, »kannst du den verdammten Wagen fahren?«

»Klar«, sagte Jonathan.

»Jacob«, kam es jetzt in unheilverkündendem Ton von Jane, »er hat keinen Führerschein.«

»Und Jont«, fuhr Jacob fort, »kannst du das Ding einparken?«

»Klar«, sagte Jonathan. »Jane weiß das. Sie hat es mir beigebracht.«

»Jacob«, sagte Jane, »er hat keinen Führerschein. Hörst du vielleicht endlich auf, dich aufzuführen wie ein halbstarker Delinquent!«

»Dann geh mit ihr ins Kino«, sagte Jacob.

»Wenn Katherine einverstanden ist«, sagte Jonathan. Solche Rücksicht und Bescheidenheit kannte ich von ihm gar nicht. Jacob schlug sich enerviert die Hand vor die Stirn und seufzte.

»Katherine«, meinte er sarkastisch. »Bist du willens, mit

diesem meinem Sohn ins Kino zu gehen? Du brauchst ihn deswegen nicht gleich zu ehelichen, weißt du? Nur ein, zwei Stunden neben ihm zu sitzen.« Ich gab mir alle Mühe, nicht loszuprusten, denn Roger funkte mir plötzlich finstere Blickbotschaften zu.

»Ja, ich will«, sagte ich. Roger stand auf und ging. Der dunkelblaue Fleck auf seiner Jeans, Umriss des entfernten Schmetterlings, leuchtete weithin sichtbar. Ich wusste in dem Moment, dass Jacob wusste, wessen Schmetterling an meiner Büchertasche befestigt war.

An diesem Nachmittag schien Jonathans halbe Schulklasse im Kino zu sein. Jedenfalls legte die Zahl der neugierig verrenkten Hälse diesen Schluss nahe, die der Sensation galten, dass doch wahrhaftig der Goldman hier mit einem Feger aufkreuzte, den kein Aas kannte. Und dann gab es da natürlich noch die hochinteressante Frage, was der Kerl wohl mit ihr anstellen würde, sobald das Licht ausging. Irgendjemand erwies mir die Ehre, mich mit einem Papierknöllchen zu bewerfen, das vorne von meinem Hemd abprallte. Jonathan rutschte mit seiner Popcorntüte betont lässig immer tiefer in seinen Sitz hinunter, bis sein Hals im Kragen seiner Seemannsjacke verschwand, und stellte gar nichts an, außer mir Popcorn anzubieten, das ich dankend ablehnte. Man hätte eine Stecknadel fallen hören können, als die Männer nackt vorm Kaminfeuer rangen. Trotz meiner Vertrautheit mit dem Text war ich fest davon überzeugt, dass einer der beiden in die Glut stürzen müsste. Sie sahen so verletzlich aus mit ihren absurden, pendelnden Genitalien und entblößten Pobacken. Sie hatten nichts von der erhabenen Würde kämpfender Hirsche. Die Szene endete mit einer hübschen homosexuellen Pose, die mich an John Millet denken ließ.

Die andere Hälfte von Jonathans Schulklasse hing draußen herum, als wir das Kino verließen.

»Ey, Goldman«, grölte einer, als wir uns auf den Weg machten. »Was hast du, was wir nicht haben?« Jonathan warf einen vernichtenden Blick über die Schulter.

»Charme«, schoss er zurück.

»Vielleicht bringst du ihr ein Ständchen, Jonathan«, rief einer, unterhalb der Gürtellinie, in hohem Falsetto.

»Leck mich«, knurrte Jonathan in männlichem Bariton. Da wurde mir klar, dass zu den vielen Zumutungen, die Jonathan als Kind kultivierter und den Künsten zugeneigter Eltern hatte ertragen müssen, auch die gehörte, in der Schule Männeralt zu singen.

»Musstest du unbedingt mit meinem Bruder ins Kino gehen?«, beschwerte sich Roger, als ich zurück war. »Ich glaube, du liebst mich nicht.«

25

An dem Tag, an dem mir Roger der Klavierbegleitung wegen den Laufpass gab, hatte ich zwei Stunden in einer zugigen Halle auf ihn gewartet, während er den Fürsten der Unterwelt aus Monteverdis *Orpheus* probte. Es war wenige Tage vor meinem Abschlussexamen. Zu dritt besuchten wir das Natural History Museum, wo mich ein vages Zwei-gegen-einen-Gefühl ahnen ließ, was mir blühte. Während seine kleine Freundin sich gebannt einem Schaukasten voller Kalkgestein widmete, zog mich Roger auf dem oberen Treppenabsatz hinter das Gerippe des Gehenkten. Die ganze Sache war so gut eingefädelt wie ein Putsch. Zweifellos um meine Schuldgefühle und sein Unbehagen zu exorzieren, bereitete er mir sehr akribisch und sehr artikuliert einen Scheiterhaufen meiner Unzulänglichkeiten; er ließ nichts aus. Es lief, kurz gesagt, darauf hinaus, dass ich gewogen und für zu leicht befunden worden war. Weil ich meine Hefte mit Pfadfinderinnenmentalität in Florentiner Papier einschlug, weil ich Stricken interessanter fand als Logik, weil ich mit solcher Chuzpe eine Tugend aus der Not all dessen machte, was an meiner Herkunft vulgär und halbgebildet war, weil, ehrlich gesagt, die Gipsenten meiner Mutter ihm geradezu Brechreiz verursachten, weil ich an meinen Ohrringen nestelte, während er, Roger Goldman, Violine spielte, weil ich zu viel lachte, weil ich in diesem selben Museum, an diesem selben Tag die meiste Zeit damit verbracht hätte, die Ziselierungen des Eisengewölbes zu bewundern, »als ob«, sagte er, »das hier eine jährliche Kunsthandwerksausstellung des Frauenvereins wäre«.

Ich meine mich zu erinnern, dass ich mich, ehe er sich abwandte und ging, entschuldigte. Es gibt auf dieser Welt solche, die sich entschuldigen, und solche, die es nicht tun. Ich gehöre zu denen, die sich entschuldigen, wenn mir jemand versehentlich auf die Füße tritt. Mein erster Gedanke war, bizarrerweise, dass ich vielleicht klarstellen sollte, dass die Enten meiner Mutter aus Porzellan seien, nicht Gips; dass es meine Sache sei, meine Mutter, deren Schokoladenkuchen er immerhin nicht verschmäht hatte, zu kritisieren, nicht seine. Dann, als mir lautlos die Tränen übers Gesicht rannen, dachte ich nur noch, dass ich alles, alles tun würde, um ihn nicht zu verlieren. Dass ich in Sackleinen Algebra büffeln würde um des Privilegs willen, den Saum seines Secondhand-Sea-Scout-Pullovers berühren zu dürfen. Und dann, als ich sah, dass er die Vitrine mit dem Kalkgestein erreicht hatte, kannte ich nur noch den einen Gedanken: meine Sachen aus seinem Zimmer zu holen und zu verschwinden, bevor die beiden dort auftauchten – und Roger das hässliche Elend meines verquollenen Gesichts sähe –, zu verschwinden, sang- und klanglos, ohne großes Theater. Ich hatte keine Begabung zu Auftritten und Empörung. Dergleichen war bei uns daheim verpönt gewesen. Ich hatte zu meinen Eltern nie gesagt, sie könnten mich mal, oder sie bei Tisch mit Knoblauchbrot beworfen. Es kam mir daher nicht in den Sinn, Roger durch die Halle zu seinen Kalksteinen nachzugehen und ihn auseinanderzunehmen, wie er es mit mir gemacht hatte. Oder ihm mit Genugtuung entgegenzuschleudern, dass er ein blasiertes, humor- und freudloses Jüngelchen sei, das sich durch eingebildetes Unrecht ausgezeichnet wähnte, verkorkst und von Missgunst zerfressen. Hätten wir dann vielleicht die Sache ausfechten und daran wachsen können? Vielleicht nicht; ich werde es niemals wissen. Vielleicht war der kurze Sinn von Rogers langer Rede einzig und allein der, dass er lieber die Klavierbegleitung in seinem Bett haben wollte als mich. Bis zum heutigen Tage kann ich Roger Goldman nicht mit einem Kopfschütteln das Schnittlauchhaar aus seinen Augen werfen sehen, ohne einen Stich zu verspüren. Er ist eine absurde, andauernde, adoleszente Obsession, mit der ich versuche fertig zu werden, indem ich seine Gesellschaft meide.

Auf Rogers Bude holte ich vom Bord im Wandschrank die Reisetasche, mit der er zwei Jahre zuvor aus Kenia zurückgekehrt war. In diese warf ich den Flötenkessel, den meine Mutter ihm geborgt hatte, die zwei Patchworkkissen, die ich ihm genäht hatte, um seine Bude wohnlicher zu machen, und einen Aranpullover, den ich gestrickt und den wir abwechselnd getragen hatten. Die klassisch kleinliche Gütertrennung. Im Zug fiel mein tränenverschleierter Blick wieder und wieder auf den Gepäckschein der East African Airways mit dem Namen R. J. Goldman in Blockschrift. Ich musste an den Wäschekorb voller alter Gummistiefel denken. Das ließ vor meinem inneren Auge ein lebhaftes und schmerzliches Bild von Roger mit Hamlethut am Küchentisch erstehen, wie er zum ersten Mal den Blick meinem entgegenhob. Ich hätte ganz einfach sterben mögen.

Danach waren das Schlimmste die Nächte. Bei Tageslicht schüttete ich gelegentlich einer Freundin mein Herz aus oder hielt stumme Zwiegespräche mit mir selbst und knetete meinen Kummer in eine rationale Form, die mir eine Stunde Linderung schenkte. Doch allein, am Ende des Tages, kehrte der Gedanke an Roger wieder, brach herein wie der Schock plötzlich aufquietschender Reifen.

Manchmal schlief ich überhaupt nicht. Zweimal schlich ich in solchen Situationen auf Zehenspitzen die Treppe hinunter und saß, in eine Decke gewickelt, in unserem sterilen kleinen Vorortgarten auf einem Baumstumpf und sah ferne tintige Wolken vorm Mond vorbeiziehen, sah, wie jede einzelne unaufhaltsam ihrer eigenen Auflösung entgegensegelte, am Mond vorüber, bis sie in armselige dünne Fetzen zerriß. Ich weinte viel, aber nur, wenn mich niemand sah. Ich rief nachts die Zeitansage an, um eine menschliche Stimme zu hören.

»Beim nächsten Ton ist es vier Uhr zweiundvierzig Minuten und zehn Sekunden«, sagte die Stimme. »Tüt.« Roger rief ich kein einziges Mal an. Ich entschwand entgegenkommenderweise ohne ein Wort des Tadels aus seinem Leben. Einmal, am Zeitungsstand, ging ich so weit, eine Postkarte mit der Abbildung einer fauchenden Tigerin für ihn auszusuchen, weil ich glaubte, mittels dieser zähnebleckenden Wildkatze indirekt und selbst zahnlos Stellung beziehen zu können. Ich habe die Karte nie abgeschickt. Ich machte mein Abschlussexamen in einem Nebel fast gleichgültiger Gefühllosigkeit, vollgeknallt mit Amphetaminen, und fragte mich höchstens vage, was Jacob wohl sagen würde, wenn ich durchfiel. Für mich selbst war es belanglos geworden. Würden die Steuerzahler, fragte ich mich, sich erheben, ihrer Empörung Luft machen und ihr Geld zurückverlangen? Anschließend tat ich etwas, was ich lange nicht mehr getan hatte. Ich rief John Millet an und erzählte ihm alles.

26

John Millets Haus in Greenwich ist mit der Bahn von London Bridge aus erreichbar. Die Züge rumpeln über die Southwark Cathedral hinweg, wo Geoffrey Chaucer begraben liegt, und locken mit dem magischen Versprechen von Rochester, Chatham und Gillingham als Endzielen. Es war die Romantik solcher Bahnsteigsansagen, die mich auf die Idee brachte, fortzugehen. John tafelte gerade mit einem Freund; es gab deutschen Wein und Zwiebelkuchen, den er, natürlich, selbst gemacht hatte.

»Wir haben nicht auf dich gewartet«, sagte er. »Du hast dich etwas vage ausgedrückt, in Bezug auf deine Pläne.«

»Tut mir leid«, sagte ich. »Ich sehe abscheulich aus, John. Guck mich nicht an.« Da ich wusste, welchen Wert er aufs Äußere legte, empfand ich mich als Affront gegen seinen Sinn für Ästhetik. John lächelte aber wohlwollend.

»Setz dich«, sagte er. »Trennungsschmerz ist nur vorübergehend entstellend. Alex, darf ich vorstellen: Katherine.« Er reichte mir ein geschliffenes Glas mit eisgekühltem Wein. Es fühlte sich wunderbar an in meiner Hand.

»Katharine durchleidet die letzten Züge einer kläglichen kleinen Affäre mit Jake Goldmans Sohn«, erklärte er. »Erinnerst du dich an Jake? Meinen Wohnungsnachbarn in Belsize Park? Betörende Frau. Betörende Augen. Erinnerst du dich?« Er machte eine elegante, kosmopolitische Geste, malte einen Kreis in die Luft und küsste flüchtig seine Fingerspitzen. Eine ironische, romantische, harlekineske Geste. Sein Freund hatte das

Jackett abgelegt und saß in Weste und fein gestreiften Hemdsärmeln.

»Ihm bin ich nie begegnet«, sagte er, »aber an die Frau erinnere ich mich. Eine bildschöne, müde junge Frau mit greinendem Kleinkind.« John gestikulierte erneut, hob schicksalsergeben die Hände, wie um zu sagen, dass leider, leider, niemand gegen die Zeit etwas vermochte.

»Und eben dieses ›greinende Kleinkind‹ ist heute schuld an Katherines skorbutischer Blässe«, sagte er. »Wir werden nicht jünger, Alex.«

Am Nachmittag spazierten wir beide am Wasser entlang, John und ich, bis zum Royal Naval College, wo er über den kunstvollen Einsatz der Symmetrie als Stilelement bei Schmiedeeisen dozierte.

»Ich denke daran, nach Rom zu gehen«, sagte ich.

John lieh mir ein Buch mit dem Titel *Mühelos Italienisch*. Ein Lehrbuch mit Schallplatten. Dann schrieb er Empfehlungsbriefe an zwei Freunde, und das, mir zuliebe, in seiner bezaubernden Linkshänderschrift, über die sich Jacob einmal mokiert hatte. Er gab sie mir gleich zum Einwerfen mit.

»Kopf hoch, Katherine«, sagte er. »Der hübsche kleine Goldman ist nicht der einzige Mann auf der Welt.« »Für mich schon«, erwiderte ich mit schlichter Ausschließlichkeit. Nachdem er mir ein Glas Brandy aufgedrängt hatte, saß John mir eine gute Stunde gegenüber und porträtierte mich auf seinem Sofa, hielt, in brauner Kreide, eine Phase meines Unglücks fest. Dann stand er auf und ließ Badewasser ein. Er kehrte zurück und reichte mir ein großes cremefarbenes Badetuch. Mich zu widersetzen wäre mir unhöflich erschienen. Erst als er ins Badezimmer kam, um mich aus der Wanne zu holen, mich so ins Badetuch gewickelt hatte, dass ich meine Arme nicht bewegen konnte, und mich auf sein Schlafzimmer zuschob, fiel mir der Schürhaken ein.

»Jacob sagt –«, sagte ich. Ich hatte gar nicht die Absicht, ihm die Geschichte mit dem Schürhaken zu erzählen. Ich wollte nur nervös plappern, wollte den sinistren Bann seiner Inszenierung brechen, indem ich sagte, dass Jacob mal gemeint hatte – in einem launigen Moment –, dass er, John, schwarze Laken benutzte. John legte mir den Zeigefinger auf die Lippen.

»Pscht«, sagte er. Und sehr leise, sehr seltsam, fand ich, raunte er mir ins Ohr: »Sprich mir nach: ›Jacob ist des Fleischers Enkel.‹« Ich fand das so pervers, so bizarr, so lächerlich, dass ich ihn in wenig anmutiger, kindlicher Panik wegstieß und nach meinen Kleidern grapschte.

»Ich glaube, ich hasse dich«, sagte ich.

Im Zug schlug ich das Buch auf. *Non è difficile l'italiano per un francese*, hieß es dort ermutigend.

27

Drei Wochen später stahl ich mich wie eine Diebin ins philosophische Seminar, um Bücher abzugeben. Ich hatte nicht die Absicht, auf meine Prüfungsergebnisse zu warten, sondern das Weite zu suchen, auszurücken wie Huck Finn. John Millet hatte mir eine Stellung als Lehrerin an einer Sprachenschule in Rom beschafft und mich für die erste Zeit bei Freunden untergebracht. Ich hatte um Jacob einen großen Bogen gemacht, lief ihm aber jetzt schon am Eingang in die Arme.

»Ich bin dir aus dem Weg gegangen«, sagte ich.

»Und wie kommt das?«, fragte er. Ich redete, was das Zeug hielt, und musste wohl vollkommen wirr klingen.

»Ich wollte wirklich nicht so einen Unsinn verzapfen«, sagte ich. »In keinem Fach. Zögert also bitte nicht, meine Klausuren den Flammen zu übergeben. Na ja, Flammen habt ihr wohl keine, nehme ich an. Der Papierkorb tut's auch. Es war nicht Faulheit, Jacob, wirklich nicht, es war nur eine schwierige Zeit für mich. Ist es immer noch, genau genommen. Ich stecke in einer Krise, Jacob. Ich stecke seit einiger Zeit in einer emotionalen Krise. Das ist es. Das bekommt einem nicht, wenn man Examen schreibt. Es tut mir leid.«

»Du siehst ziemlich lädiert aus, meine Liebe«, sagte Jacob unumwunden. »Was zum Teufel ist los mit dir? Dein Gesicht hat sich verändert. Bist du schwanger?«

»Nein«, sagte ich. »Pickel, Jacob. Wie sie Leute nun einmal kriegen bei Stress.« Jacob schmunzelte.

»Du bist ein nettes Kind«, sagte er. »Du bist ein komisches Kind, weißt du das? Ich war auch einmal so ein komisches, begabtes, vaterloses Kind, wie du es bist. Ich mag dich.« Wir peilten den Kaffeeautomaten an, und ich war die ganze Zeit zappelig und leicht manisch. Ich hatte meinen Kopf im Weg, als er sich bückte, um für mich den Becher herauszufischen.

»Pass auf, dass ich dich nicht vollkleckere«, sagte er launig, »rette seinen Kopf, wer kann.«

»Das versuche ich ja«, sagte ich.

»So?«, sagte er. »Soll ich dir sagen, womit ich mir heute Vormittag die Zeit vertrieben habe? Mit sieben Sprechstundenterminen, siebenmal prämenstruellem Syndrom. Vielleicht bist du der achte Fall, Katherine. Vielleicht leidest du ebenfalls an PMS. Warum bist du damit nicht auch zu mir gekommen? Damit gehörst du zu den zwei oder drei Ausnahmen. Ich hatte angenommen, dass die gesamte weibliche studentische Population heutzutage ihr Examen unter PMS schreibt. Jedenfalls kriege ich das von ihnen anschließend zu hören.« Mir wurde manchmal ein wenig unwohl bei Jacobs chauvinistisch angehauchten Scherzen. Ich wusste nicht recht, worauf er hinauswollte.

»Vielleicht sollten sie alle vorm Examen schwanger werden«, erwiderte ich sarkastisch.

»Vielleicht«, sagte er. »Tatsächlich ist die Schwangerschaft, in meiner zugegebenermaßen beschränkten und nur mittelbaren Erfahrung, eine sehr günstige Zeit, Katherine.« Wollte er damit sagen, dass er seine Zeit mit der Bildung von Frauen vergeudete, wo die Biologie sie doch viel wirkungsvoller in eine andere Richtung zog?

»Erwarten sie von dir, dass du ihre Noten aufbesserst?«, fragte ich. Ich selbst hatte es einmal fertiggebracht, ihn zu bitten, die Note meiner Seminararbeit herunterzusetzen, und zwar aus den folgenden Gründen, dic ich ihm dann gewissenhaft aufzählte.

»Klar«, sagte er. »Immer. Zu meiner Zeit kannten die wenigen Kommilitoninnen, die es gab, dieses Leiden nicht. Ganz im Vertrauen, Katherine: Ich gebe nicht vor, die heutige Zeit noch zu verstehen.« Ich unterstellte ihm, damit sagen zu wollen, dass er die heutige Zeit sehr wohl verstehe und lediglich gegen das erste leise Grummeln einer wiedererstarkenden Frauenbewegung polemisieren wollte. Ich hätte wetten mögen, dass dies, aus Jacobs Sicht, nichts als eine Manifestation bürgerlichen weiblichen Parasitentums war und den Klassenkampf mit falschem Bewusstsein infizierte. (Jacob war dabei natürlich immer einer der Ersten, der zum Portemonnaie griff, wenn für die Streikkasse der Putzfrauen gesammelt wurde.)

»Und was, wenn ich fragen darf, ist die Ursache deiner Krisen?«, fragte er. »Ich hoffe doch nicht, dass mein Tunichtgut von Sohn Anlass für diese Krisen ist?«

»Es ist nur eine«, sagte ich. »Eine Krise, Jacob. Du weißt es vermutlich sowieso. Dass wir nicht mehr zusammen sind, meine ich.«

»Glaub ja nicht, dass Roger mir irgendetwas anvertraut«, sagte er. »Außerdem ist er bergsteigen in Wales. Kann ich irgendetwas tun? Euch an einen Tisch bringen, oder so?« Ach, Roger! Roger mit Seil und Nagelschuhen, werde ich dich jemals wiedersehen? Werden wir uns eines Tages als höfliche Fremde in höflichen Wohnzimmern gegenübersitzen?

»Nein-nein«, sagte ich hastig. »Nichts. Im gegenseitigen Einvernehmen, verstehst du? Lass uns einfach nicht mehr davon sprechen.« Jacob nickte, als er begriff, dass es nichts zu machen gab.

»Wir sollten uns einmal ernstlich über deine Zukunft

unterhalten, wir beide«, sagte er. »Was hast du vor? Was meinst du, wozu dich ein Abschluss in Philosophie befähigt?« Ich schielte seitlich zu ihm hin, nicht willens, den Anfang zu machen.

»Willst du damit sagen, ich hätte einen Abschluss in Philosophie?«, sagte ich. »Du *musst* mich nicht bestehen lassen, weißt du. Ich bin mir durchaus dessen bewusst, Jacob, dass das Seminar keine Wohlfahrtseinrichtung ist. Ich bin nicht gekommen, um dich zu beschwatzen, mich durchzuschieben. Ich finde nicht, dass du das Gefühl haben solltest, es zu müssen, weil ich es vielleicht verdient hätte –« Jacob lachte laut auf.

»Katherine! Du weißt, dass ich weiß, dass du eine aufgeweckte junge Frau bist. Willst du mir weismachen, dass dir nicht klar ist, dass du mit einer guten Zwei abgeschnitten hast? Tu nicht so. Auch wenn mir bekannt ist, dass du – aus mir unerfindlichen Gründen – in dieser Hinsicht komplett neurotisch bist, stimmt's? Wir können dabei also beide nicht gewinnen: Egal, was ich dir sage, du wirst es mir immer dahingehend auslegen, dass mein Urteilsvermögen getrübt sein muss.«

»Aber Jacob«, protestierte ich, »hast du dir die Klausuren denn angesehen?«

»Selbstverständlich habe ich das«, sagte er, »ich, und die Kollegen ebenfalls. Selbst wenn der auswärtige Prüfer dir partout am Zeug flicken wollte, wäre nicht daran zu rütteln. Da musst du dir schon was anderes suchen, womit du dich fertigmachen kannst.«

»Ich gehe nach Rom, weißt du«, sagte ich. »Unterrichten.«

»Großer Gott«, sagte er. »Hat John da irgendwie die Finger im Spiel?«

»Nicht wirklich«, sagte ich.

»Heißt das ja oder nein?«, fragte er.

»Es heißt: Nur insofern, als ich ihn um Hilfe gebeten habe«, sagte ich.

»Was willst du unterrichten?«, fragte er.

»Englisch«, sagte ich, »für Ausländer. Das heißt«, fuhr ich in dem Bemühen fort, der Sache den Ernst zu nehmen, »Ausländer sind es ja eigentlich nicht, oder? Nicht in Italien. Ich werde die Ausländerin sein.« Jacob wirkte weder erheitert noch glücklich.

»Komm mit zu uns«, sagte er. »Lass dich von Jane ins Bett bringen. Schlaf darüber, um Himmels willen.« Ich konnte den Gedanken nicht ertragen, seine Schwelle zu überqueren – angesichts ihrer Freundlichkeit schwach zu werden.

»Ich muss ein bisschen für mich sein«, sagte ich, »ehrlich.« Jacob hatte offensichtlich auch nicht viel geschlafen in letzter Zeit, allerdings war das bei ihm quasi ein chronisches, jährlich wiederkehrendes Leiden.

»Vielleicht tust du recht daran«, sagte er. »Genaugenommen ist es bei uns daheim zurzeit auch nicht besonders erquicklich. Jane rückt Jonathan wie jede andere Druck ausübende bourgeoise Glucke auf die Pelle; sie treibt ihn noch aus dem Haus. Ich sehe mir das jetzt schon seit Tagen an. Sie findet, er soll sich zur Aufnahmeprüfung für Oxford anmelden. Ich habe ja nichts dagegen, verstehst du, aber zwingen kann sie den armen Kerl doch nicht. Er hat infolge ihrer ewigen Nörgelei beschlossen, sich nach Europa abzuseilen.«

»Um was zu tun?«, fragte ich. Jacob zuckte mit den Achseln.

»Weiß der Himmel«, sagte er. »Du kennst doch Jonathan. Ein Blumenkind. Er will in den Pyrenäen wandern. Unter freiem Himmel schlafen. Sich durchschlagen. An

Straßenecken mit dieser verdammten Flöte ein Taschengeld verdienen. Er behauptet im Augenblick, dass er nie wiederkommen wird. Ob ich ihm glaube? Mir selbst ist die Aufnahmeprüfung für Oxford schnuppe. Meinetwegen kann er auch auf die Fachhochschule in Huddersfield gehen oder gleich zum Arbeitsamt. Helle Köpfe wie Jonathan brauchen keinen akademischen Grad. Jane sieht das natürlich anders. Das tun die, die es selbst nicht gemacht haben, immer. Für sie ist das alles Ersatzbefriedigung. Was mich bekümmert, ist dagegen die Frage: Werde ich meinen Jungen je wiedersehen? Oder werde ich vielleicht niemals erfahren, dass er mit zertrümmertem Schädel irgendwo in der Gosse liegt?«

»Wird er nicht heimkommen, wenn er Hunger kriegt?«, sagte ich törichterweise. »So wie er es tut, wenn er angeln geht?«

Jacob hatte mich vergessen. Er hatte jetzt nur noch sein Lieblingskind im Kopf. Ein Erbarmen ohne Namen / Ist im Herzen der Liebe bewahrt, wie schon Yeats sagte. Yeats, W. B. Der allseits bekannte, wie Jacob einmal meinte. Der nasskalten Winde Ergießen / Und das schattige Haselnusslaub, / Wo mausgraue Wasser fließen, / Bedrohn das geliebte Haupt.

»Nun«, sagte er, mit einem Mal sehr geschäftsmäßig, »das tut mir leid mit deinen, deinen …«

»Krisen«, sagte ich.

»Ganz recht«, sagte er, »oder vielmehr der einen. Wenn du wirklich wild entschlossen bist fortzugehen, musst du aber auf jeden Fall noch einmal herauskommen und dich von Jane verabschieden, ja? Du wirst ihr fehlen. Ganz zu schweigen von Rosie, die sich von dem Schlag gar nicht mehr erholen wird.«

»Ja, das tue ich«, versicherte ich. »Du weißt, dass ihr mir

alle furchtbar fehlen werdet. Jane ist für mich sehr wichtig gewesen, Jake«, sagte ich, mit Tränen in den Augen. »Sag ihr ... sag ihr, dass ihre Küche meine zweite Universität gewesen ist.« Jacob lachte.

»Ich sag's ihr.« Ich warf mich an seine behaarte Brust und heulte Rotz und Wasser. Jacob klopfte mir nur seelenruhig die Schulter.

»Wenn du je in Schwierigkeiten steckst, dann meldest du ein R-Gespräch an, verstanden?«, sagte er. »Nichts leichter als das, Katherine, als zum Telefonhörer zu greifen. Und ein R-Gespräch anzumelden.«

»Ich werde es mir merken«, sagte ich.

»Gut«, sagte er. »Und lass dich bloß nicht von irgend so einem verdammten katholischen Itaker unterkriegen.«

Bis ich Jacob wiedersah, war das Haar auf seiner Brust schneeweiß.

28

Ich riss mich um Janes willen zusammen. Ich wusch mir das Haar und ging früh schlafen, spülte ein Beruhigungsmittel mit einem Glas Bier hinunter. Ich malte mir für sie das Gesicht an und stieg in den Zug, beruhigt, dass Roger nicht anwesend sein würde. Er war zum Bergsteigen nach Wales. Ich kaufte ihr in einem Blumenladen in der High Street ein Geschenk: eine kleine Topfpalme. Jane war an diesem Tag selbst nicht in Hochform. Als ich ankam, schimpfte sie unsinnigerweise Sylvia dafür aus, dass sie in die Windeln gemacht hatte. Jonathan, der in der Küche erschien, um sich ein paar dicke Käsestullen zu machen, zeigte ihr die kalte Schulter. Wie sie einst zu mir gesagt hatte, gehörte sie nicht zu »diesen unausstehlichen Frauen, die alles hundertprozentig hinkriegen«. Sie schien überraschenderweise nicht einmal sehr bekümmert meinet- und Rogers wegen. Sie hatte anderes im Kopf. Roger habe ihr nicht viel erzählt, sagte sie, und scheine relativ guter Dinge, und ich war wild entschlossen, ihm darin in nichts nachzustehen. Roger hatte ohnehin immer tunlichst darauf geachtet, in Gegenwart seiner Eltern Distanz zu wahren. Sie meinte nur ein wenig melancholisch: »Das war's dann wohl, wie? Ein Jammer, Katherine. Aber es geht natürlich nicht darum, es mir recht zu machen. Ich will kein Wort gegen einen von euch beiden hören. Du wirst mir sehr fehlen. Jonathan, verschwinde bitte, ja?« Sie konnte es offenbar kaum ertragen, ihn im selben Raum zu haben. Jonathan wandte sich sehr langsam um, sah sie durchdringend an, zornesblitzend, sagte aber nichts.

»Katherine geht ins Ausland«, sagte sie. »Sie hat sich einen guten Job gesichert. Woran du dir, wenn du nur wolltest, ein Vorbild nehmen könntest.«

»Leck mich«, sagte Jonathan. »Wo soll's denn hingehen, Katherine?«

»Nach Rom«, sagte ich. »Ich habe mir heute italienische Lire besorgt. Wollt ihr mein Monopoly-Geld sehen?« Ich fischte aus meinem Portemonnaie einen Packen exotischer Scheine. Wir betrachteten sie versonnen, alle drei. Jane fuhr plötzlich auf, von einer Eingebung getroffen.

»Bestechung wäre wohl unter deiner Würde, oder, Jontikins?«, meinte sie. Jonathan, der sich beim Studium der Banknoten etwas entspannt hatte, setzte wieder seine feindselige Miene auf.

»Da wirst du schon eine Menge Smarties lockermachen müssen, Lady, um mich dazu zu bewegen, die Aufnahmeprüfung abzulegen«, sagte er.

»Ich dachte eher an so etwas wie sechshundert Pfund«, sagte sie. »Bleib noch bis zur Prüfung, und du bekommst von mir sechshundert Pfund. Mit Geld in der Tasche wird Europa mehr Spaß machen, weißt du.« Jonathan verließ die Küche, war aber plötzlich wieder da.

»Du hast das Geld ja gar nicht«, sagte er.

»Ich kann es mir leihen, oder nicht?«, entgegnete sie. »Ich haue es auf die Hypothek drauf. Nützliche Einrichtungen, Hypotheken.«

»Das will ich schriftlich haben«, sagte Jonathan. »Ich traue dir nicht.«

»Gut«, sagte sie. »Sagen wir sieben. Er ist schließlich nur Geld. Man reiche mir ein Stück Papier.«

»Herrgott, Ma«, sagte Jonathan, einlenkend, »ich will es

doch nicht wirklich schriftlich. Und ich will keine siebenhundert Pfund. Mir reichen vier.«

»Sagen wir sechs, Jont, und halten wir es schriftlich fest. Du darfst jetzt nicht weich werden.« Sie schrieb es auf und setzte ihre Unterschrift darunter. Ich traute meinen Augen kaum. Jonathan steckte den Zettel ein.

»Ich stelle nur drei Bedingungen«, sagte sie streng. »Du kommst im Oktober zurück und versuchst es mal mit Oxford. Du schickst mir alle acht Wochen eine Postkarte, und du schwängerst keine Frauen.«

»Ich bin doch nicht blöd«, sagte Jonathan.

»Als ob ich das nicht wüsste«, sagte sie. »Was glaubst du eigentlich, weshalb ich dir das Leben so schwer mache? Aber der Beweis dafür, dass intelligente junge Männer weniger oft Frauen schwängern, steht noch aus.«

»Du glaubst doch nicht, dass ich mich mit pinkelnden Kleinkindern umgebe wie du«, sagte er.

»Du, Jonathan«, sagte sie mit Nachdruck, »warst der Einzige von der ganzen Brut, der es nicht lassen konnte, in meine Gummistiefel zu pinkeln, vergiss das ja nicht.«

Dann nahmen wir beide voneinander Abschied. Beide weinten wir ein bisschen. Ihre Gartenhandschuhe lagen auf dem Tisch. Sie wischte sich mit einem die Augen und gab mir den anderen.

»Da«, sagte sie, »für die Bahnfahrt.« Ich nahm ihn und wusste, dass ich ihn hüten würde wie eine Kreuzreliquie. Noch vor Ende der Woche stopfte ich mein Handgepäck in Rogers Reisetasche und stieg in einen Zug zum Kontinent.

29

Bei der Einfahrt nach Mailand fiel eine der beiden Nonnen im Abteil wegen der Hitze in Ohnmacht. Sie wurde von ihrer Begleiterin mit Unterstützung zweier Männer in verschwitzten Unterhemden wiederbelebt. Ich hatte noch nie ein Zugabteil mit Nonnen geteilt, geschweige denn mit Männern in verschwitzten Unterhemden, und Londons Northern Line schien Lichtjahre entfernt. Das Abteil glich einer Karikatur von Daumier. Es kam vermutlich Rogers Dritte-Welt-Bussen näher als alles mir bis dahin Bekannte. Und wie hätte ich auf die visuelle Überraschung der Landschaft vorbereitet sein sollen, einer Landschaft von Weinbergen und Olivenhainen. Als ich später bei D. H. Lawrence las, dass man in der Toskana jeden Moment Christus aus der Landschaft hervortreten zu sehen erwartete, dachte ich: Ja, genau so ist es. Auf den Bahnsteigen gab es statt der üblichen knickrigen Käsescheiben zwischen Dreiecken aus wabbeligem Toastbrot geradezu biblisch anmutende Laibe und Weinflaschen. Das fremde Druckbild der Zeitungen sprang mir von den Kiosken schwindelerregend ins Auge, während ich mich dem Terror des Umsteigens unterwarf.

Im Anschlusszug nach Rom teilte ich das Abteil mit einer würdigen Matrone, die Postkarten kritzelte und mich nach dem Datum fragte. Johns Sprachkursus hatte mich alle Arten von passenden Antworten in bizarren und abwegigen Situationen gelehrt. Ich hatte zum Beispiel gelernt zu sagen, dass ich – bedaure – noch nie Dante gelesen hätte, da es mich im »Kreise meiner Lieben, nämlich Frau, Schwiegermutter und sieben Kindern« bislang »nicht dazu gedrängt habe«. Doch eine simple Frage brachte mich aus der Fassung und ins Stottern. Nach vier Wochen Intensivkurs waren mir gleich dem Zauberlehrling die Worte entfallen. Und die niederschmetternde Erkenntnis, dass in Italien niemand, mit Ausnahme meiner selbst, Miniröcke trug, stand mir erst noch bevor.

Johns Freunde wohnten in Trastevere. Man begibt sich in eine Welt, die mit den Römern beginnt und mit dem Barock endet. Ungewohnte menschliche Enge in den schmalen, kopfsteingepflasterten Gassen, keine Bürgersteige zur Scheidung von Verkehr und Passanten. Mein Taxi hupte sich durch Fußballspiele, die sich teilten, um uns durchzulassen. Fußbälle sprangen von Kirchmauern aus dem zwölften Jahrhundert, vollgekleistert mit Wahlplakaten und mit Graffiti besprüht. Und über den Fußbällen und den Plakaten und den Parolen, in der Pracht alter Goldmosaiken schwebend, blickten Heilige auf Brunnen und Platz und Bar und knatternde Vespas hinab.

Wir hielten draußen vor einem Mietshaus, vor dem zu meiner Verblüffung ein *Vogue*-Team Aufnahmen machte. Der Fotograf ließ vor dem blätternden sepiafarbenen Putz eines Tabakwarenladens und der pittoresk ärmlichen städtischen Kulisse eine Gruppe extravagant frisierter Models mit Silbertentakeln im Haar und Silbersandalen an den Füßen posieren. Sie waren – Sonnenstrahlen gleich – von der Schulter bis zum Saum in hauchdünne plissierte Gaze gewandet und wurden mit ausdrucksloser Miene von einer alten Frau in schwarzem Krepp begafft, die hinter ihnen auf einem hölzernen Caféstuhl saß.

Die Wohnung lag, wie alle besseren Wohnungen, ganz oben, mit frisch gestrichenen grünen Fensterläden, dem faulenden Gemüse und den weggeworfenen Fischköpfen der Gasse luftig entrückt. Ich gelangte über eine ansehnliche Zahl blanker Steinstufen hinauf und trat durch eine offene Tür auf Keramikfliesen. Die Signora, meine Gastgeberin, war einmal Engländerin gewesen. Sie hieß Leone Bernard. Sie lag in der Wanne und trank Whisky. Einer ihrer Männerfreunde leistete ihr, bekleidet auf dem Bidet sitzend, Gesellschaft.

»*Cara*«, sagte er zu ihr, »du musst dir die Scham rasieren. Ich vergewaltige doch keine Frau, die aussieht wie der Erzbischof Makarios.« Ich blieb einen Augenblick vor vorstädtischer Unbedarftheit wie angewurzelt stehen und dachte: Das also ist das mondäne Leben. In den vergangenen Jahren hatte ich mich an Jacobs drastische Art gewöhnt, aber Jacob war nicht mondän. Er hatte weder das Zeug noch die Neigung zum Lebemann.

»Ach, Johns kleine *Caterina*«, sagte meine Gastgeberin mit kehliger Trinkerstimme, die glatt aus Noël Coward hätte sein können. »*Avanti*, Herzchen, und willkommen. Besorg ihr doch ein Glas, Oliver, sei so nett. Mein Gott, du bist aber blutjung, was?«, sagte sie. »Und ganz entzückend«, fügte sie hinzu, mich mit Kennerblick messend. Sie trug das Haar schmeichelhaft hochgetürmt, ein paar Strähnen ringelten sich feucht in ihrem Nacken. Sie wandte beim Reden den Kopf häufig ab, um ein wohlkalkuliertes und dennoch betörendes Halbprofil zu zeigen. Ich nahm das gebotene Glas, während mir flüchtig Geschichten über Mädchenhandel durch den Kopf gingen. Ich bin auch heute noch keine große Trinkerin. Wenn ich gefragt werde, was ich trinke, verspüre ich den starken Drang, nach Brause zu verlangen. Ingwerbier ist für mich das höchste der Gefühle.

»Wenn du Italien in diesem Rock durchquert hast«, sagte

sie anerkennend, »dann bist du allem gewachsen, würde ich meinen. Du wirst uns ausführen müssen, Oliver.« Mit bewundernswert guter Miene schob Oliver jeden Gedanken an eine Vergewaltigung an diesem Tage beiseite und lud uns zum Mittagessen ein. Leone war unbedingt tonangebend. Sie erinnerte mich nicht selten an diese kleinen Mädchen früher in der Grundschule, die dir vorschrieben, du dürftest dein rosa Seidenkleid nicht zur Party tragen, weil sie ihres anziehen wollten. Und du trugst es nicht, obwohl du deines zuerst bekommen hattest und es ungerecht war. Und du fühltest dich weiterhin geschmeichelt, wenn sie dich bei Spielen als Erstes in ihre Mannschaft wählten.

Ich habe nur eine verschwommene Erinnerung an das Essen und daran, wie ich mich whiskytrunken in ungewohnter Hitze durch enge Gassen zum Restaurant wand, an bienenumschwärmte Blumenstände, Saugnäpfe an Oktopusarmen und Leones getragene Stimme in der windstillen Luft.

Leone hatte diese Stimme in den Fünfzigern in Cambridge erworben. Sie war die Tochter einer unverheirateten Küchenhilfe und hatte, entgegen allen Erwartungen, einen Studienplatz bekommen. Doch sie hatte die Universität ein Jahr später schon in Schimpf und Schande verlassen müssen; als sie infolge einer verpfuschten Hinterzimmerabtreibung in einer Lache intrauterinen Blutes äußerst theatralisch im Speisesaal ohnmächtig zu Boden sank. Sie pflegte einen ungeheuer manierierten Stil und trug phantastische Kleider, die sie achtlos der Frau hinwarf, die den halben Tag in der Küche bügelte, die Strümpfe über die knotigen Venen gerollt, o-beinig und nach saurem Schweiß riechend. Einesteils war ich höchst empfänglich für Leones Stil. Ich bin ganz allgemein sehr empfänglich für Stil. Stil war es gewesen, der mich zu John

Millet hinzog. Ich hege in meiner Brust fast ebensolche Ehrfurcht vor der gut gezupften Braue und der perfekt gehängten Lithographie wie vor dem gelungenen Sonett. Ich verschlinge gierig alles Hochglanzgedruckte. Ähnlich wie Leone habe ich dergleichen immer als Schlüssel zum gesellschaftlichen Erfolg betrachtet. Das ist der Grund, weshalb Jane Goldman, in ihrer Gleichgültigkeit gegenüber diesen Dingen, wie ein frischer Wind für mich war. Allerdings ist es, wenn du wie Jane mit Mädchen zur Schule gegangen bist, die Bankiers heiraten, zweifellos leichter, das ganze Drumherum der Privilegiertheit über Bord zu werfen, sobald sich dir eine gute Alternative bietet. Jane hatte einen sehr klaren Blick. Sie brauchte Jacobs Schulungsgruppen nicht, um Basis und Überbau zu verstehen. Vor die Wahl gestellt, zöge Jane jederzeit den gut abgehangenen Fasan der gut gehängten Lithographie vor, mit der man bei den Nachbarn Eindruck macht. Wenn ich es mir recht überlegte, hatte sie ohnehin dafür gesorgt, dass es keine Nachbarn gab. Ihr Selbstwertgefühl war nicht von dem abhängig, was sie hatte. Sie war »Selbstversorgerin«, wie Jacob zu scherzen beliebte. »Diese scheißherrschende Klasse«, so seine Worte, »lernt im Handumdrehen aus der Guerillataktik.«

Der gute alte Jacob, wie schnell sehnte man sich nach seiner wohltuend verrückten Vernunft! Wäre Jacob Leone Bernard begegnet, hätte er vielleicht – grummelnd – zugestanden, dass sie hübschere Beine hatte als Marlene Dietrich. Für mich war sie eine herrlich exaltierte Schmarotzerin. Sie suchte Schönheitssalons auf und kaufte Schuhe. Ihre Hauptbeschäftigungen bestanden darin, das Geld ihres Mannes auszugeben und seine Freunde zu verführen. Und hinterher zog sie derart niederträchtig über die armen Kerle her, dass ich bald keinen der Bekannten der

Bernards ansehen konnte, ohne genau zu wissen, wer wild auf Analverkehr war und wer unter dem litt, was sie »Potenzprobleme« nannte.

Zwei Vormittage in der Woche verließ Leone das Haus, um einzukaufen – oder in ihren Worten, »zu markten«. Das hing, glaube ich, irgendwie mit dem hohen Anteil an Amerikanern im illustren Kreis der ausländischen Freunde der Bernards zusammen. Es gab eigentlich nie viel zu markten, da ein Großteil der Mahlzeiten außer Haus eingenommen wurde, aber zu diesen Gelegenheiten rüsteten Leone und ich – bis meine Kurse mich vormittags in Beschlag nahmen – uns jede mit einem lachhaft kleinen, aber malerischen Korb aus und begaben uns auf den Campo dei Fiori, wo Leone Blumen und Feigen erstand und den jungen Bohemiens, die lässig an den Statuen lehnten, ihr entzückendes Halbprofil darbot. Ich mäanderte durch die engen Zeilen von Feinkostbuden und berauschte mich an den kunstvollen goldblitzenden Verpackungen, dem Einwickelpapier, das mit Faksimiles irgendwelcher Ende des letzten Jahrhunderts bei Landwirtschaftsausstellungen verliehenen Prädikate und den neoklassizistischen Profilen Victor Emmanuels des Zweiten geschmückt war. Hier gab es nicht die Spur von Safeway-Verschämtheit, von systematischer Unterdrückung des überschwänglichen *joie de vivre*. Leone drängelte sich dann gerne bis an die Theke einer vor köstlichen sternförmigen Brotlaiben überquellenden Bäckerei vor, um ein *etto* Gebäck zu verlangen. Wir wanderten an Fleischerbuden vorbei, über deren Theken an Wäscheleinen aufgereiht schwammige, gedunsene rosa Lungen baumelten. Ich erinnere mich, dass die Knappheit meines Rockes einmal zwei dickbäuchige Marktverkäufer veranlasste, sich gegenseitig mit unverkennbar phallischen Auberginen Zeichen zu geben, worauf ich eine Zeit lang

Kleider von Leone borgte. Später nähte ich mir selbst neue. Die alte Frau im schwarzen Krepp war mein Wegweiser heim. Sie war unfehlbar da, an der Hauswand auf ihrem Caféstuhl. Sie verkaufte Schwarzmarktzigaretten, behauptete Peter Bernard.

Peter war Leones Mann. Sie hatte ihn von seiner Ex-Frau in Southampton übernommen, oder vielmehr gestohlen, bei der er zwei Kinder zurückließ. Leone hatte in Southampton einen Psychiater konsultiert. Hingeschickt worden war sie von einem Menschen, den sie wegwerfend als »meinen Kleinkrämer« bezeichnete. Den Kleinkrämer hatte sie geheiratet, nachdem sie Cambridge verlassen musste, weil er reich war und Leone sich gern so weich bettete wie möglich. Nie im Leben hätte sie sich mit jemandem belastet, der nächtens hätte arbeiten müssen, um ihre Rechnungen zu begleichen. Peter hatte sie in einem Café kennengelernt. Nach einem halben Jahr vorgeblicher Sitzungen beim Psychiater kam der Kleinkrämer auf die Idee, in dessen Praxis anzurufen. Der resultierende Showdown endete damit, dass Peter seine Frau verließ, die prompt drohte, sich und die Kinder umzubringen, während der Kleinkrämer sich zu einem japanischen Kampfsportkurs anmeldete, mit dem Ziel, Peter umzubringen. Sie landeten allesamt auf der Couch des besagten Psychiaters in Southampton – das heißt, mit Ausnahme von Leone, die ihren Hang zum Melodram erkannt hatte und sich daher blendend fühlte.

Peter hatte einmal für John Millet gearbeitet, und auf diese Weise landeten sie in Rom. Trotz des von der toten Mutter geerbten Vermögens und seiner stolzen Paradeplatzhaltung wirkte Peter wie ein durch Unterhaltsverpflichtungen und Exil gebrochener Mann. Christopher-Robin-Haar umrahmte ein dezent zerfurchtes Gesicht, und die größte

Angst dieses Mannes war es, als der Biedermann entlarvt zu werden, der er war. Denn Leone brauchte ihn avantgardistisch. Sie hatte sich dem Leben auf den Piazze verschrieben, dem Schick, sommers mit Sartre in der gleichen Bar zu sitzen oder flüchtige Blicke auf Sophia Loren zu erhaschen, wenn sie in einen Wagen stieg. Also hatte Peter, der, wäre sie nicht gewesen, ohne Weiteres die Sorte Mann hätte werden können, die am Wochenende ganz vergnügt die Bremsbeläge am Morgan erneuert oder mit den Kindern in Southampton Doppeldeckermodelle aus Plastik zusammenbaut, stattdessen eine Reihe fortschrittlicher Posen kultiviert, deren peinlichste demonstrative Nacktheit und Gemeinschaftsbäder waren.

Ich sollte an dieser Stelle vielleicht erklären, dass das Badezimmer der Bernards ohnehin unvorhergesehene Ereignisse begünstigte. In diesem Wohnbereich kulminierte alles – wie bei den Goldmans in der Küche. Das Badezimmer hatte keine Tür. Es führte direkt sowohl in die Küche als auf den Balkon und war beileibe nicht nur zum Baden eingerichtet. Es gab einen Plattenspieler und einen Stapel *New Yorker*, Hängepflanzen und stehen gelassene Whiskygläser, eine Glaskugel voller mediterraner Muscheln und eine stilvolle Obstkonsole aus glasierter Keramik, auf der sich eine Pyramide französischer Seifenzitronen türmte. Peter pflegte also, wenn er vom Squashspielen heimkam, dort die Runde zu machen und Feuer zu geben oder Busen einzuseifen, alldieweil sein Gemächt zur Schau stellend, und das in Augenhöhe. Es war, wie ich glaube, seine Art, sich an Leone zu rächen, die erst seine Ehe zerstört hatte und nun mit viel kreativer Energie daranging, ihn zum öffentlichen Gespött zu machen. Dabei passte es ihr wiederum ganz hervorragend in den Kram, ihn vor mir nackt herumstolzieren zu sehen. Sie drängte mich ihm in die Arme, bis ich mir vorkam wie die Bühnenversion des Hausmädchens. Schwarze Strapse und Netzstrümpfe hätten nicht wirkungsvoller sein können, oder kesses Fuchteln mit dem Staubwedel. Ich kriege heute noch Gänsehaut, wenn ich an die Bernards denke. Sie waren wie Menschen, die miteinander in der Hölle eingesperrt waren.

Während der Wochen, die ich bei ihnen wohnte, nahm sich Leone Bernard, exquisit gekleidet, sorgfältig geschminkt, stets nach Antelop duftend, meiner mit einer gierigen Herrschsucht an, die mich ein wenig aus der Fassung brachte. Sie sprach Englisch mit mir, flocht aber auf eindrucksvolle Weise italienische Wendungen ein, die sie mit theatralischer Vollendung intonierte, übertrieben die Doppelkonsonanten dehnend und die vorletzte Silbe bis zur Lächerlichkeit betonend. Sie war offensichtlich bis zu einem gewissen Grad in die Vorstellung von mir als jungem, von der Liebe enttäuschten Ding verliebt und zerstörte mir dadurch noch den Trost der Echtheit dieses Gefühls, bis ich mir vorkam wie die Heldin eines Operettenmelodrams. Nachts weinte ich mich meist hinter den Läden des offenen Fensters meines winzigen Schlafzimmers in Schlaf, eingelullt von der Geräuschkulisse des Restaurantbetriebs unten, mit seinen abends aufs Pflaster hinausgetragenen Muschelauslagen. *»Specialità:«*, hieß es auf einer Tafel; *»Zuppa di Pesce«*, was jemand durchgestrichen und zu *»Zuppa di Gatto«* geändert hatte. Ich habe schon immer viel für Katzensuppe übriggehabt.

Ich ließ das alles vermutlich weniger deshalb über mich ergehen, weil ich zunächst gar nicht wusste, wohin sonst ich mich hätte wenden können, sondern weil ich wild entschlossen war, mich in einer Welt zurechtzufinden, in der es zumindest keine Mütter und Tanten gab, die mir die befreiende Anonymität nehmen konnten. Außerdem weinte ich noch viel zu sehr Roger nach, um nicht alles hinzunehmen, was mit mir geschah. Gleichzeitig aber machte mich ein Ort, der optisch und atmosphärisch schillernd und stets neuartig blieb, auch schwindeln. Obwohl mein Leben überwiegend darin bestand, den Bus zur Arbeit zu nehmen und zu lernen, wie unsäglich mühsam es ist, sich gleich dem Rest der Menschheit seinen Lebensunterhalt verdienen zu müssen, schrieb ich mehrmals an Jane Goldman und berichtete überschwänglich, dass das Leben ein einziges Abenteuer wäre. Jane antwortete in Form hastig vollgekritzelter Postkarten, die mir, nicht ohne ironisches Flair, die Sicht der Dinge von ihrer Küchenspüle aus boten. Nach einer Weile schlief unsere Korrespondenz ein.

30

Wenn mir Leone Bernard zusetzte, so machten dies meine neuen Kollegen mehr als wett: diese glückliche Mischung junger Landsleute, die ohne Krankenversicherung und Urlaubsgeld in den Tag hineinlebten, die einen italienischer Freunde oder Freundinnen wegen hängen geblieben, die anderen wegen der offenkundigen Vorteile römischer Lebensart gegenüber dem, was sie aus Bradford oder Tottenham kannten. Diese Menschen ermöglichten mir die Abnabelung von den Bernards und waren am Ende die unverbrüchlichsten Freunde. Ihr Repertoire an dummen Witzen übertraf selbst das Rosie Goldmans. Ich zog zu einer Kollegin, die das große Glück gehabt hatte, eine winzige Wohnung in der Nähe der Spanischen Treppe zu ergattern, über einer Bar, in der wir an heißen Tagen unseren Durst mit gewaltigen Gläsern eisgekühlten schwarzen Kaffees löschten und morgens Pizzaecken zum Frühstück kauften. Ich erlangte die alte Kunst wieder, mich ohne Schuldgefühle modisch zu kleiden, Ohrgeschmeide zu tragen und einen ganzen Wochenlohn für meergrünes Crêpe auf den Kopf zu hauen, ohne mich für diesen Exzess einem Roger Goldman gegenüber verantworten zu müssen. Zum Ausgleich für Rogers Puritanismus hatte ich viele Männer. Mir liegt die voyeuristische Lust auf anderer Leute beschleunigten Atem nicht, also beschränke ich mich darauf zu sagen, dass ich mich mit keinem von ihnen auf den Boden eines Fahrradschuppens betten musste und dass sie fast alle verheiratet waren. Unverheiratete

Männer in Südeuropa haben Mütter. Mächtige Mütter, die kein Blatt vor den Mund nehmen und die dich innerhalb von Minuten als verderblichen Einfluss identifizieren, die ohne viel Federlesens klarstellen, dass ihre Söhne keinesfalls unvorteil- und dauerhafte Verbindungen mit intellektuellen, unkonventionellen, protestantischen Frauen eingehen werden, Frauen ohne erkennbare Mitgift und gebührende Ehrfurcht vor der hohen Kunst selbst gemachter *fettuccine*. Wer bin ich denn nun?, fragte ich mich. Bin ich dieses verachtenswert vorstädtische junge Ding, das nichts als Strickmuster und Putz im Kopf hat, das Roger Goldman verschmähen zu können glaubte? Oder bin ich die gefährliche, in Plato und geistiger Verführung bewanderte befreite Frau? Kurzum, ich mied die Ehefrauen, wenn sie ihre Kinder in den Parks ausführten.

Ein einziges Mal glaubte ich, irrationalerweise, Roger Goldman gesehen zu haben. Ich verfolgte mein Trugbild fieberhaft durch die Straßen, eine braune Papiertüte voll Trauben und Wein und Büffelmilchkäse an die Brust gedrückt, bis ich schließlich vor Erschöpfung zitternd und den Tränen nahe umkehrte, niedergeschmettert von der Erkenntnis, dass ich auf den kleinsten Wink dieses arroganten Lumpen hin meine ganze konstruierte schöne Welt sausen ließe. Den ganzen Wein und Käse und blätternden sepiabraunen Putz. Den ganzen unverdienten Bonus, den du für blondes Haar bekommst. All die Male, die ich, herausgeputzt mit Ohrtalmi und hohen Absätzen, ein unverdientes, verehrungsvolles »*Madonna*« geerntet hatte.

31

Meine Mutter besuchte mich zweimal. Sie kam per Flugzeug und hauste mit mir in der Nische auf dem Weg zur Duschkabine, die mir als Schlafzimmer diente. Sie konnte keinerlei Grund für meine Begeisterung erkennen. Genauso wenig konnte ich, in meiner jugendlichen Unwissenheit, verstehen, weshalb sie nicht mindestens euphorisch war, geschlagene zwei Wochen meine Nische mit mir zu teilen, in einer Wohnung über einer Bar, in einer Stadt, in der die Einheimischen nicht schlafen gingen. Sie konnte keinerlei Grund dafür erkennen, warum das Essen so zubereitet werden musste. Sie könnte nicht einsehen, sagte sie bei einer Portion Tintenfisch, weshalb die Leute nicht »normal« essen konnten wie daheim in England. Der Kaffee war ungenießbar, und das Brot ließ sich nicht toasten, es war mittags schon hart, und es hatte kein Inneres, nur Kruste.

Dann schrieb sie mir überraschend aus Hendon, dass sie wieder heiraten würde. Ihr Brief war für mich gleichermaßen verblüffend wie erhellend. Sie habe die Absicht, einen stellvertretenden Bankfilialleiter aus Dorset zu heiraten, teilte sie mir mit, und sie hoffe, ich hätte nichts dagegen. Mit welchem Recht hätte ich etwas dagegen haben können? Sie fühle sich frei zu diesem Schritt, weil ich erwachsen sei und aus dem Haus und sie anscheinend nicht mehr brauche. Sie habe nur einmal zuvor eine neue Verbindung erwogen, aber leider, wie ich mich vielleicht erinnern könne, hätte ich eine Abneigung gegen den

Herrn gefasst, und sie habe gefunden, ich ginge vor. Ich staunte, welche Macht ich offenbar über sie gehabt hatte. Ich erinnerte mich an einen Mann, der häufiger zu Besuch gekommen war, als ich zwölf war, und den ich aus dem umwerfenden Grund madig machte, dass er sich bei Tisch übertrieben dezent die Nase putzte, indem er nämlich fast unter dem Tischtuch verschwand, außerdem wegen seiner Fliegen und weil er es darauf anlegte, Fleisch betont kennerhaft zu tranchieren. Dass meine Mutter sich wegen derlei kindischer Abneigungen gegen eine Wiederheirat entschieden hatte, bestürzte mich. Mit welch unterdrücktem Groll hatte sie hernach meine Kleider gewaschen und mir Kakao und Kekse ans Bett gebracht? Und welche opferischen Gegenleistungen wurden folglich von mir erwartet? Unsinn, dachte ich und ging, entschieden über alle Schuldgefühle hinweg, meiner Wege.

Ich reiste zu ihrer Hochzeit an und agierte ein, zwei Stunden lang den Wunschtraum meiner Mutter aus; nämlich in mir das Beste ihrer selbst widergespiegelt zu sehen. Ich spielte, in einem geschmacklosen marineblauen Kostüm mit gelben Steppnähten und gelber Schleifenbluse, Theater und kam mir vor wie eine Parfümverkäuferin im Kaufhaus. Ich machte gute Miene zu den versteckten Anspielungen in der Tischrede des Brautführers. Ich wünschte alles Gute und machte mich von dannen, eine extravagante, zigeunernde Fremde – zumal ich im Begriff war, aus meiner Nische über der Bar verdrängt zu werden. Der Freund meiner Mitbewohnerin meldete Ansprüche an.

32

Einer Flughafenbekanntschaft haftet der Ruch von allerbilligstem Klischee an, aber ich bekenne mich schuldig. Ich verliebte mich am Flughafen nach meinem Charterrückflug.

Das Flugzeug war voll mit italienischen Knaben, die vom Sommerferienlager in England heimkehrten. Sie warfen sich in der Ankunftshalle ihren Eltern in die Arme – alle bis auf zwei, die sich mir an den Rockzipfel hängten. Zwei wohlerzogene kleine Buben, Duty-Free-Parfüm für die Mutter umklammernd und vergeblich nach willkommenheißenden Eltern Ausschau haltend. Ich wartete draußen auf den Stufen in der Sonne mit ihnen. Die Enterbten inmitten der Glücklichen. Ringsumher horchten wunderbar überfürsorgliche Mütter ihre Sprösslinge unerbittlich darüber aus, wie oft sie die Socken gewechselt hatten.

Und dann erschien Michele, mit einer halben Stunde Verspätung und beeindruckenden Flüchen auf den Lippen, gebaut wie ein Brauereipferd. Ihm seien Portemonnaie und Schlüssel gestohlen worden, erklärte er. Er könne nicht nach Hause fahren. Die Polizei werde, wie immer, gar nichts unternehmen. Nicht ein freundliches Wort hatte er für die Kinder übrig, er ignorierte sie oder warf ihnen vielmehr vor, der *signorina* ihre kostbare Zeit gestohlen zu haben. Ich bot ihm Geld für die Busfahrt in die Stadt an. Wir stiegen in die Linie nach Cinecittà, von dort in die U-Bahn bis Termini, wo wir ein Taxi zur Wohnung seiner einstigen Ehefrau nahmen und die Kinder abluden. Dann fuhren wir mit dem Taxi in seine Wohnung, um seine Zweitschlüssel zu holen. Er wohnte unweit von Leone Bernard; die Schwarzmarkt-Zigarettenfrau war vom Fenster aus zu sehen. Er hatte auf seinem Marmorparkett eine karge Sammlung nackter, sadistischer Drahtgeflechtstühle stehen, Stühle, die einer futuristischen Vision Marinettis hätten entsprungen sein können. Wir nahmen den Bus bis Termini, von dort die U-Bahn nach Cinecittà, wo wir in den Flughafenbus stiegen, nur um feststellen zu müssen, dass, wer immer Micheles Autoschlüssel gestohlen hatte, inzwischen mit dem ganzen Auto auf und davon war. Michele, der – wie die meisten Italiener – von der Polizei nichts erwartete als Inkompetenz und Brutalität, bedachte die nicht anwesende Frau des Polizisten leichtfertig mit üblen Verdächtigungen ob ihrer Treue. Das spitzte die Lage so weit zu, dass der Polyp wutentbrannt davonstapfte. Wir stiegen also in den Bus nach Cinecittà, dann in die U-Bahn nach Termini, wo wir ein Taxi nahmen, zu ihm fuhren und in seinem ungemachten Bett landeten.

Dann saßen wir auf den Drahtstühlen und tranken Rotwein, bis die Restaurants aufmachten. Michele war Ingenieur. Außerdem etwas sehr Verwerfliches, nämlich Vermieter. Er hätte da – vielleicht – eine Wohnung für mich, sagte er. Diese hier, zum Beispiel. Aber diese hier, wandte ich ein, sei zufällig von ihm bewohnt. *Non è vero?* Er könne ausziehen, sagte er, endlich! Die Plakate der Kommunisten drüben an der Wand raubten ihm den Seelenfrieden. Michele war einer dieser doppelt verwerflichen Fälle: Vermieter und Schwarzhemd in den besten Jahren. Jacob würde mit Sicherheit innerhalb seiner Abstufung dekadenter Kapitalisten eine Rubrik für seinesgleichen gehabt haben. Die Wohnung, sagte ich, würde ich mir kaum leisten können. Ich sei schlecht bezahlte Englischlehrerin. *Non importa*, sagte Michele. Er würde die Miete halbieren. Im Gegenzug könnte ich ihm Englisch beibringen. Michele hatte selbstverständlich zu keiner Zeit die Absicht, Englisch zu lernen. Ihm kam es lediglich darauf an, mich in Bezug auf seinen Besitz in eine feudalherrschaftliche Abhängigkeitsbeziehung zu bringen. Die erste und letzte Unterrichtsstunde fand am selben Abend im *ristorante* auf der benachbarten Piazza statt, wo Michele mich mit aufblitzenden, blendend weißen Zähnen fragte, wie *stracciatella* auf Englisch heiße. Ich erklärte ihm, es heiße im Grunde gar nicht. Höchstens *Heinz Cream of Tomato*. Vielleicht Tropfeiersuppe?

33

Michele ist nie ausgezogen. Wir teilten uns die Wohnung – mit Unterbrechungen – sechs Jahre lang. Er war ein explosiver, autoritärer Irrer. Ein verrückter, nostalgischer Romantiker mit rechten Ansichten und linken Freunden. Ein Verfechter der Vergangenheit. Einer Vergangenheit, die einer von hochgemuten Feudalherren und würdevoll schlichten Bauern bevölkerten Tapisserie glich; zu keiner dieser Kategorien gehörte er selbst. Ein Verfechter der Art geordneter und statischer Gesellschaft, die einen von seinem Schlage in Eisen geworfen hätte. Die Steine der Stadt raunten ihm zu. Neben ihm des Nachts in einer angestrahlten Ruine zu stehen, kam einem Gottesdienst gleich. Nach dem Aufstehen in ein Laken gewickelt, war er ein Hadrian. Aber schließlich gehört es zu den Reizen Roms, dass du bei einem einzigen vormittäglichen Einkaufsbummel fünf Senatoren, zwei Michelangelos und genug Quattrocento zu sehen bekommst, um einen John Millet ein Jahrzehnt lang zufriedenzustellen. Wohin du auch gehst, überall imitiert die Natur die Kunst. Trotz nächster Nachbarschaft zu Leone Bernard brach der Kontakt ab. Michele hatte sich kaum zehn Minuten als Objekt der Begierde dieser Dame wiedergefunden, da hatte er »die englische Hure« bereits abgeschrieben – und damit *basta*. Er bestimmte, immer.

Vielleicht müsste ich angemessen zerknirscht sein, wenn ich kundtue, dass ich mit einem Faschisten schlief. Ich kann mir nicht vorstellen, dass ich es in England jemals getan hätte. Während meiner ersten Jahre in Italien war ich offen für eine weit größere ideologische Bandbreite, als das in meinem eigenen Land jemals denkbar gewesen wäre. Dies war nicht mein Heimatland. Die Belange waren nicht die meinen, und ich hatte mir keine Meinung gebildet. Ebenso enthusiastisch bretterte ich auf der Ladefläche eines Lasters über die *autostrada* und sang mit kommunistischen Studenten die *Bandiera Rossa*, wie ich es mir, metaphorisch gesprochen, in Micheles faschistischen Stühlen bequem machte. Die einzige Konstante in der ideologischen Vielfalt meiner Männerbekanntschaften blieb der Antiklerikalismus. Nicht einer unter ihnen, der nicht mindestens ein Dutzend Zoten parat hatte, in denen der Schwanz des Papstes oder die Neffen des Papstes eine nicht unerhebliche Rolle spielten. Und das alles mit einer Heftigkeit und einem Zynismus, die für mich zunächst unfassbar waren in Anbetracht der Tatsache, dass die Religion in England für die meisten kaum mehr bedeutet als tägliche mit Hymnen gesättigte Schulandachten, die Gott in anthropomorphe euphemistische Watte packen. Religion ist ein Randphänomen, das nicht weiter stört. Keiner erzählt Witze über die abseitigen Sexualpraktiken des Erzbischofs von Canterbury oder liegt infolge von Spekulationen über männliche Prostitution auf dem Örtchen im Lambeth Palace vor Lachen unter dem Tisch. Und noch älter, noch universeller, noch unwiderstehlicher als das Christentum ist der Aberglaube. Michele warf kein Brot weg, weil das Unglück brachte. Wir horteten es in schimmeligen Tüten in der Diele und sprachen höflich von »Entenbrot«.

Meine Mutter traute, als ich ihr Jahre später davon erzählte, ihren Ohren nicht.

»Wo gibt es denn so was: ein Mann, der sich vor ein bisschen Brot fürchtet?«, sagte sie. Richtige Männer – nördlich von Calais nämlich – waren doch furchtlos, oder? Das Erscheinen einer schwarzen Katze in ihrer Mitte würde niemals einen Stau von Fiats auslösen.

Michele fuhr keinen Fiat. Er fuhr einen MG mit offenem Verdeck. Nicht etwa, weil er anglophil gewesen wäre – weit gefehlt –, sondern weil er ein Spinner war, der sich gern von der Masse abhob, eine Form verdeckten Geltungsdrangs, für den ich sehr empfänglich war. Er gab mir von Zeit zu Zeit zu verstehen, wie sehr er geschlagen wäre, mit einer englischen Freundin. Einer barbarischen Angelsächsin, die eine Schwäche für Marmite und Mehlpudding in Dosen aus dem englischen Supermarkt hatte. Einer Frau aus einem Volk, das nur unvollständig von den Römern unterworfen worden war, die ihre Feinwäsche von Hand im Bidet wusch. Er wachte darüber, dass ich das Bidet benutzte, bevor er mich ins Bett nahm. Die Engländer wüschen sich nicht, sagte er. Kohle im Badezimmer. Unterhosen im Bidet. Er benahm sich jedenfalls, in seinem kleinen englischen Flitzer, sehr unenglisch, schimpfte alles und jeden, der ihm in die Quere kam, unabhängig vom Geschlecht, Kretin oder Hure. Als er den Wagen schließlich verkaufte, fand die Transaktion im Dunkeln statt – mit einem gutgläubigen jungen englischen Touristen, dem er sein Geld zurückzugeben sich weigerte, als die Karre am nächsten Tag auseinanderfiel, womit Michele gerechnet hatte. Michele war, auch wenn er aussah wie ein römischer Kaiser, in Wahrheit Venezianer. Wie die meisten typischen Typen täuschte er. Er war, wie gesagt, verheiratet. Er habe eine Abneigung gegen die Mutation von Frauen zu Müttern, sagte er. Mütter interessierten sich nur für Hustensaft und Pasta, Krankheiten und Babysprache. Nie für Dante. Nicht, dass Michele je Dante gelesen hätte, der für seinen

Geschmack natürlich viel zu stark mit religiöser Symbolik durchsetzt war, aber er verlangte dennoch eine gebührende Ehrfurcht vor den nationalen heiligen Kühen. Es sei unmöglich, mit einer Frau zu leben, die nur über Pasta und Babys sprechen könne, sagte er. Michele war ein Mann verminderter Zurechnungsfähigkeit. Das machte für mich einen Teil seines Reizes aus. Ich konnte mich sehr gut an die Zeit erinnern, als ich neben meiner Mutter in der Küche gestanden, ihr dabei zugesehen hatte, wie sie Kartoffeln schälte, und ihr mit der Lyrik Wilfred Owens in den Ohren lag. Ich weiß noch, wie ich aus *Vergeblichkeit* rezitierte, während sie in ernüchternder Weise über die Augen in den Kartoffeln schimpfte. Zugegeben, Michele war fast vierzig. Kein Knabe mehr. Aber irgendeine Saite schlug seine Frustration in meinem Herzen an. Mir selbst ist die Überlebensgröße von nährenden Frauen, die Suppenteller füllen, nicht ganz geheuer: als unterstrichen sie mit ihrer dienenden Geste das Weihevolle ihrer selbstbeschränkenden Aufopferung. Ich hätte, aus schwesterlicher Solidarität, Michele entgegenschleudern können: Wenn er sich mehr Zeit für die Pasta und die Babysprache genommen hätte, hätte seine Frau vielleicht mehr Zeit für Dante gehabt; dass es kein Wunder sei, wenn es sie, im Kreise ihrer Lieben – Ehemann, Schwiegermutter und zwei Kinder –, dazu »nicht gedrängt« habe. Ich tat es nicht. Streit mit Michele machte wenig Vergnügen. Er hatte keinen Sinn fürs Debattieren. Wenn ich etwa bei der Zeitungslektüre leichthin sagte: »Hier steht, Michele, dass Rotwein aus Beeren mit Schale gekeltert wird, Weißwein dagegen ohne«, dann verwarf er die Feststellung rundweg. Er meldete nicht etwa höflich und vorsichtig Zweifel an. »Rotwein, rote Traube«, sagte er dann vielmehr entschieden und absolut endgültig, »Weißwein, weiße Traube. *Imbecile.*«

Seine Kinder behandelte er, dass es mir manchmal schlecht wurde. Sie hatten sich angewöhnt, den Kopf einzuziehen, wann immer er auch nur eine ausladende Geste in ihre Richtung machte. Wir holten sie gelegentlich sonntags aus ihrem ruhigen Vorort ab. Zwei kleine Buben mit Schlips, das Haar nass zurückgekämmt. Michele nahm sie, natürlich, in abgerissenen Shorts und Gummilatschen entgegen. Er wechselte bei diesen Gelegenheiten vor der Haustür ein paar knappe Worte mit seiner Frau, während er sich flegelhaft und unverschämt am Hintern kratzte. Er machte keinerlei Anstrengung, seine kleinen Jungen zu unterhalten; einmal hielt er ihnen einen Fußball hin, ließ sich aber nicht dazu herab, mit ihnen hinauszugehen und damit zu spielen. Als der jüngere der beiden zaghaft begann, den Ball drinnen herumzutreten, schlug ihm Michele mit dem Handrücken an die Schläfe, dass der Junge stolpernd und vor Schmerz wimmernd über das auf dem Boden verstreute Meccano stolperte.

»*Basta!*«, brüllte Michele. Das Meccano hatte ich gekauft, Papas exotische *Inglese*, damit sie was zu tun hatten. »Habt ihr euch bei Caterina bedankt für das Zeug, das sie euch gekauft hat?«, drohte er. »Warum spielt ihr nicht damit?« Ich empfand die Episode als obszön. Er zwang sie im Auto zum Kopfrechnen. *Aritmetica* trainiere den Geist. Es brachte mich ins Schwitzen. Er hatte die in Italien leider sehr verbreitete Angewohnheit, über Babys in Verzückung zu geraten – anderer Leute Babys. Er konnte wie ein seniles Muttchen auf der Piazza über einem Säugling gurren und sich anerbieten, den Kellner das Fläschchen wärmen zu lassen. Für alles zwischen achtzehn Monaten und sechzehn Jahren hatte er nichts übrig.

34

Michele war fest davon überzeugt, dass ich es mit jedem Mann trieb, mit dem ich ein paar Worte wechselte, egal welchen Alters, welcher Nationalität oder Vorzeigbarkeit. Die männlichen Kollegen an der Sprachenschule gaben die Hauptverdächtigen ab, und sie hatten folglich unerklärliche Darbietungen beleidigender, schweigender Feindseligkeit zu erdulden. Ich lernte, dank Michele, den Streit meines Partners nicht zu meinem zu machen, mich nicht für jemanden zu entschuldigen, nur weil ich Tisch und Bett mit ihm teilte. Hätte ich diese Lektion nicht gelernt, ich hätte mich mit der halben Menschheit überworfen.

Er ging sogar so weit, mich auch des Fremdgehens mit Frauen zu verdächtigen. Er erschien eines Abends, um mich aus der Wohnung meiner Freundin Janice zu zerren, wo wir zusammen an ihrer Nähmaschine gearbeitet hatten. Janice war eine unscheinbare Frau mittleren Alters, eher eine graue Maus, die mit einer schlimmen Akne geschlagen und nicht eben glücklich war.

»Weshalb?«, fragte Michele im Wagen, »sind so viele englische Frauen lesbisch?« Ich vermutete einen Zusammenhang mit irgendwelchen Ergüssen der Boulevardpresse, denn Michele war erstaunlich leichtgläubig, was diese Blätter anging.

»Nenne mir fünf«, sagte ich. Manchmal hielt ich mich für sehr viel intelligenter als Michele.

»Du verbringst deine Abende mit Janice«, sagte er. »Wie

ist das, mit einer Frau ins Bett zu gehen?« Ich dachte, ganz ernstlich, er hätte sie nicht mehr alle.

»Das müsstest du doch wissen«, sagte ich.

»Tust du es aus Mitleid, weil die Frau zu hässlich ist, um einen Mann zu finden? Oder wärst du selber gerne ein Mann, meine angebetete Caterina?«, fragte er mitleidig. »Dazu fehlt dir aber das entscheidende Etwas.« Ich fand das so absurd, und dazu geschmacklos, dass ich es einfach nicht ernst nehmen konnte. Ich dachte, er wolle Schmeicheleien hören. Schmeicheleien ob seiner Männlichkeit. Mannhafter Michele, bei dem sich bei Meccano nichts regte. Jake fiel mir ein, und ich sagte, wir nähmen Schürhaken, Janice und ich. Das war ein Fehler. Ich fürchte, er hat es geglaubt.

Einmal, ein einziges Mal, kam Jonathan Goldman mich besuchen, auf dem Weg nach Griechenland. Leider verpasste ich ihn, den erwachsenen Jonathan, der stoisch eine Stunde lang in der Wohnung ausharrte und Micheles Feindseligkeit trotzte. Und wer ist dieser Goldman?, wollte Michele wissen. Dieser Goldman, der es wagte, eine volle Stunde in der Wohnung auf mich zu warten? Ich war fast außer mir vor Aufregung, irrtümlich annehmend, dass Roger gekommen wäre. Dass Roger Goldman in Rom wäre und mich besucht hätte.

»Wo?«, fragte ich mit unverkennbarer Inbrunst. »Wo ist er? Ich muss ihn sehen.« Michele, entzückt, seinen Verdacht bestätigt zu sehen, überreichte mir eine Nachricht. Einen Zettel, von Jonathan unter Micheles wachsamen Augen bekritzelt. Darauf standen eine Anschrift und Telefonnummer in Athen und die folgenden Zeilen:

Kath,
ich wollte dir eine Million verehren, aber leider warst du nicht zu Hause. Nun fragst du dich wahrscheinlich, wie

ich dich in dieser Stadt ausfindig machen konnte, in der sämtliche Straßen Senso Unico *zu heißen scheinen, wie? Ich überquerte den Tiber an der Ponte Garibaldi und fragte auf Französisch nach einer bezaubernden* Inglese. *Dein Kerl scheint zu glauben, ich sei gekommen, um das Silber mitgehen zu lassen, und blickt drein, als wolle er mich jeden Augenblick den Löwen vorwerfen.*

Ruf mich doch in Athen mal an.
Jonathan G.

»Und wer, bitte sehr, ist dieser Goldman?«, fragte Michele erneut. »Dieser große englische Jude, der eine geschlagene Stunde in meiner Wohnung auf dich wartet und bittet, in Athen angerufen zu werden?«

»Er ist der jüngere Sohn meines ehemaligen Philosophieprofessors«, erklärte ich. Skeptischer als Michele hätte kaum jemand gucken können.

»*Credo*«, sagte er sarkastisch. Es störte mich längst nicht mehr, dass Michele mir kein Wort glaubte. Das erlaubte es mir, nach Herzenslust zu lügen.

Trotz alledem fühlte ich mich von Michele nicht erdrückt. Er versuchte nicht, mich seelisch zu verbiegen oder zu manipulieren, wie Roger es getan hatte. Ich sehe eine Analogie, hoffentlich keine ganz und gar unverzeihliche, zur *Widerspenstigen Zähmung*. Ich habe immer gefunden, dass es in diesem Stück weniger der köstliche Schurke Petruchio ist (diese verwegene Spielernatur), der das Mädchen verformt und knechtet, als das furchtbare Gespann der ach so braven Schwester, die sie mit weiblicher List verbiegt, und des bornierten, die Schwester vorziehenden Vaters. Das sind die beiden, die ihr übel mitspielen. Im Vergleich ist das Leben mit Petruchio wie Freigang aus einem Kloster voller Sadisten. Er und sie stehen sich an Temperament in nichts nach. Und wie zähmt er sie? Er zwingt sie, ihn auf der Straße zu küssen. Er zwingt sie zu der urkomischen Burleske, einem fremden Alten zu schmeicheln, was für eine betörende Jungfer er sei. Zahme Mädchen küssen nicht auf der Straße und schmeicheln fremden Männern. Er lässt ihr Raum zur Entwicklung komischen Talents, er beugt sich ebenso wenig den Konventionen wie sie. Zum Schluss des Stückes ist sie keineswegs gezähmt, sie ist das durchtriebene Luder, das für ihren Gemahl die Wette gewinnt. Dank ihrer ziehen sie, um zwanzigtausend Kronen reicher, aus Padua ab. Ich will nichts beschönigen. In dem Stück wird eine Frau geschlagen. Aber die Art und Weise, in der sie es wird, widerstrebt mir nur halb. Michele inszenierte ständig Petruchio-artige Paarungsspiele mit mir. Es widerstrebte mir nur halb. Der Rest bereitete mir großes Vergnügen.

Etwa die Gelegenheit, bei der er zu einer Essensverabredung in die falsche Richtung fuhr. Ich sagte es ihm. Ich sagte, die Dingensens wohnen dort nicht mehr. Michele begegnete der Herausforderung – wie nicht anders zu erwarten – mit der Haltung: Wer denn hier führe, er oder ich? Ich antwortete ihm provozierend, auf Englisch, denn Michele beherrschte, dank meiner, immerhin schon die Grundbegriffe dieser Sprache.

»Michele«, sagte ich zwischen zusammengebissenen Zähnen, »you *make meestake. Beeg meestake.*«

»No meestake«, sagte er. *»Caterina, you meestake.«*

»Ich versichere dir: *You meestake*, du Idiot«, sagte ich.

»Allora. Meestake, hä?«, sagte er herausfordernd. Er hielt ohne Vorwarnung mitten auf der Straße an. Um uns herum ein Hupkonzert. »*Meestake*, hä?«, wiederholte er.

»Ja«, sagte ich. Er stieg aus, schlenderte seelenruhig an den Straßenrand und tat so, als wollte er eine Pizzeria betreten. Da ich den Flitzer nicht ranfahren konnte, stieg ich ebenfalls aus und gesellte mich zu ihm auf den Bürgersteig, wo wir uns lachend in die Arme fielen.

»*Andiamo*«, sagte er. Wir sprangen wieder in die Karosse und fuhren wie die Henker, ehe die *carabinieri* auf der Bildfläche erscheinen konnten.

»*Meestake*, hä?«, meinte er.

Wir schafften es nie zu dem Essen, weil der Sex daheim einfach besser schmeckte.

35

In meinem dreißigsten Jahr wurde ich schwanger. Ich vergaß eine Pille. Uns allen in dieser post-Freudschen Ära ist diese Art Lapsus so vertraut, dass ich mich ebenso gut auf der Stelle zu einem solchen bekennen und es mir sparen kann, eine Verteidigung zurechtzulegen. Ich bin in der Tat ein Einzelkind, das nie etwas zum Knuddeln hatte. Ich hatte eine Katze, räume ich ohne rechte Überzeugung ein. Ich will auch gar nicht bestreiten, dass meine vielen Bettgeschichten, wenn sie nicht der Rache an Roger Goldman dienten, viel mit dem Drang, zu hegen und umhegt zu werden, zu tun hatten und weniger mit dem Vergnügen, welches mir der Vollzug selbst bereitete. Erst als ich Michele kennenlernte, entdeckte ich den Sex als etwas, um dessentwillen es lohnte, zu Hause zu bleiben. Ich brauchte ein halbes Jahrzehnt, um zu erfahren, was Jane Goldman offenbar in einer Nacht lernte, nämlich, dass Sex, mit ihren Worten, »unerwartet nett« sein konnte. Jonathan Goldman erzählte mir einmal den furchtbaren Pennälerwitz vom Rabbi und dem Priester, die sich im Zugabteil ihre Geheimnisse zuflüstern. Beide gestehen sie, gegen die Gebote ihrer Religion verstoßen zu haben. Der Rabbi hat Schweinefleisch gegessen, der Priester hat mit einer Frau geschlafen. Die Pointe liegt auf der Hand, und dank Michele entdeckte ich, dass – wie der Rabbi bemerkt – Sex besser ist als Schweinefleisch. Die Entdeckung gefiel mir so gut, dass wir kaum noch aus den Federn kamen.

Aber ich schweife ab. Ich wurde schwanger. Es bestand

nicht die geringste Chance, die Tatsache zu verheimlichen, denn Michele pflegte mit Argusaugen über meinen Zyklus zu wachen. Ich sagte es ihm also, sobald ich es vermuten musste. Michele stürzte morgens regelmäßig ein ekelhaftes Eier-Mixgetränk hinunter, im Glauben, das fördere die Gesundheit – im Prinzip rohe *zabaglione*. Er verschluckte sich daran. Als er sich erholt hatte, schleuderte er mir bewundernswert farbige Flüche entgegen. Er hatte eine ausgesprochene Begabung für die Konstruktion von Beleidigungen, deren Grundtenor die Fragwürdigkeit nicht nur der Tugend der weiblichen Angehörigen der Betreffenden, sondern darüber hinaus der Muttergottes und der Urgroßmutter des Papstes war. Kurzum, er war wenig angetan. Er hängte dem Rattenschwanz sein einziges englisches Schimpfwort an und nannte mich *»beetch«*. Ich begann, nervös zu kichern, als er *»beetch«* sagte, weil ich ans Meer denken musste. Dann ging ich in Deckung, ehe er auf körperliche Gewalt zurückgriff. Als ich abends nach Hause kam, war er furchtbar nett zu mir, was mich sofort stutzig hätte machen müssen. Er umarmte mich zärtlich und küsste mich auf den Scheitel.

»Come stai?«, fragte er besorgt. Mir ging es, genau genommen, so, dass ich eine Heidenangst vor ihm hatte. Er liebte mich zärtlich, danach rezitierte er mir alte toskanische Lyrik und versicherte mir, ich sei die reinste und schönste aller Frauen. Er habe ein Geschenk für mich, sagte er. Er stand auf und brachte mir eine Riesentragetüte aus der Via Lombardia. Mein Gott. Es war ein Nerzmantel. Das war nun doch etwas unangebracht, fand ich. Ich konnte nicht anders. Ich konnte ihm aber schlecht sagen, dass nichts besser geeignet war, damit eine Frau sich weniger rein, sondern vielmehr wie die sprichwörtliche ausgehaltene Frau, wie das Flittchen des Vermieters

vorkam. Der Mantel war selbstverständlich als Bestechung gedacht. Ich sagte: Vielen Dank. Michele hatte eine Idee. Wir würden uns beide eine Woche freinehmen, sagte er, und nach London reisen, wo wir den Fötus in einer guten Privatklinik abtreiben lassen würden. Dergleichen sei doch in London kein Problem, nicht wahr? Und dann könne ich ihm London zeigen. Das wäre doch schön für mich, oder? London wiederzusehen. Und ihn herumzuführen, wie er mich in Venedig herumgeführt habe. Er legte für die »spontane Idee« richtiggehend Begeisterung an den Tag. Manchmal konnte er so unecht sein wie Plastiknarzissen. London sei doch sehr schön, oder nicht?, meinte er. Was er über London wusste, beschränkte sich auf Buckingham Palazzo und die Horse Guards. Er verband das mit seiner ureigenen Überzeugung, dass die Frauen der königlichen Familie ständig auf Pferden herumritten, um sich Orgasmen zu verschaffen. (Was ihre Kerle nicht fertigbrachten, versteht sich, da sie ohne Kinn und auch sonstige Vorzüge waren. Im Gegensatz zu ihm, Michele, mit seinem kaiserlichen Unterkiefer und seiner wohlbesorgten englischen Freundin.)

Ich ging duschen. Als ich zurückkehrte, sagte ich ihm – verzagt –, was ich wollte. Ich sagte ihm, er solle den Mantel ins Geschäft zurückbringen und mir das Geld geben; ich würde damit die Schwangerschaftsfürsorge bestreiten. Die Wirkung meiner Worte war erstaunlich.

»Komm mit«, sagte er. Mit einer Hand packte er mich, mit der anderen den Mantel. Wir marschierten auf die Straße hinunter und über den Platz. Als wir die Schwarzmarkt-Zigarettenfrau erreichten, hatte er mir den Arm auf den Rücken gedreht wie der Rausschmeißer vom Working Men's Club. Er hielt mir den Mantel hin.

»Gib den Mantel der *signora*«, sagte er.

»Du bist verrückt.«

»Gib ihr den Mantel.«

»Signora«, sagte ich, »mein Freund möchte Ihnen diesen Mantel zum Geschenk machen.« Auf Englisch sagte ich: »Michele, du brauchst mir nicht den Arm zu brechen, du verdammter Rohling.«

»Sag ihr, dass sie deinem Freund die Freude machen möchte, das Geschenk anzunehmen«, sagte er.

»Sag es ihr doch selbst«, erwiderte ich. »Ich weigere mich, eine alte Frau zu beleidigen. Das musst du schon selbst übernehmen, du ungehobelter Lump.« Michele vollzog an meinem Arm das, was wir als Kinder »Tausend Stecknadeln« nannten: eine langsame, höllisch schmerzhafte Gegendrehung.

»*Signora*, machen Sie bitte meinem Freund die Freude, das Geschenk anzunehmen«, plapperte ich nach wie ein Papagei.

»Grazie, signore«, sagte sie tonlos. Nicht zu mir. Zu Michele. Er hatte schließlich die Spendierhosen an. Meine Zwangslage konnte ihr nicht entgehen. Dann stieß er mich vor sich her, zurück über den Platz, zur Belustigung der Nachbarn. Die Frau schlagen, damit beeindruckte man natürlich das Fußvolk.

Ich sah teilnahmslos zu, wie er ein paar Sachen packte. Er packte sie in Rogers Reisetasche. Er musterte den Adressenaufkleber scharf. Darauf stand immer noch »R.J. Goldman«. Er zog den Reißverschluss der Seitentasche zurück, um sein Rasierzeug hineinzuschieben, fischte einen Brief heraus, der in der Tasche zehn Jahre oder mehr überdauert haben musste, und reichte ihn mir.

»Goldman«, sagte er, die Anschrift ablesend. »*Ciao*, Caterina. Du kannst jetzt nach Athen fahren zu deinem englischen Juden.«

»Michele«, sagte ich, als er schon an der Tür stand. »Ich bin nur einmal mit einem Mann ins Bett gegangen, der wie du französische Zigaretten rauchte. Und der war schwul.« Michele verlor nicht die Fassung, wie ich es vermutet hatte. Vielleicht hatte ich gehofft, eine kathartische Explosion zu provozieren und ihn dazu zu bewegen, sich mit mir zu versöhnen. Vielleicht war ich so verrückt zu glauben, dass die Sache es wert wäre, die nächsten zehn Jahre mit ansehen zu müssen, wie Michele meinem Kind Kopfnüsse verpasste, *basta!* brüllte und es morgens beim Frühstück zum Kopfrechnen zwang. Vielleicht wollte ich mir nur selbst beweisen, dass auch ich die Krallen zeigen konnte. Dass keiner mehr ungestraft aus meinem Leben verschwinden würde, um unbehelligt den goldenen Zeiten seiner Kalksteinvorlieben entgegenzugehen. Er kam zu mir zurück, musterte mein Gesicht wehmütig und zärtlich mit seinen wunderschönen braunen Augen und nahm einen Augenblick lang mein Kinn zwischen Daumen und Zeigefinger.

»*Ciao, amica*«, sagte er.

Jonathans Brief war offensichtlich zwölf Jahre zuvor an Roger in Kenia gegangen.

Rogsie,

mach dich doch nicht verrückt wegen der Fiedel. Versuch's mit Kamm und Papier; hat sich Mozart etwa nicht zur Glasharmonika herabgelassen? Wenn du das Folgende hörst, kriegst du Heimweh: Mutter hat Rosie ein Cello gekauft. Sie weigert sich, die Knie um das blöde Ding zu legen, und wälzt sich vor Wut auf dem Teppich. Annie hat Mumps, wovon man impotent wird, wenn man sich ansteckt. Ma ringt schon den ganzen Morgen aus Sorge um Jakes und meine gefährdeten Eier die Hände. Das heißt, wenn sie sie nicht gerade benötigt, um ihre

Titten für Sylvia rauszuholen, die ein wahrer Tittenfreak ist. Das Scheißbadezimmer stinkt nach Kinderscheiße und Sanitärreiniger. Der Direx hat sich geweigert, mein Gedicht zum Wettbewerb einzureichen, weil es, wie ich dir schon schrieb, von Lust handelt. Apropos Lust, wir haben wieder die knusprige Katherine zu Besuch, die in bildschöner Kursivschrift ihre Arbeiten verfasst und für Jane die Putze spielt. Mann, ich würde den Heiligen Gral verpfänden, wenn ich der Frau eine Stunde zwischen die Beine dürfte, du nicht? Es wird Zeit, die Frauen zu erobern, Rogsie. Wie viele Rabattmarken glaubst du braucht man, um eine zu kriegen? Und wie kann man sichergehen, dass es nicht verkappte Politessen sind?
Wenn wir uns in diesem Leben nicht wiedersehen, Bruderherz, dann, so hoffe ich, im nächsten.

Sei fest umarmt,
Jont

Weil ich mich sowieso schon verletzlich fühlte, musste ich beim Lesen ein paar Tränen über meine verlorene Jugend vergießen. Michele warf mich nicht aus der Wohnung, und er ließ mich auch nicht im Stich. Er holte seine Siebensachen ab, als ich nicht da war, und er überwies eine Million Lire auf mein Bankkonto. Ich glaube nicht, dass ihm das Ganze leichter fiel als mir. Ich sah ihn noch ein- oder zweimal, als ich mit dickem Bauch herumlief, in Begleitung einer kleinen, zierlichen Libanesin mit dem graziösen Gang einer Balletttänzerin. Aus Respekt vor ihm, glaube ich, machte ich einen Bogen um die beiden.

36

Es gefiel mir, schwanger zu sein. Es ging mir blendend. Die ersten paar Monate genoss ich es, ein Geheimnis mit mir herumzutragen. Michele fehlte mir fürchterlich, aber ich war nicht zu Tode betrübt wie damals, als mich Roger verließ. Ich musste gelegentlich selbst über meine heftigen Entzugserscheinungen schmunzeln, entsprachen sie doch dem kompromittierendsten aller männlich chauvinistischen Klischees: der Dame, der es mal ordentlich besorgt werden musste. Ich war die Unersättliche, die es sich besorgen lassen wollte. Nicht von irgendjemandem, wohlgemerkt, von ihm. Ich hab's überlebt. Janice wurde mir absolut unentbehrlich. Sie stürzte sich mit ungenierter Begeisterung auf die Vorbereitungen für das Baby. Sie grub ein ganzes Netzwerk von Leuten aus, die Bettchen und Windeln abzugeben hatten. Sie erstand quietschende rosa Elefanten und Lektüre zur Geburt, auf Englisch herausgegeben vom National Childbirth Trust. Zusammen stöberten wir auf Flohmärkten herum und entdeckten einen alten Kinderwagen. Wir nähten apfelgrüne und dunkelblaue Babyspannbetttücher, wir strickten Wollmützchen und ambitionierte Strampelsäcke. Ich fertigte ein gestepptes Patchworkfutter für ein Weidenkörbchen an, ein wahres Kunstwerk. Je unübersehbarer mein Bauch, desto mehr Gesprächsstoff lieferte ich der Nachbarschaft, für die ich dankenswerterweise von der eleganten Mätresse des wohlsituierten *signore* zum ausländischen Flittchen avanciert war, das sich hatte dick machen lassen. Es bekümmerte mich nicht allzu sehr. Ich prahlte sogar einmal, als ich Spekulationen über meine Umstände mitgehört hatte, vor einer Gruppe Hausfrauen damit, dass es auf der *autostrada* bei 90 Sachen passiert wäre.

Nicht weit von meiner Wohnung lag die wunderschöne alte Kirche Santa Cecilia. Oft, wenn ich an ihr vorbeikam, musste ich flüchtig an Roger denken, der als Musikmensch immer großes Trara um den Tag der heiligen Cäcilie gemacht hatte. An diesem Cäcilientag saß ich, in einen weiten Mantel gehüllt, auf der Piazza vor der Kirche, lauschte der Musik, die drinnen anschwoll, und strickte einen Strampelanzug. Ich war zwei Monate schwanger, man sah es mir also nicht an, aber ein alter Mann blieb vor mir stehen, bemerkte, dass ich strickte, und brabbelte plötzlich: »Am Tag der heiligen Cäcilie stricken! Das bringt dem Kind Unglück.« Und schlurfte von dannen wie die böse Fee, der alte Trottel. In Italien lassen dich die Leute nicht in Ruhe. Privatsphäre ist ihnen fremd.

Ich saß im April darauf mit Janice im Kino, als mir in erschreckenden Mengen Blut zwischen den Beinen herausschwoll. Das entsprach ganz und gar nicht dem Fahrplan. Ehe ich mich versah, lag ich auf einer fahrbaren Krankenhausbahre, hing an Schläuchen und wurde mit Narkotika vollgepumpt. Ich dachte, während jemand mir ein Zäpfchen einführte, nicht ohne Wehmut an Jane Goldman, die in ihren antiken Krug gespuckt hatte und anschließend auf ihrem herrlichen Messingbett niedergekommen war und der Jacob in den Presswehen die Beine gehalten hatte. Ich fragte mich, während ich mühsam um die Wehen herum atmete, weshalb ich einen solch ungebrochenen, rasenden Schmerz im Kreuz verspürte. Ich war die Höflichkeit und Beherrschtheit selbst, was den behandelnden Arzt zu amüsieren schien, umgeben, wie ich war, vom Gezeter römischer Frauen, die sich der vokalen Theatralik hingaben, zu der sie erzogen worden waren.

»Das musst du dir ansehen, Claudio!«, rief er irgendwann einem vorbeieilenden Kollegen zu, holte ihn herein und deutete auf mich. »Phantastisch, wie? Ein anderer Menschenschlag, oder nicht?«

Nichts von alledem, was ich gelesen hatte, so nützlich es gewesen sein mag, hatte mich auf das Ausmaß oder die Dauer der Schmerzen vorbereitet. Mit der Weitung des Muttermundes stimmte irgendetwas nicht. Das Kind kam zu früh und konnte dann nicht ohne Zange geholt werden. Es folgte ein allgemeines Spritzen und Schnipseln in der Beckenregion. Das Kind war weiblich und wurde sofort entfernt, nachdem eine leichte Entzündung der Lungen diagnostiziert worden war, die intensiver Pflege bedurfte. Wir verbrachten über zwei Wochen im Krankenhaus, wo meine Wundnähte sich infizierten, sodass mir bedeutet wurde, es würde einiger Reparaturen an meinem Gebärmutterhals bedürfen. Ich wurde mit einer teuren, futuristischen Maschine ausgestattet, die die Muttermilch für das Baby abpumpte. Schließlich aber konnte ich im Taxi mit meinem wunderbaren Baby im Weidenkörbchen nach Hause fahren. Es war der schönste Tag meines Lebens. Sie war so in die Krankenhausroutine hineingewachsen, dass sie auf den Schlag alle vier Stunden Hunger anmeldete. Ich hätte die Uhr danach stellen können. Ich hatte herrlich geschwollene Brüste, die tropften, wann immer sie schrie. Das Saugen eines zahnlosen Säuglingsmundes an den Warzen ist hocherotisch, stellte ich fest. Es löst so etwas wie Ekstase aus. Die winzige Hand auf der Brust und die kleinen Schweinegrunzer sind eine reine Wonne. Mit vier Wochen fuhr ich sie in ihrem Flohmarktwagen spazieren, zum Entsetzen der Leute, die ihn als schändlich bar der üblichen Rüschen betrachteten, mit denen die italienischen Kinderwagen meist über und über geschmückt sind. Sie sah Michele lächerlich ähnlich und mir gar nicht. Ich nannte sie Simonetta, nach Botticellis Herzensdame. Mit fünf Wochen schlief sie zum ersten Mal durch. Ich war, als ich um sechs mit prallen, schmerzvoll spannenden Brüsten zu meinem Erstaunen im Hellen erwachte, so stolz auf sie, dass ich zu ihr eilte, um sie überschwänglich zu loben. Das Baby war tot.

Janice und der Arzt waren sehr nett. Sie kamen sofort. Der Arzt betonte wieder und wieder, dass ich nichts dafür könne. Dass das manchmal vorkomme und dass man nicht wisse, weshalb. Er blieb ziemlich lange, und Janice blieb den ganzen Tag. Ich wurde hysterisch und bestand darauf, sie unter den Geranien auf dem Dach vor dem Badezimmer zu begraben. Dass der kleine Körper mir gehöre und mir nicht genommen werden dürfe. Ich musste in den kommenden Tagen die schmerzliche Erfahrung machen, dass es keine Kleinigkeit ist, als Ausländerin in Italien ein uneheliches Kind zu begraben, und dass es viel Schlangestehen erfordert. Die Bürokratie, die mir stets barock erschienen war, nahm plötzlich makabre Züge an. Und dann brach ich zusammen. Ich wusste nicht, was ich tun sollte. Ich versuchte, Jonathan in Athen zu erreichen, kriegte aber niemanden an die Strippe, der verstand, wovon ich redete. Auf diese typische Art und Weise, wie man sich zwangsläufig auf die Leute in seiner nächsten Umgebung konzentriert und die in der Ferne vernachlässigt, hatte ich Jahre zuvor aufgehört, Jane Goldman zu schreiben. Ich erinnerte mich jetzt daran, dass Jacob mir eingebläut hatte, es wäre ein Leichtes, zum Telefonhörer zu greifen und ein R-Gespräch anzumelden. Es war nichts Leichtes. Auf dem Amt insistierten sie, nach wiederholten Anläufen, dass es die Telefonnummer der Goldmans nicht gäbe.

Ich kehrte nach dem Tod des Babys ins Krankenhaus zurück, um meinen Gebärmutterhals zusammenflicken zu lassen. Janice muss Michele Bescheid gesagt haben, denn er kam mich am Tag vor meiner Entlassung kreidebleich besuchen. Mit einem Gefühl tiefer Dankbarkeit für sein Einfühlungsvermögen erwähne ich bei dieser Gelegenheit, dass er keine Geschenke brachte, nur sich selbst. Es schmerzte unerträglich, ihn zu sehen.

»*Santo Cielo*«, sagte er. »Was du durchgemacht hast.« Er setzte sich, nachdem er mich auf die Wange geküsst hatte, ans Bett und hielt mir die Hand. Seine Anwesenheit löste eine unhaltbare und quälende Tränenflut aus, die mir kalt in den Nacken und ins Haar lief.

»Es war ein Mädchen«, sagte ich. »Sie war so wunderschön, Michele. Ich habe noch nie in meinem Leben jemanden so geliebt. Nie. Nicht einmal dich.« Ich weinte. »Sie war meine Freundin«, sagte ich. Er war sichtlich erschüttert von meiner Trauer und seinem Anteil an ihr.

»Komm zu mir zurück«, sagte er, »liebste Caterina. Ich mache dir ein neues Baby.« Er weinte auch, wenn auch nicht so ausgiebig. Eine etwas taktlose Schwester hatte mir am selben Morgen eröffnet, dass ich wahrscheinlich keine Kinder mehr bekommen könnte.

»Ich will dieses Baby«, sagte ich, »kein neues.«

»Ich mache es wieder gut«, sagte er. »Bitte. Komm zu mir zurück.« Ich liebte ihn für seinen naiven Romantizismus nur umso mehr, denn dieser sprach in mir die Sehnsucht nach dem Es-war-einmal an – als Herzen tapfer waren und Arme stark.

»Ich habe dich nie verlassen, hast du das vergessen?«, sagte ich. Ich lächelte sogar ein bisschen für ihn. »Du warst immer gut zu mir. Danke für das Geld. Ist es sehr schlimm, wenn ich dir verrate, dass es nicht ganz gereicht hat? Janice hat mir alles gegeben, was sie hatte, aber ich möchte es ihr zurückbezahlen.« Er stellte mir auf der Stelle einen Scheck für sie aus, und er sagte, um das andere werde er sich kümmern. Es war mir sehr unangenehm. Finanziell ging es ihm gut, aber Millionär war er auch nicht, und das Baby hatte schließlich ich unbedingt haben wollen.

»Stupida«, sagte er. Das tat mir unendlich gut. »Wie ist es möglich, dass ich dich so liebe?«

»Du kannst nicht zu mir zurückkommen, weil du eine neue Freundin hast«, sagte ich. Michele zuckte gleichgültig mit den Achseln. Was ist schon eine Frau, wenn nicht entbehrlich angesichts einer anderen, die einem besser gefällt?

»Ich habe sie gesehen«, sagte ich und versuchte zu lächeln. »Mit ihr solltest du etwas schonender umgehen, sonst brichst du sie entzwei. Hast du in letzter Zeit irgendwelche Nerzmäntel verschenkt?« Michele grinste.

»Allora«, sagte er. »Ich hole dich morgen ab. Man lernt aus seinen Fehlern.«

Meestake, Michele? Du gibst tatsächlich einen *meestake* zu?

»Ich reise morgen nach England ab«, sagte ich und versetzte ihm damit den tödlichen Stoß. »Meine Mutter holt mich. Lebwohl, Michele. Sorg dafür, dass deine Freundin sich sterilisieren lässt.« Obwohl ich ihm den Rücken zudrehte, weigerte sich Michele zu gehen, bis die Schwester ihn hinauswarf.

Janice hatte meine Mutter an dem Tag angerufen, an dem ich ins Krankenhaus ging. Sie nahm den nächsten Flieger und kam, um mich heimzuholen. Sie verhielt sich sehr anständig und predigte nicht. Mir war klar, dass ich in ihren

Augen auf dem vorgezeichneten und unnötig absteigenden Ast gewesen war – von Homosexuellen und Juden zu verheirateten Itakern. Ich hing in ihrem Haus herum, stellte mit Erleichterung fest, dass die Enten mit nach Dorset umgezogen waren, und las alte Reader's-Digest-Hefte. Sie hinterließen allesamt das Gefühl, wenn mich der Krebs nicht erwischte, dann biologische Waffen. Ich konnte mich nicht einfach wieder in die Rolle der abhängigen Tochter begeben, und das Wiedersehen mit Michele war meinem Seelenfrieden nicht eben zuträglich gewesen. Ich versuchte mehrmals, ihm zu schreiben. Ich fand, ich schuldete es seiner Fürsorglichkeit, ihm mitzuteilen, wo ich war und wie es mir ging, aber die Briefe glitten immer wieder in tränenreiches Selbstmitleid ab. Ich kriegte bei einer Gelegenheit mit, dass meine Mutter sich genierte, die Frage einer Nachbarin nach dem Namen meines Kindes zu beantworten. Ich nannte sie Simonetta Janice, Janice' treusorgender Freundschaft zu Ehren.

»Für mich wird sie immer Janice sein«, meinte meine Mutter.

Weil ich nicht sehr gut schlief, verschrieb mir der Hausarzt Schlaftabletten und Antidepressiva. Dann, nach mehreren Wochen, überwies er mich in die Tagesklinik einer örtlichen psychiatrischen Anstalt – damit ich besser durch den Tag kam, was mir aus eigener Kraft zwar nicht unmöglich war, aber doch schwerfiel. Meine Mutter brachte mich morgens hin und holte mich abends wieder ab. Ich merkte wohl, dass sie sich schreckliche Sorgen um mich machte. Ich wurde demütig; ich entschuldigte mich permanent. Ich verstrickte mich in nachträgliche Erörterungen meiner Vergangenheit. Roger verfolgte mich. Ich heulte dem Therapeuten eines Tages in einem regressiven Schub vor, wenn Roger Goldman mich nur weiterhin geliebt hätte, wäre mein Leben anders verlaufen – und besser. Sie muten dir ganz schön was zu, wenn du am Boden liegst, diese Therapeuten, jedenfalls nach meiner Erfahrung. Sie haben einen gewaltigen Einfluss auf dich, nicht nur aufgrund ihrer Fachkompetenz, sondern weil jemand mit niedrigem Selbstwertgefühl jede Analyse seiner selbst dankbar aufnimmt, egal wie unschmeichelhaft. Alle zwei Tage hatte ich ein Gespräch mit dem mir zugeteilten Psychologen, dem alle Menschlichkeit abtrainiert worden zu sein schien. Er hielt in bedrückender Weise Distanz, als ob er fürchtete, sich mir bei größerer Nähe auszuliefern. Gott bewahre, dass ich ihn zu Hause anriefe oder ihn im Supermarkt grüßte. Die Bekloppten könnten ihm ja auf Wochenendausflügen mit Frau und Kindern auf die Pelle rücken. Er sagte mir, zu meinem blanken Entsetzen, er hielte mich für liebesunfähig. Statt ihm meinen Kaffee ins Gesicht zu schleudern, nahm ich es mir zu Herzen. Es war wohl keine Liebe gewesen, die mich veranlasste, nachts Micheles Nachthemd zu tragen, wenn er geschäftlich in Florenz war, oder morgens um vier ins Telefon zu weinen, als Roger mich sitzen ließ. Und das Baby? Das war wohl auch keine Liebe gewesen.

»Ihre sämtlichen Beziehungen fußten auf der Auflehnung gegen Ihre Erziehung und Herkunft«, sagte er, als disqualifizierte sie das zwangsläufig. Normal war, sich nicht gegen seine Herkunft aufzulehnen. Normal war, das ganze verdammte von Tanten und Großmüttern geschriebene Drehbuch zu leben. Wenn ich meine Zeit nicht mit dem Therapeuten verbrachte, dann bei der Beschäftigungstherapeutin, zusammen mit einem halben Dutzend todtrauriger Hausfrauen mittleren Alters und drei depressiven jungen Mädchen. Wir hatten nur einen Mann in unserer Gruppe, ohne Anschluss, schweigend. Wir flochten Korbränder um ziemlich geschmacklose Tabletts mit Pudelbildern und verstrickten Schnur zu Wischlappen. Nach dem Essen kippten wir die nicht angerührten Tiefkühlerbsen und die Mayonnaise in die Schweineträge. Hätte Michele das Klinikessen sehen können, er hätte bei der Vorhaut des Papstes geschworen, dass die Engländer sogar noch unzivilisierter waren, als selbst er sich hätte träumen lassen.

37

Ich verbrachte meinen einunddreißigsten Geburtstag damit, in der Klapse den Nachrichten im Radio zu lauschen und zugleich Wischlappenschnur zu verstricken und mich allmählich etwas besser zu fühlen. Der Ansager richtete eine exzentrische Bemerkung an mich.

»Und nun hören wir eines Humanisten Verzweiflung über die Nachrichten«, sagte er.

»Haben Sie gehört, was er gesagt hat?«, fragte ich.

»Und nun eine kurze musikalische Überleitung zu den Nachrichten?«, riet die Therapeutin. Der Ansager hatte seine Worte offenbar allein mir zugedacht. Es hat etwas Tröstliches, sich selbst für komplett verrückt zu halten. Das gibt dir das Gefühl, auf der Talsohle angelangt zu sein, und tiefer kannst du dann nicht mehr stürzen. Nur aufsteigen. Oder bleiben, wo du bist, und die Aussicht genießen. Außerdem kannst du randalieren. Ich habe kein ausgeprägtes Talent zum Randalieren, das sagte ich bereits. Aber wenn du verrückt bist, ist es erlaubt. Es ist schließlich das, was man von Bekloppten erwartet, oder? An diesem Morgen legte ich mich wegen der Wischlappenschnur an, statt sie brav zu verstricken. Zuerst sagte ich, wenn ich eine Sicherheitsnadel haben könnte, würde ich ihr einen Wischlappen mit Kabelstichborte machen. Als ich hierauf keine Reaktion bekam, ribbelte ich das ganze Ding sehr exhibitionistisch auf und verkündete, dass ich verdammt noch mal aus dem Zeug Mützen stricken und sie in der King's Road verkaufen würde.

»Nur zu«, sagte die Beschäftigungstherapeutin.

»Spricht man den Bekloppten denn jeden Geschmack ab?«, sagte ich. »Warum Korbgeflechtränder um diese dämlichen Köter? Warum nicht wenigstens Gainsborough?« Ich zeigte mit dem Finger auf die Tabletts. »Was ist mit uns Bekloppten mit künstlerischen Ambitionen?«, sagte ich. »Und sind nicht sowieso die meisten überhaupt nur wegen dieser Tabletts und diesem Wischlappenzeugs hier? Weshalb sonst sind hier nur Frauen? Erfüllung an der Küchenspüle? Wenn ihr uns heilen wollt, müsst ihr uns in einen Bus laden und ins Theater fahren.« Ich weiß noch, dass eine der depressiven Hausfrauen mich halblaut ein Flittchen schimpfte, dass aber die Beschäftigungstherapeutin breit grinste.

»Stricken Sie, was Sie wollen«, sagte sie. »Ich habe das Gefühl, Sie brauchen mich nicht mehr.«

Am Nachmittag war ich beim Therapeuten. Er bemerkte angesichts meiner unbegründeten Aufgekratztheit, dass ich dramatisch zwischen Größenwahn und Minderwertigkeit zu schwanken scheine. Als ob ich ihm das nicht schon zehn Jahre zuvor hätte sagen können.

»Ich habe einen IQ von 98«, sagte ich keck. »Ich habe es mithilfe dieses Taschenbuchs von Eysenck ermittelt, als ich sechzehn war.« Was stimmte. Das hatte ich. Mein IQ war 98. Der Therapeut lachte.

»Ihr IQ dürfte eher im Bereich von 140 liegen«, sagte er. Großer Gott, dachte ich. Da sitzt vor mir ein Mann der Wissenschaft und hält mich für einen hellen Kopf, der arme Irre. Ich hatte in der Lokalzeitung erst die Woche zuvor gelesen, dass dieser selbe Psychologe auf einer Tagung ein Referat zu der Frage gehalten hatte, ob Königin Boadicea Transvestit gewesen sei. Untrügliches Zeichen.

»Ich denke, wir brauchen uns nicht wiederzusehen«, sagte er. Ich schüttelte ihm die Hand.

Der Mann meiner Mutter schlug an diesem Abend vor, dass wir zur Feier meines Geburtstages ausgehen sollten. Wir gaben uns im Berni Inn einer köstlichen, typisch englischen Schlemmerei hin – Schinken mit Ananas aus der Dose und zum Abschluss Irish Coffee. Es war Samstagabend. Mir fiel ein, dass R.J. Goldman sich stets geweigert hatte, an einem Samstagabend mit mir auszugehen, weil das der Abend war, an dem das gemeine Volk Zeit hatte, sich in Schale zu werfen und die Stadt unsicher zu machen, die ihm folglich zu voll war. Meine Mutter erzählte mir beim Kaffee, dass ein bescheidener Sparbrief, den mein Vater zu meinen Gunsten angelegt hätte, jetzt ausgezahlt würde.

»Er hat ihn auf dein einunddreißigstes Jahr festgesetzt, weil er selbstverständlich davon ausging, dass du mit dreißig längst Familie hättest und so«, sagte sie, »und heranwachsende Kinder kosten ja viel Geld.« Man muss der eigenen Mutter die gelegentliche Spitze nachsehen. Eine ungebundene, kinderlose Psychiatriepatientin ist nicht die Art Tochter, die man sich wünscht. Der Sparbrief brachte dreihundert Pfund, und mir kam das vor wie ein Vermögen. Ich war bisher mit einer schlechten Dauerwelle, fettigen Haaren und in formlosen Pullovern herumgelaufen; jetzt hatte ich Lust, den ganzen Batzen für Klamotten auf den Kopf zu hauen.

Ich erwachte in dieser Woche aus einem eigenartigen Traum. Jacob Goldman hatte mir eine Empfehlung für eine Stelle als Kindermädchen irgendwo in den Golfstaaten geschrieben. Ich sah den Universitätsbriefkopf und die germanische Handschrift deutlich vor Augen. Er hatte das Folgende geschrieben:

Katherine Browne ist eine tüchtige junge Frau mit bescheidenem Vermögen und bescheidenen geistigen Anlagen.

Das Schwein, dachte ich. Das Schwein! Hatte nicht der Seelenklempner mir einen IQ von annähernd 140 zugesprochen? Ich erwachte in dem Gefühl, dass ich ihn anrufen müsste. Der Traum war mir so gegenwärtig, dass ich meiner Mutter beim Frühstück davon erzählte, und das mit einem gewissen selbstgerechten Zorn.

»Aber er hat das doch gar nicht gesagt«, meinte sie. »Das hast du geträumt.«

»Mir egal«, sagte ich. »Es geht ihn überhaupt nichts an; ob er es nun gesagt hat oder nicht. Ich werde ihn anrufen.«

»Das ist eine gute Idee«, sagte sie.

Ich bekam unter dem Anschluss der Goldmans in Sussex kein richtiges Klingelzeichen. Die Auskunft bestätigte mir, dass die Nummer nicht existierte. Ich beklagte mich bei meiner Mutter.

»Vielleicht sind sie umgezogen«, sagte sie. Vielleicht sind sie umgezogen! Dumme Gans. Die Goldmans zogen nicht um. Ich zog um. Sie bleiben hübsch in Sussex, um mir ein Fels zu sein in der Brandung meiner Unsicherheiten.

»Warum sollten sie umziehen?«, höhnte ich. Meine Mutter zuckte mit den Achseln.

»Ich bin auch umgezogen«, sagte sie. »Das tun Leute eben manchmal.« In der Tat, sie war umgezogen, sie, die Inkarnation des Gewohnheitstieres, sie, die ausschließlich von links nach rechts spülen konnte. Aber wo sollten sie hingezogen sein? Dann fielen mir die Northern Line und das Everyman Theatre ein.

»Hampstead«, sagte ich entschieden. »Wetten? Sie sind nach Hampstead gezogen!« Die Auskunft teilte mir mit, dass die Goldmans unter den Teilnehmern in NW3 mehrere Seiten einnahmen.

»Professor«, sagte ich, »können Sie unter Professor mal nachsehen?« Es gab zwei Professor Goldman J in NW3, aber der eine hieß Joel und der andere Julian.

»Vielleicht Dr.?«, bat ich.

»Da gibt es Hunderte«, sagte die Dame von der Auskunft. Sie las mir, auf meine Bitte hin, die Nummern der ersten sechs vor. Ich notierte sie. Sie waren alle sehr nett und unterbrachen ihr Richten von Knochen und Zähnen, um ans Telefon zu gehen. Ich gab es auf. Ich fand meine Mutter in ihrer Küche und fiel über sie her.

»Es wimmelt von ihnen«, rief ich erbost. »Ganz Hampstead wimmelt von verdammten Juden.«

»Nun«, meinte meine Mutter und wagte sich vorsichtig auf dünnes Eis, weil ich schließlich den Anfang gemacht hatte, »es kann sich, unter uns gesagt, ja heutzutage auch sonst niemand mehr leisten, dort zu wohnen.« Ich konnte mich kaum halten vor Lachen und drückte sie wie seit Jahren nicht mehr. Wärmste, rückhaltlose Zuneigung verband uns – und das wegen dieses Ausbruchs von eingefleischtem Antisemitismus.

»Versuch's doch an der Uni«, sagte meine Mutter. Das war eine hervorragende Idee, auf die ich vor lauter Aufregung nicht gekommen war. Ich rief im Seminar an.

Jacobs Sekretärin weigerte sich, mir die Privatnummer zu geben. Ich brüllte sie fast an.

»Er hat ganz unmissverständlich Anweisung gegeben, dass er zu Hause nicht gestört werden will«, sagte sie.

»Ich bin eine uralte Freundin«, sagte ich. »Ich habe ihn seit zehn Jahren nicht gesehen.« Sie riet mir, es am nächsten Tag zu probieren, da sei er im Hause.

»Es tut mir leid«, sagte sie.

»Gut, dann geben Sie mir Dr. Hunt«, sagte ich. Das war der mit der symbolischen Logik gewesen.

»Wen bitte?«, fragte sie. Ach, sie waren zweifellos alle einem Ruf nach Leicester gefolgt oder hatten Forschungsstipendien fürs Ausland ergattert. Unbekannt verzogen.

»*Bitte* geben Sie mir doch die Nummer«, bettelte ich. »Ich verspreche Ihnen, er wird es Ihnen nicht verübeln.«

»Professor Goldman sagte ›niemandem‹«, wiederholte sie, allmählich ärgerlich. »›Und wenn die Königin von Saba sich mir an den Hals werfen wollte‹, hat er gesagt.« Sah ihm das nicht ähnlich? Ich knallte wutentbrannt den Hörer auf. Dann rief ich bei Rogers Großeltern in Oxford an. Die Nummer hatte ich, urplötzlich, nach zehn Jahren, wieder im Kopf. Rogers Großvater pflegte seinerzeit an seinem Schreibtisch abzunehmen und einem ein knappes »Fitz-Sowienoch« ins Ohr zu brüllen, aber jetzt meldete sich eine Frau. Eine Frau mit eher hoher, mädchenhafter Stimme.

»Sally Goldman«, sagte sie. Mein Gott, dachte ich, noch eines. Sieben Kinder. Was John Millet wohl dazu sagt?

»Verzeihen Sie«, sagte ich. »Können Sie mir vielleicht weiterhelfen? Sind Sie vielleicht mit Jane Goldman verwandt, die früher in Sussex gelebt hat?«

»Ich bin die Schwiegertochter«, sagte die Stimme. »Rogers Frau. Mit wem spreche ich denn?« Einen Augenblick lang brachte ich keinen Ton raus.

»Ich heiße Katherine Browne«, sagte ich und kam mir vor wie von den Toten wiederauferstanden. »Vielleicht haben Sie den Namen mal gehört. Ich bin eine Freundin von Rogers Eltern. Ich versuche, sie ausfindig zu machen.«

»Aber ja, ich weiß Bescheid«, sagte sie. »Wir haben sogar ein Bild von Ihnen irgendwo. Jane und Jacob würden sich riesig freuen, von Ihnen zu hören. Rufen Sie sie unbedingt gleich an.« Sie gab mir die Nummer.

»Und darf ich mir Ihre Nummer notieren?«, fragte sie. Ich gab ihr die Nummer meiner Mutter. Sie war ganz reizend.

»Sie wohnen in Hampstead«, sagte sie.

Volltreffer.

Dann hatte ich im Handumdrehen Jacob an der Strippe, dessen Verschlusslaute mein Trommelfell traktierten.

»Katherine?«, sagte er. »*Katherine?* Wo zum Teufel steckst du?«

»In Dorset«, sagte ich. »Wieso steht ihr nicht im Telefonbuch?«

»Ich habe eine Geheimnummer«, sagte er. »War es schwierig, sie herauszubekommen?«

»Es hat mich einen halben Nervenzusammenbruch gekostet«, sagte ich, was ja nicht ganz gelogen war. Jacob lachte.

»Tut mir leid, meine Liebe«, sagte er. »Ich hatte ein paar Tage daheim bleiben und ungestört schreiben wollen, aber meine Sekretärin gibt jedem dahergelaufenen Trottel, der danach fragt, meine Nummer, während nette Menschen wie du sich die Finger wund wählen.«

»Also mir wollte sie sie nicht verraten«, sagte ich. »Und wenn ich mich auf den Kopf gestellt hätte.«

»Daran musst du mir die Schuld geben«, sagte er. »Ich habe ihr gestern erst angedroht, sie rauszuschmeißen, wenn sie sie irgendjemandem verrät. Egal wem.«

»Einschließlich der sich feilbietenden Königin von Saba«, sagte ich. Jacob lachte erneut.

»Stimmt«, meinte er. »Warum können diese vermaledeiten Weiber aber auch nicht unterscheiden?« Irgendetwas in meiner frühen Kindheit muss dafür verantwortlich sein, dass mich bestimmte Formen männlich chauvinistischer Schweinereien so ansprechen.

»Es könnte daran liegen, dass sie von autoritären Arbeitgebern traumatisiert werden«, sagte ich.

»Wann kommst du mich besuchen?«, wollte er wissen. »Heute? Morgen? Warum haben wir seit ich weiß nicht wie lange nichts mehr von dir gehört?« Wir vereinbarten, dass ich am nächsten Tag mit dem Zug käme, gegen Mittag in Hampstead wäre, und eine Zeit lang bei ihnen bliebe. Am Everyman links, wieder links und noch einmal links. Ich freute mich auch darauf, das nördliche London wiederzusehen.

38

Es bleibt mir nicht lange verborgen, dass die Goldmans sich finanziell verbessert haben, um nicht zu sagen einen vollkommen anderen Lebensstil pflegen. Ihr bezauberndes neues Maisonette-Häuschen in Hampstead, hoch und schmal, an der Rückseite älterer Häuser errichtet wie eine Terrassenzeile, hat Kletterhortensien am kopfsteingepflasterten Eingangsbereich und so ein Sprechding, in das du plärren musst, ehe die Tür automatisch entriegelt wird. Im Erdgeschoss sind Garage und Waschküche untergebracht. Oben, wo Jacob erscheint, um mich zu begrüßen, gibt es ein langes, schmales Wohnzimmer mit großen kissenübersäten, chintzbezogenen Sofas zu beiden Seiten. Pflanzen hängen und stürzen von einer Wand aus Glas, die auf die Gärten stolzer viktorianischer Stadthäuser hinausführt, voller Pergolen und hübscher Gartenmöbel. Gleich dahinter liegt Hampstead Heath. Der Holzfußboden, auf dem Jacob steht, schimmert seidenmatt. Die persischen Teppiche, die Rosie einst durch den Dreck geschleift hat, sind in der Reinigung gewesen und liegen nun aus. Aber Jacob, der mir mit offenen Armen entgegenkommt, ist von allem die größte Überraschung. Seine rosshaarschwarzen Brauen und Kraushaare glänzen distinguiert silbern. Mein erster Gedanke ist der, dass er für einen Theaterauftritt zurechtgemacht ist.

»Mein Gott, Jacob!«, sage ich. »Du siehst unglaublich aus.« Wir fallen uns ergriffen in die Arme.

»Lass dich ansehen«, sagt er nach einer Pause und hält

mich am ausgestreckten Arm von sich weg. »Du siehst unverändert aus«, meint er.

»Tue ich nicht«, sage ich.

»Also gut, tust du nicht«, räumt er ein. »Du siehst besser aus. Zuletzt hattest du verheulte Augen und Pickel. Jetzt bist du eine Frau von Welt.« Ich lache.

»Und du, Jacob? Wie geht es dir? Wie schüchterst du bloß deine Studenten ein ohne deine wilden Augenbrauen?«

»In fünf Jahren gehe ich in Pension«, sagt Jacob. »Unter die Senioren, Katherine. Wie auf den Hinweisschildern am Kino: ›Kinder und Senioren die Hälfte‹. Keiner entgeht dem. Auch du nicht, meine Liebe.«

»Ich hoffe, ich habe als Seniorin auch so wunderschönes silberweißes Haar«, sage ich. »Und wie geht es Jane? Wo ist Jane überhaupt?«

»Jane liegt im Krankenhaus«, sagt er, »und erholt sich von einer Hysterektomie. Eine kleine Geschwulst. Nichts Ernstes. Es geht ihr besser. Letzte Woche sah sie aus wie eine Leiche am Tropf, aber inzwischen sehe sogar ich ein, dass es ihr von Tag zu Tag besser geht. Du bleibst doch, oder, und fährst mit mir hin? Sie wird außer sich sein vor Freude, dich wiederzusehen. Sie war dir immer sehr zugetan, Katherine. Es gibt nicht viele Menschen, denen diese Ehre zuteilwird, wie du wohl weißt. Du musst in mein linkes Ohr sprechen, Katherine. Das andere will in letzter Zeit nicht mehr so recht.«

»Es tut so gut, mit dir zu reden, Jake«, sage ich, ans andere Ohr gerichtet. »Jedes deiner beiden Ohren ist mir mehr als recht. Es geht ihr ganz bestimmt gut?«

»Bestens«, sagt Jacob, »bestens. Meine arme alte Mutter ist gestorben, weißt du. Vor kaum einem Monat. Hat uns beide etwas mitgenommen. Sie fiel Jane allerdings zunehmend zur Last, muss ich sagen, insofern ist es vielleicht das Beste. Sie sah nichts mehr, verstehst du. Es bleibt einem nicht viel, wenn man nicht einmal mehr fernsehen kann.«

»Nein«, sage ich. »Das tut mir sehr leid, Jacob.«

»Kaffee«, sagt er energisch. Die Küche ist ebenfalls im ersten Stock untergebracht. Eine freistehende Treppe führt aus der Mitte der Etage nach oben.

»Donnerwetter, Jacob!«, sage ich. »Die reinste Nobelküche. Wie aus James Bond. Ganz und gar nicht die Goldmanküche meiner Erinnerungen.« Jacob hat in seiner Küche eine Doppelspüle und einen Müllschlucker, in den er den Kaffeesatz kippt. Er hat eine Spülmaschine unter der Arbeitsplatte und darüber eine Abzugshaube. Einige Edward-Lear-Aquarelle, die früher stiefmütterlich im Treppenhaus hingen, sind geschmackvoll gerahmt und auf eine braune Korkwand montiert worden. Über dem Frühstückstisch hängt ein schönes Brecht-Poster aus der DDR im Aluminiumrahmen. Die Windsorstühle sind abgebeizt und gewachst worden.

»Wieso ist alles so sauber?«, sage ich. »Ein furchtbarer Schlag für meine Nostalgie. Ich dachte immer, Dreck sei bei euch Prinzip.« Jacob lacht leise und zuckt mit den Achseln.

»Dreck ist auch in gewisser Weise ein Prinzip, oder?«, meint er. »Man will ja nicht die eigene Frau auf den Knien liegen und scheuern sehen. Man gibt seinen Kindern Vorrang vor seinen Besitzgütern. Man will ja nicht Holz und Stein anbeten, verstehst du, wie der Heide in seiner Verblendung. Meine Kinder sind erwachsen. Soll ich auf ewig über Fischstäbchen gehen, nur dir zuliebe, Katherine?« Ich mag ihn genauso wie eh und je. Ihn in einer anderen Umgebung zu erleben, ändert überhaupt nichts. Es verleiht höchstens ungekannten neuen Reiz.

»Fehlt euch das Haus in Sussex?«, frage ich und verabschiede selbst ohne mit der Wimper zu zucken jenen Inbegriff hart errungener häuslicher Geborgenheit. Was ist er denn schon anderes als Holz und Stein?

»Nein«, sagt er entschieden. »Es war immer mein Zugeständnis an Jane. Jetzt ist dies ihr Zugeständnis an mich.« Er hat es nur fünf Minuten zu Fuß zum Hampstead Everyman, wenn auch die Nachbarschaft zu gesittet für Coladosen im Rinnstein ist, und dazu sehr nett.

»Fehlt Jane ihr Garten nicht?«, frage ich. Er macht eine wegwerfende Bewegung.

»Wer muss schon so viel gärtnern?«, sagt er. »Das war ihre Zuflucht vor den Kindern. Meiner Meinung nach. Eine Möglichkeit, ihnen deutlich zu machen, dass sie zu tun hatte. Sie gärtnert ein bisschen auf dem Dach – und sämtlichen Fensterbrettern, wie du siehst. Man kriegt die Rollos nicht runter, ohne das verdammte Zeugs runterzustoßen, aber das ist nun einmal Hampstead. Die Gärten sind voller Möbel und die Häuser voller Pflanzen. Sie verbringt ihre Tage jetzt hauptsächlich am Klavier, um die Zeit bis zur Arthritis zu nutzen. Und sie lernt Deutsch. Wir waren letztes Jahr zusammen in der DDR. Es ärgerte sie, nicht mit den Leuten reden zu können. Also lernt sie Deutsch. Jane, die blüht regelrecht auf. Um die brauchst du dir keine Sorgen zu machen. Nur zu empfehlen, Katherine, die Zeit nach den Wechseljahren. Sie genießt sie. Und ich auch. Seit fünf Jahren schon kann ich mit ihr vögeln, ohne dass sie schwanger wird.« Ich muss schmunzeln, als ich mich jetzt erinnere, wie Jacob sich immer schon bemüßigt fühlte, seine Gäste haarklein über sein Sexualleben ins Bild zu setzen. Ich kann der Versuchung nicht widerstehen.

»Du meinst, alte Knacker wie du können es noch?«, frage ich.

»Wir geben uns alle Mühe«, sagt er. »Aber ich sollte dir nicht lauter deprimierendes Zeug erzählen. Du steckst vermutlich noch mittendrin in der ganzen Reproduktion. Wie viele Kinderchen hast du denn, Kleine? Und wo sind sie? Warum hast du mir nicht ein paar fette kleine *bambini* mitgebracht, die ich meiner Frau hätte vorführen können?«

»Ich habe keine«, sage ich.

»Und wie kommt's?«, fragt er, der neugierige Kerl.

»Das kommt daher, dass ich eine wandelnde sozio-gynäkologische Katastrophe bin, Jake«, sage ich möglichst leichthin. »Ich hatte ein Baby, das gestorben ist, und einen Mann, der auf und davon ist. Der Letzte einer ganzen Reihe. Ich bin außerdem etwas zusammengeflickt in der Genitalregion. Ich kann dir gerne Einzelheiten geben; ich weiß ja, die Intimgegend ist eines deiner Lieblingsthemen, aber ich kann dann nicht dafür garantieren, dass ich nicht weinen muss.«

Jacob reicht mir schweigend meinen Kaffee, und wir nehmen unsere Tassen mit ins Wohnzimmer und setzen uns auf eines der Sofas.

»So so«, sagt er. »Arme Katherine. Wann?«

»Vor elf Wochen«, sage ich. »Ist das Kind gestorben. Der Mann ist gegangen, als ich schwanger wurde. Sie war fünf Wochen alt, mein kleines Mädchen.«

»Herr im Himmel, Kind!«, sagt er. »Vor elf Wochen erst? Das ist ja gestern. Weine nur. Du hast allen Grund zu weinen.« Ich komme mit einem unterdrückten Schniefen, einem Schlucken und raschen Blinzeln aus und frage mich, warum der Seelenklempner nie die Menschlichkeit besessen hat, diese paar tröstlichen Worte zu sprechen. Dass ich Grund hätte zu weinen.

»Ihr habt Lady Gregorys Stuhl beziehen lassen«, sage

ich. »Celtic Twilight. Die Art Stickerei mache ich auch gerne.«

»Ach ja«, sagt Jacob leichthin. »Jane hat eine eifrige junge Frau aufgetan, die derlei Wunder vollbringt.«

»Wie Klein Dorrit«, sage ich. Jacob lächelt mich an.

»Nach wie vor stets die passende literarische Anspielung parat«, sagt er. »Ich hätte dich wirklich von Rechts wegen dem Klein-Dorrit-Klüngel überlassen sollen, als du vor so vielen Jahren zu mir gekommen bist. Ich habe den Verdacht, dass du dich nie sonderlich für die Abstraktion erwärmen konntest.«

»Eine Profilierungsneurose von mir«, sage ich. »Dass ich ständig zitieren muss. Einige von uns benutzen ihr Hirn, andere ihr Gedächtnis.«

»Keineswegs«, sagt er. »Ich finde es reizend. Reizend warst du ja immer. Weißt du noch, wie du zum Interview bei mir warst? Ein Muster an Tugend. ›Natürlich gibt es Sex in *Emma*.‹ Weißt du, dass ich Jane angerufen habe, kaum, dass du zur Tür hinaus warst, und ihr von dir erzählt habe? Genau ihr Fall. ›Nimm sie‹, hat Jane gesagt. ›Schnapp sie dir, bevor das Girton College oder sonst wer sie sich unter den Nagel reißt.‹«

»Bring mich nicht in Verlegenheit, Jacob«, sage ich.

»Die besten Beine, die in dem Jahr zum Aufnahmegespräch bei mir waren«, sagt er. »Es waren doch deine Beine, oder? Erinnerst du dich an dieses unglaubliche lila Minikleid? Ach, Katherine, Liebes, ein totes Baby. Was ist nur um Himmels willen passiert?«

»Weiß nicht«, sage ich. »Ich dachte, sie schläft zum ersten Mal durch. Ich bin zu ihr gegangen, um sie zu beglückwünschen.« Ich stopfe mir die Ecke von einem von Jacobs Sofakissen in den Mund, um das nicht zu unterdrückende Schluchzen wenigstens zu dämpfen. »Mein Gott, Jacob, es war so grauenvoll.« Jacob hält mich eine gute Weile im Arm, ohne etwas zu sagen.

»Der Schmerz lässt nach, weißt du, im Laufe der Zeit«, sagt er schließlich. »Letztes Jahr in Berlin bin ich durch die Straßen gegangen. Kein Problem. Selbst in der nicht, wo ich gewohnt habe.« Es ist das erste Mal, dass er mir gegenüber die Schrecken von damals erwähnt.

»Du wirst dich wundern«, sagt er. »Eines Tages kommt irgendein lieber, anständiger Kerl daher und schenkt dir ein neues Baby.« Ich mag ihm gar nicht sagen, dass ich höchstwahrscheinlich keine Kinder mehr bekommen kann.

»Bist du endgültig zurück«, fragt er, »oder nur zu Besuch?«

»Ich weiß es nicht«, sage ich.

»Bleib«, sagt er. »Gönn dir eine Atempause. Besorg dir einen guten Job. East Finchley oder so, das wäre für dich jetzt das Richtige.«

»Du meinst, um mir einen netten englischen Mann zu angeln?«, frage ich. Jacob lacht verlegen.

»Warum nicht?«, sagt er. »Einen netten, verlässlichen englischen Ehemann.«

»Du bist der Einzige der Art, den ich kenne«, sage ich, »und du bist Ausländer. Ich bin letzte Woche einunddreißig geworden, Jacob. Ich bin zu alt.«

»Herzlichen Glückwunsch«, sagt er. »Ja, ich sehe die Falten, aber es sind sehr hübsche Falten. Was ist das Leben schon anderes als ein Fortschreiten von Pickeln zu Falten und dem begleitenden Zugewinn an Weisheit?«

Jacobs Bücher säumen die Wände vom Fußboden bis unter die Decke. In edlen Vollholzregalen mit Rückwand findet sich alles unverändert wieder, und allerhand Neues ist hinzugekommen. Die langen Reihen wissenschaftlicher

Zeitschriften, die *New Left Review*, die Gefängnishefte von Antonio Gramsci, Isaac Deutscher über Trotzki. Die ganzen schwer verdaulichen Deutschen, die Metaphysiker und viel herrliche Lyrik. Jacob zähle ich zu den echten Lyriklesern; schließlich habe ich ihn Rosie zielsicher seinen Heinrich Heine an den Kopf werfen sehen, als sie mit einem zur Unzeit geschlagenen Rad seine Kaffeetasse umstieß, habe ihn im Liegestuhl des Sonntags Miltons *Verlorenes Paradies* lesen sehen und das »erholsam« nennen hören.

»Hat Jane auch eine eifrige junge Frau aufgetan, die euch die Bücherregale zimmert?«, frage ich.

»Einen jungen Mann«, sagt Jacob. »Rosies Freund. Einer von Rosies vielen Freunden. Rosies Kerle sind durchweg entweder Schreiner, Maurer, Klempner oder verdammte Fliesenlegerlehrlinge. Sie legt einen starken Hang zum Proletariat an den Tag in ihrer Männerwahl. Und zu Schwarzen. Ich weiß nicht, was mit dem Mädchen los ist. Sie sieht einfach zu gut aus. Zu viele Möglichkeiten vermutlich. Ist das vielleicht auch dein Problem?« Von Jacobs Kindern waren Rosie und Roger immer die einzig wirklich hübschen. Es macht mir Spaß, vor Jacobs Reihen revolutionärer Bücher zu sitzen und ihn über die Vorliebe seiner Tochter für Männer aus der Arbeiterklasse klagen zu hören.

»Und Annie? Und Sylvia? Was ist mit ihnen? Mögen sie auch Maurer?«

»Annie ist eine vernünftige Frau«, sagt er. »Annie ist mir im Alter ein großer Trost. Sylvia ist natürlich noch das reinste Kind. Annie bildhauert an der Kunsthochschule in Hornsey. Sie lebt mit einer Bande netter junger Leute in einem Haus mit halsbrecherischen Dielen. Sie schuften alle wie die Tiere. Sie essen viel braune Linsen. Sie lieben sich viel. Ein Prachtweib, meine Annie. Groß. Nicht eine, der du in einer dunklen Gasse dumm kommen wolltest. Sie trägt diese ganzen verdammten Meißel in den Latztaschen ihrer Overalls herum.« Er deutet mit einer vagen Geste mehr oder minder auf seine Brust. »Sie hat einen Selbstverteidigungskurs für Frauen absolviert, unsere Annie. Sie kann einem Kerl die Zähne eintreten.« Er zeigt stolz auf ein Objekt auf dem Boden. »Das ist eines von Annies Werken«, sagt er. Um einen lebensgroßen Tonkopf handelt es sich, in der Nähe der Glaswand. Ein Spinnengewächs wuchert ihm aus dem hohlen Schädel. »Diese Kreatur mit dem grünen Haar.«

»Und Sylvia?«, frage ich.

»Sylvia ist dreizehn und auf dem Internat«, sagt er.

»Internat?«, wiederhole ich ungläubig. Lacrosseschläger in den Gängen. Die frivole Mam'zelle mit Lockenpapierchen. »Du schickst deine Tochter auf ein Internat? Welches Internat? Mallory Towers?«

»Bedales«, sagt er, ohne rot zu werden. »Es gefällt ihr. Sie macht sich gut dort. Die Gesamtschule schien ihr nicht zu bekommen.« Er bemerkt meinen Blick und lacht. »Aha, aufs Schaffott mit mir, wie?«, meint er. »Ganz recht. Und möge das Beil hübsch scharf sein. Weißt du, Katherine, Roger hat einmal ein Stipendium zugesprochen bekommen für eine dieser üblen Public Schools. Jane hatte das eingefädelt, als ich zu beschäftigt war, um es mitzubekommen. Sie hat ja diese Marotte mit der Musik. Sie wollte, dass er ihr stärker ausgesetzt wird. Ich habe den armen Jungen nicht hingehen lassen. Ich war tagelang die Zielscheibe ihres gebündelten Hasses. Sie haben beide nicht mehr mit mir gesprochen. So viele Blicke-die-töten-könnten von dieser blauäugigen kleinen Mafia, dass ich schon fest mit zerstampftem Glas im Kaffee rechnete. Ich ließ mich nicht erweichen. Man hat in seiner Jugend so hehre Prinzipien. Ich habe den kleinen Mistkerl jeden Morgen mit seinen Hosenklammern in die Schule am Ort radeln lassen.« Ich muss wider Willen über dieses unbekümmerte und gänzlich reulose Eingeständnis patriarchaler Tyrannei lachen, wahrscheinlich, weil ich mich am Gedanken freue, dass Roger eins auf die Nase gekriegt hat.

»Schäm dich, Jacob«, sage ich. »Du warst immer garstig zu Roger.«

»Ach«, meint Jacob, »er konnte ja nicht ahnen, wie glimpflich er davonkam. Er war ein verdammt hübscher Bengel, mein kleiner Roger. Hätte man den in ein Chorhemd gesteckt, hätte ihn doch die halbe Oberstufe vernascht.« Jacob, sonst so wohlunterrichtet über die Umtriebe des Klassenfeindes, ist der hartnäckigen Überzeugung, dass in den Public Schools nicht viel anderes vor sich geht als kalt duschen und Unzucht in den Chorstühlen.

»Und nun sieh mich an«, sagt er, »da investiere ich mein eigenes Geld, damit dieses verzogene Nesthäkchen nach Bedales gehen kann. Roger wäre immerhin einer elitären Ausbildung würdig gewesen.«

»Bedales ist anders«, wiegle ich zum Trost ab. Jacob belustigt mein Takt.

»Du brauchst kein Auge zuzudrücken«, sagt er. »Es ist die annehmbare Kehrseite der Privilegiertheit.«

»Was mich ja interessieren würde: Wie könnt ihr das bezahlen?«, sage ich. »Das heißt, entschuldige die Frage.«

»Ich bin überbezahlt«, sagt er. »Das viele Geld und keine Ausgaben. Ich bin Hausbesitzer, Katherine, ausgerechnet ich. Die Leute bezahlen mir Miete für die Bruchbude in Sussex. Jane hatte eine alte Tante, die gestorben ist und ihr ein Haus am Cadogan Square vermacht hat. Nette Person. Den Kopf voller fortschrittlicher Ideen – von Yoga bis

Nacktbaden. Nun, ihr Haus hat unser jetziges natürlich locker finanziert. Ich will das Haus in Sussex in ein oder zwei Jahren verkaufen und dafür Sam eine Garage kaufen. Er repariert gerne Autos.«

»Repariert gerne Autos?«, wiederhole ich. Eine weitere proletarische Neigung.

»Er hat mit sechzehn einen Automechaniker in Brighton adoptiert«, sagt Jacob. »Der Mensch schickt ihn zu Weiterbildungskursen. Er ist ein guter Junge. Befremdlich vernünftig allerdings. Weiß immer, wo's langgeht. Der Einzige in der Familie, mit Ausnahme von Roger, der die Rückwand von einer Waschmaschine abkriegt. Also, Katherine, hast du Hunger? Darf ich dich irgendwohin groß ausführen?«

»Irgendwohin ganz groß«, sagte ich, »da du so stinkreich bist. Ich habe die ganzen Jahre geackert, Jake. Ich habe zehn Jahre an einer Sprachenschule unterrichtet. Ein bisschen Stil wäre mir sehr willkommen.«

»Stil hast du immer gehabt«, sagt Jacob. »Mit der Richtungsfindung hat es eher gehapert. Ja, lass uns gehen, meine Liebe. Wir werden ganz gediegen speisen. Ich werde mich im Abglanz deines Stils sonnen. Ein seltener Genuss: Meine Frau hat für dergleichen nicht viel übrig, wie du weißt. Das verflixte Weib weigert sich seit dreißig Jahren standhaft, sich mir zuliebe die Ohren durchstechen zu lassen. Was soll man dazu sagen?« Ich lache.

»An dich und den Müllschlucker könnte ich mich gewöhnen«, sage ich, »an Jane mit Ohrlöchern nie.«

»Sag mir, Kind«, bemerkt er, als wir die Straße hinabgehen, »weshalb hast du eigentlich meinen Ältesten nicht geheiratet? Plötzlich warst du auf und davon. Wie ein Vogel davongeflattert. Hätte das nicht eine befriedigende Alternative sein können, was meinst du? Ehefrau im gediegenen nördlichen Oxford? Im Regen zur Bodleian radeln, um dem Herrn und Gebieter seine Lesekarte zu bringen? Viele fröhliche Kinderlein in Phil und James oder Pip und Jimmy oder wie immer diese verdammte Schule heißt? Vielleicht nicht nach deinem Geschmack, aber ich hatte eigentlich den Eindruck, dass du ihm sehr zugetan warst. Habe ich mich da so gründlich getäuscht?«

»Er wollte mich nicht, Jacob«, sage ich mit Bestimmtheit. »Warum mich löchern? Warum fragst du nicht Roger?«

»Roger hat sich mir nie anvertraut, wenn ich ehrlich sein soll«, sagt er.

»Ich nehme an, er ist in Oxford geblieben?«, sage ich. »Er ist nie wieder nach Afrika gegangen?«

»Er ist geblieben«, sagt Jacob. »Heller Kopf, der Roger. Es liegt ihm. Oxford, meine ich. Er hat mit Eins abgeschlossen, weißt du. Sofort eine Dozentenstelle bekommen. Er forscht am Mathematischen Institut.«

»Ich habe mit seiner Frau telefoniert«, sage ich. »Von ihr habe ich eure Nummer. Wie lange ist er verheiratet?«

»Ein paar Jahre«, sagt er. »Vier, genauer gesagt. Eine nette junge Frau. Kirchliche Trauung in der Collegekathedrale, meine Liebe. Sind ja ganz bewegend, wenn ich ehrlich sein soll, diese christlichen Rituale. Er ist fromm geworden, in jüngster Zeit.«

»Fromm«, sage ich, und mir blutet das Herz um meinen verwegenen Ikonoklasten. Meinen Roger, der trotzig Steine übers Meer schlenzte. Meinen Roger, der mit sechs so wirkungsvoll dem Heiligen Geist das Handwerk legte.

»Aber ja«, beteuert Jacob. »Und singt im Chor, versteht sich. Also hat er letztlich doch sein Chorhemd gekriegt.« Die Vorstellung von Roger auf den Knien erscheint mir obszön. Ich könnte heulen.

Wir essen in Hampstead zu Abend. Viel Kalbsfilet und

Sahne und strengen Käse. Jacob raucht beim Kaffee übel riechende Zigarren statt der übel riechenden Zigaretten von einst, im Bemühen, den Verfall zu bremsen.

»Jetzt erzähl mir von Jonathan«, sage ich. »Hat Jane ihn eigentlich tatsächlich nach Oxford gekriegt, oder stromert er immer noch durch die Pyrenäen?«

»Selbstverständlich hat sie das«, sagt er. »Sie hat ihn bestochen. Mit meinem Geld.« Er lacht. »Ich zahle immer noch ab, wenn du's genau wissen willst, über die fünfundzwanzigjährige Hypothek. Moderne Sprachen. Auch eine Eins, wenn ich das mal bemerken darf. Eine Familientradition, in Oxford mit Eins abzuschließen. Vielleicht wirft Oxford sie einem ja nach.«

»Vielleicht hast du hochbegabte Kinder«, sage ich. »Mein Gott, Jake, da könnt ihr ja euer Klo mit Einsen tapezieren.«

»Na, na«, meint er bescheiden. »Es sind ja nur die beiden. Der Rest ist überhaupt nicht so. Jonathan ist auch kein Akademiker, wenn man's genau nimmt, er ist einfach hochintelligent. Für ihn war das Ganze reine Zeitverschwendung. Es hat lediglich seine Abreise nach Europa verzögert.«

»Und wo steckt er jetzt?«, frage ich. »Ich habe einmal einen Brief von ihm bekommen, aus dem hervorging, dass er in Athen war.« Jacob lächelt nachsichtig, weil, wie immer, Jonathan nichts verkehrt machen kann.

»In Kilburn«, sagt er. »Lebt von der Stütze und schreibt einen Roman. Wird nie fertig werden, vermute ich. Ich habe den Verdacht, dass er in das Ding zu verliebt ist, um es irgendeinem Verleger zu überlassen. Ja, er war ein paar Jahre in Athen. Er ist hier vor zwei Jahren wieder aufgetaucht, mit einer griechischen Kindsbraut und einem bezaubernden schwarzäugigen Baby. Die Frau hat, wie nicht anders zu erwarten, nach wenigen Monaten das Weite gesucht und das Baby mitgenommen. Sie konnte sich nicht einleben. Wahnsinn, das ganze Unternehmen. Typisch Jonathan. Er hatte das arme Kind geschwängert. Eine Schülerin an der Schule, wo er unterrichtet hat. Vater ein erfolgreicher Schuhfabrikant. Er hat eine Zeit lang bei ihren Leuten gelebt, hielt es dort aber nicht aus und hat sie nach London mitgeschleift. Eine brave, bürgerliche Kaufmannstochter, die einen soliden, verlässlichen Ehemann brauchte.«

»Deiner Beschreibung nach so ähnlich wie ich«, sage ich. Jacob rollt fassungslos mit den Augen.

»Etwas dir weniger Ähnliches kann man sich kaum vorstellen«, sagt er. »Du – mal abgesehen davon, dass du leicht verrückt bist – bist eine Verräterin an deiner Herkunftsschicht, Katherine, zum Glück. Wie Jane. Wie wir alle, wenn man's genau bedenkt. Ich bin der Überzeugung, dass der arme, liebe Kerl zu anständig war, sie nicht zu heiraten. Er wurde zu diesem Zweck extra in den Schoß der griechisch-orthodoxen Kirche aufgenommen. Die ganze windige Sache hat volle achtzehn Monate gehalten.«

»Einen Hang zur Kirche haben deine beiden Ältesten also gemein«, sage ich und denke im Stillen: Sieht ihm das nicht ähnlich! Unschuldige Schulmädchen zu bumsen und ihnen Kinder zu machen, das kleine Schwein.

»Ich habe den Jungen sehr gern«, sagt Jacob, »wie du dich vielleicht erinnern wirst. Vielleicht solltest du es mal mit ihm versuchen.«

»Herrgott, Jacob! Warum dienst du mir nicht gleich auch noch Sam an? Warum nicht gleich Sam? Was ist mit dem verkehrt?«, ereifere ich mich, etwas aus dem Gleichgewicht gebracht. Jacob amüsiert sich.

»Sam ist zu jung für dich«, sagt er. »Und außerdem zu geradsinnig. Nimm Jonathan.«

»Eins sage ich dir, Jacob, von deinen Söhnen habe ich genug. Dein Jonathan hat mir gerade noch gefehlt. Dann lieber doch den, den du in East Finchley für mich im Auge hast.«

»Jonathan wird dir gefallen«, sagt er. »Jonathan wird dich überraschen.« Wäre meinem Verhältnis zu Jacob nicht doch noch eine Spur Ehrfurcht beigemengt, würde ich ihm jetzt unterm Tisch einen Tritt versetzen.

»Streng erzogene junge Griechinnen lassen sich ja wohl nicht von jedem an die Wäsche gehen, oder?«, meint er. Den Ausdruck habe ich so lange nicht mehr gehört …

Auf dem Weg in die Klinik organisiert mir Jacob einen Job. Sein Verleger suche einen Lektor, sagt er. Wäre das nicht etwas für mich? Er ist in zehn Tagen mit seinem Verleger verabredet.

»Ich bin keine Lektorin, Jake«, sage ich. »Ich bin niedere Charge in einer Sprachenschule.«

»Das fliegt dir doch zu«, sagt er. »Du bist eine gebildete Frau.«

»Die Tochter im Internat und für den Rest Beziehungen«, sage ich. »Ich habe nicht zehn Jahre in Rom gelebt, ohne gelernt zu haben, was Korruption heißt.« Jacob zieht die Augenbraue hoch.

»Komm schon«, sagt er. Er fährt einen flotten neuen vw Golf. »Du bist doch wohl Manns genug, ein bisschen ehrliche Vetternwirtschaft zu verkraften, oder?«

39

Auf der Krankenstation hat Jane Jonathan zu Besuch. Er ist im Begriff, ihre heimlichen Guinness-Vorräte aufzustocken und das Leergut rauszuschmuggeln.

»Mutters Verderben«, sagt er und meint die leeren Guinnessflaschen, die er in die linke Armbeuge umpackt. Er reicht mir übers Bett hinweg die Hand. »Katherine«, sagt er. »Eine Ewigkeit.«

»Ja«, sage ich. Es ist eine ebenso absurde wie verbreitete Reaktion, verblüfft zu sein, dass Menschen auch erwachsen werden und sich verändern, wenn man selbst nicht Zeuge des Vorgangs ist. Aus diesem Grund ist zumindest Jonathans Erscheinung in der Tat eine Überraschung. Ich finde sowohl sie als auch seine Haltung sehr einnehmend. Er trägt die krausen Locken etwa daumenlang durchgestuft. Eine Frisur, die einer modischen Dauerwelle verdächtig ähnlich sieht. Der Look hat ihn eingeholt. Wir haben die Ära des Pudelkopfs, aufgewachsen sind wir in den Tagen der wallenden Mähnen. Jonathan trägt eine rechteckige Nickelbrille, die die inquisitorische Kraft seiner großen Nase zügelt, und einen kleinen strotzenden, gepflegten Schildpattschnurrbart. Er strahlt dieselbe lässige Selbstsicherheit aus wie früher, nur weniger aufdringlich, und seine Sachen sind sauberer.

»Liebste Katherine«, sagt Jane. Sie tätschelt einladend neben sich das Bett und schiebt sich vorsichtig hoch, Hand auf ihrer Unterleibsnarbe. »Ich sehe zwar hinfällig aus, aber es geht mir gut«, versichert sie. Sie küsst mich, und ich sie. Trotz ihres trutschigen Kassengestells und grauen Strähnen im Haar sieht sie, gegen das Metallkopfteil des Klinikbettes gelehnt, wie immer feenhaft schön aus. »Was für eine herrliche Überraschung!«, meint sie. »Jake, wo hast du sie nur gefunden? Du warst abhanden gekommen. Und da bist du nun, mit deiner Mitgift im Haar! Wie gut du mir tust!« Ich habe mir Goldperlen in die Spitzen meines inzwischen langen und gewellten Haars geflochten. Ich setze mich zu ihr und verehre sie wie eh und je.

»Sieh dir bloß meine Zimmergenossinnen an«, sagt sie nach einer Zeit in verschwörerischem Flüsterton. »Die süße Unschuld hier auf meiner rechten Seite ist von ihrem Mann gezwungen worden, sich die Eileiter abbinden zu lassen. Dem in den Armeestiefeln. Er würde sich nie sterilisieren lassen, versteht sich. Sie ist einundzwanzig. Die andere da ist mit einem Gebärmuttervorfall geschlagen, und ein Diaphragma kann sie nicht benutzen, weil sie gegen Gummi allergisch ist. Die alte Dame dort ist gerade von einer dreitägigen Bestrahlungstortur bei hochgeschnallten Beinen gegen Gebärmutterkrebs zurück.« Ich erkenne inzwischen das Muster einer typischen Goldman-Unterhaltung, und ich fühle mich sofort heimisch.

»Ich kann ein wenig plastische Chirurgie am Gebärmutterhals beisteuern«, sage ich gewinnend und überbrücke die Dekade unserer langen Trennung. Jacob und Jonathan wechseln einen ironisch geladenen Blick, suchen beieinander Halt als Fremdlinge im Kosmos der Frauenleiden. Jonathan schmunzelt.

»Ich verziehe mich jetzt, bevor ich gelyncht werde«, sagt er. »Ich brauche eine Stärkung.« Er küsst Jane auf die Stirn. »Wiedersehen, Mutter. Jake, ich warte in der Kantine auf dich. Katherine, komm, trink einen Tee mit mir. Es gibt eine Cafeteria auf dem Gelände.« Im Gang Teewagen und Spiritusgeruch. Jonathan, dessen herausfordernde Pennälerart sich zu einem gewissen bezwingenden Charisma gemausert hat, zieht im Vorübergehen die Blicke einiger ansehnlicher Krankenschwestern auf sich. Er steuert mich mit dem sanften Druck eines angenehm brüderlichen Armes um die Schulter in die Kantine. In der anderen Hand trägt er die Plastiktüte mit Guinnessflaschen.

»Ich hoffe, du hast noch die Zebedee-Klingel an deinem Fahrrad«, sage ich.

»Habe ich nicht«, sagt Jonathan bitter. »Irgend so ein dreckiges Schwein hat mir diese Klingel schon im ersten Semester in Oxford geklaut.« Am Tresen holen wir uns dunkelbraunen Tee, und Jonathan spendiert Donuts.

»Ich bin heute reich«, sagt er. »Ich habe soeben meinen ersten Vorschuss vom Verlag bekommen. Sechshundert Pfund.« Ich bringe Jonathan immerzu mit Sechshundert-Pfund-Beträgen in Verbindung.

»Meine Güte«, sage ich, schwer beeindruckt. »Wie fühlst du dich?«

»Wie jemand, der im Begriff ist, eine elektrische Schreibmaschine zu kaufen«, sagt er. Wir sitzen an einem Kunststofftisch mit Pfützen und Klecksen und dem einen oder anderen leeren Joghurtbecher.

»Prost«, sagt er munter, als ich über den Tee die Nase rümpfe. »Fördert den Haarwuchs auf der Brust.« Ich muss lachen – schlicht und ergreifend über die unausgesprochene und belustigende Tatsache des physiologischen Unterschieds zwischen uns.

»Was erwartest du denn von einem Tee?«, fragt er lächelnd. »Eiswürfel? Minze?«

»Ja«, sage ich.

»Wo warst du? In Italien? Die ganzen Jahre? Gerade zurück?«

»Ja«, lüge ich. »Ja. Ja.«

»Wie geht's dir, Katherine?«, fragt er. »Wie sieht's bei dir aus?«

»Wüst«, sage ich, zum Selbstschutz übertreibend. »Frag nicht. Ich habe es gerade lang und breit Jake erzählt.«

»Du siehst großartig aus«, sagt er. »Aber so hast du immer schon ausgesehen. Du hast meine Halbstarkenträume vergoldet als Geschöpf blitzender Ohrgehänge und blond schimmernden Haars.« Er bringt mich zum Lachen.

»Hast du Roger gesehen?«, fragt er.

»Nein«, sage ich tapfer. »Seit zehn Jahren nicht. Das Einzige, was ich von Roger dann und wann sehe, ist diese gestickte Schmetterlingsapplikation von seiner Arschbacke, die er mir verehrt hat. Sie taucht hin und wieder in meinem Nähkorb auf.« Jonathan schneidet eine Grimasse.

»In Äther konserviert, hoffe ich?«, meint er. »Und aufgespießt?« Er gestikuliert mit einem Teelöffel, bohrt ihn in die Kunststoffplatte. »Vielleicht interessiert es dich, dass Roger dieser Tage seine Brille in der Gesäßtasche trägt. Er hat sich neulich draufgesetzt, der Träumer. Jetzt wird sie mit Leukoplast zusammengehalten.« Er gestikuliert erneut, deutet die Flickschusterei an.

»Jake sagt, er geht in die Kirche«, sage ich. »Üble Nachrede?«

»Kein Stück«, sagt Jonathan. »Die ganze Woche hockt unser Roggs im Mathematischen Institut und sinnt nach Mitteln und Wegen, die Unendlichkeit zu messen, und sonntags kann man ihn dann auf den Knien vor dem Unfassbaren sehen. Wirkt Oxford nicht Wunder bei den Leuten? Sie lernen mehr und mehr über weniger und weniger. Er ist ein lieber Kerl, das muss ich ihm lassen, trotz alledem.« Mir kommt der Gedanke, dass Rogers Frömmigkeit im Grunde eine gewaltige Ohrfeige für Jacob sein könnte, aber ich will schließlich nicht klingen wie die Psychoklinik. Ich habe für Seelenklempner nicht besonders viel übrig.

»Vielleicht steht er auf Choralgesang«, sage ich.

»Es war mal der Choralgesang, Kath«, sagt Jonathan, »aber inzwischen hat es ihn richtig erwischt. Dies ist mein Leib, dies ist mein Blut. Rogsie geht aufs Ganze, glaub mir.« Es gelingt ihm, der Sache für mich den Stachel zu nehmen. Ich habe noch nie jemanden so erfrischend respektlos von der Transsubstantiation reden hören.

»Er ist dabei nicht kleinlich«, sagt er. »Hat mich zum Patenonkel seines Kindes gemacht. War so ein hübsch archaischer Anlass am Taufbecken. Er weiß natürlich, dass ich ein ganz und gar säkularer Patenonkel sein werde. Mein Ressort sind Eiscreme und Süßigkeiten, nicht das Wort Gottes. Aber das alles dürfte dich doch nicht wirklich überraschen, Kath. Hat er sich nicht immer schon aufgeführt wie Savonarola?«

»Mehr wie ein verdammter Jiminy Cricket«, sage ich spitz, etwas vergrätzt von Jonathans Nachsicht.

»Na, na«, tadelt Jonathan milde. »Du kannst doch nicht wirklich so gemein sein wollen.«

»Er hat immer dieses Barett getragen«, sage ich, »dieses Totenbarett. Diesen morbiden Hamlethut.« Jonathan ist entzückt, daran erinnert zu werden.

»Der Hut!«, sagt er. »Ganz recht. Ein Hamlethut. ›Legt nicht die Schmeichelsalb auf Eure Seele, dass nicht mein Wahnwitz spricht, nur Eur Vergehen!‹«

»Andersrum«, sage ich, »sonst ergibt es keinen Sinn: ›Nur mein Wahnwitz spricht, nicht Eur Vergehen.‹«

»Recht hast du«, sagt er. »Er ist ein armer, lieber meschuggener Jude. Leg ihn ad acta. Aber das wirst du längst getan haben. Er war ja nie besonders nett zu dir.«

»Er konnte sich nicht meiner entledigen, ohne Gericht zu halten«, sage ich. »Er hat meine Unzulänglichkeiten zu einem erdrückenden Berg inkriminierender Beweise angehäuft. Fein symmetrisch. Er hat nichts ausgelassen, Jonathan. Unglaublich. Ich war eine einzige Enttäuschung: weil ich Frauenzeitschriften las, wo ich doch einen Verstand zu nähren hatte; weil ich die Geschmacklosigkeit besaß, zu stricken.« Jonathan grinst.

»Ich habe in der Tat mit ihm einmal wetten wollen, dass du dir zu deiner Abschlussfeier die Robe selbst stricken würdest«, lacht er, »aber Rogsie fand das gar nicht komisch.«

»Ich will kein gutes Wort über ihn hören«, sage ich. »Er hat sich mir gegenüber schweinisch benommen, dein Bruderherz. Er hat mir das Gefühl gegeben, Mrs Weetabix zu sein. Ich war ihm so ergeben, dass ich es ihm auch noch geglaubt habe. Er hat mein Selbstwertgefühl demoliert. Er war ja immer im Vorteil, verstehst du? Er hat mich an den empfindlichsten Stellen getroffen, und das alles, weil ich mich ihm zuliebe nicht wie ein Kibbuznik kleiden mochte.« Jonathan lacht.

»Mach dich nicht klein, Kath«, sagt er. »Dazu hast du nicht den geringsten Grund. Vielleicht ist es dir ein Trost, dass Roggs, als ich ihn zuletzt sah, damit beschäftigt war, eine Geige nach einem Bastelbogen zu bauen. Im Schneidersitz auf dem Boden. Unser Technikus, der Roggs. Er lässt für seine Frau die kleinen roten Lichter am Herd blinken. Das reinste Star Wars bei denen. Du weißt, dass er verheiratet ist, oder? Ein braves Christenmädchen, Teilzeit-Mathedozentin an der Fernuni.« Ich verziehe das Gesicht, teils, um zu verbergen, dass ich mich bedroht fühle.

»Lass dich nicht beeindrucken, Kath. Das ist das Abstellgleis für Dozentengattinnen, kein Sprungbrett.«

Jonathan hat Jacobs Talent geerbt, ein ausgewachsenes Vorurteil ungeniert zum Ausdruck zu bringen.

»Ist sie flachbrüstig?«, frage ich, da mir das, zu meiner Beschämung, wichtig ist. Jonathan traut offensichtlich seinen Ohren nicht.

»Bitte?,« meint er.

»Ist sie flachbrüstig?«

»Nein«, sagt er. »Hättest du das gern?«

»Es tut mir leid, aber ich muss gestehen, *das* wäre mir ein großer Trost.«

»Mein Gott, Kath«, sagt er, »die gute Frau ist eine harmlose, pfarreigebildete Schulmeisterin mit hübschen Titten. Da sie dich derart zu beunruhigen scheint, verrate ich dir netterweise, dass sie ein Kruzifix am Busen birgt.«

»Ich danke dir, Jonathan«, sage ich würdevoll. »Das hilft enorm. Ein Kruzifix am Busen ist geschmackloser als Stricken, oder? Findest du nicht?«

»Ich gebe zu, mich reizt es nicht sonderlich. Für mich signalisiert das: Ich weiß, dass du sie willst, aber ich habe sie dem Herrn geweiht. Da mischt sich Heiliges und Profanes in einer Weise, die mich nicht anspricht.«

»Genau«, sage ich.

»Sally würde das nicht so sehen«, sagt er. »Sie kennt keine Hintergedanken. Sie ist eine schlichte, nette kleine Mathe-Mutti. Sie ist nicht ein Geschöpf voll subtiler Reize wie du.«

Ich finde Jonathans unverhohlene und blumige Komplimente recht erquicklich.

»Bist du verheiratet, Kath?«, fragt er. »Gebunden?« Ich greife mir instinktiv an die Brust, aber ich habe nichts vorzuweisen. Weder Busen noch Bindung. Jonathan bemerkt es und unterdrückt ein Schmunzeln. »Nein«, sage ich. »Weshalb?«

»Weil ich gerne mein Glück bei dir versuchen würde«, sagt Jonathan. »Du gefällst mir. Hast du immer schon.«

»Blödsinn«, sage ich. Jonathan so reden zu hören, ist irgendwie berauschend. Es ist so, als würde ich zusehen, wie jemand unerbittlich immer wieder alle neune trifft.

»Die reine Wahrheit«, sagt er. »In dem Augenblick, als du bei meinen Eltern auf diesen sexy Absätzen hereinspaziert bist, habe ich mir gesagt: Scheiße, Goldman, du bist zu spät geboren.«

»Was bist du doch für ein schamloser, dreckiger Lügner, Jonathan«, sage ich, aber ich genieße das Spielchen trotzdem. »Was für ein Unsinn.«

»Es ist kein Unsinn«, beharrt er. »Gegen Roggs hatte ich doch keine Chance, oder? Er war älter und hat dir den Kopf verdreht mit seinem hübschen Gesicht und seinem klugen Geschwätz. Immer darauf bedacht, dich geistig anzuspornen, nicht? Wenn's nicht gerade Thomas Morley-Noten waren, dann waren es die chemischen Elemente oder irgendein anderer Mist. Du wolltest nicht einmal mit mir angeln gehen, damals am ersten Tag. Du hast lieber Roger Strawinsky spielen hören wollen.«

»Ich hatte Angst vor dir, Jonathan«, sage ich und werde idiotischerweise rot. »Du warst ein furchterregend halbstarker Rowdy. Ich gestehe aber, dass es nicht zu übersehen war, wie du geschmachtet und meinetwegen den Appetit verloren hast.«

»Hätte ich dich denn freien sollen?«, sagt er. »In gelben Seidenstümpfen mit Rosetten?«

»Nicht an deinen bolzigen Rugbybeinen«, sage ich. Jonathan wirft einen Blick auf den Streifen grauer Strumpfwolle, die unter seinem Hosenbein herausguckt.

»Na komm schon, Kath, du wirst doch wohl zugeben, dass ich nicht der letzte Bauer bin.«

»Nein, das bist du nicht«, sage ich.

»Rogsie war übrigens der Rugbyspieler, weißt du«, sagt er. »Ich war der Empfindsame, künstlerisch Veranlagte, der Gedichte schrieb. Ich habe einmal ein Gedicht über dich geschrieben, für einen Wettbewerb, aber der Direx hat es abgelehnt.« Ich genieße dieses Flirten bei Tee und Donuts. Zuletzt habe ich so etwas in der Tate Gallery erlebt, mit John Millet.

»Wie geht es eigentlich John Millet?«, frage ich.

»Tot«, sagt Jonathan. »Lungenkrebs.«

»Tot!«, kreische ich hysterisch, die Nerven noch nicht ganz das, was sie sein sollten. Ich trage meine Valiumtabletten in einer kleinen Blechdose mit meinen Initialen herum, die mir Rosie einmal geschenkt hat, als ich Weihnachten bei den Goldmans war. Jonathan ist verwirrt, ja sogar ein bisschen erschrocken über die Heftigkeit meiner Reaktion. Beschützend legt er auf dem Tisch die Hand über meine.

»Niemand und nichts währt ewig, Kath«, sagt er und mustert mich scharf, als die Tränen zu laufen beginnen. Weil ich spüre, dass er mitfühlend ist, schütte ich ihm mein Herz aus, die ganze Trauer und den Verlust, lasse Wasser und Rotz auf die Kunststoffplatte tropfen und wische mir unfein die Nase am Handrücken. Er hört einfach nur zu, während ich ihm von meinem unwiderstehlichen Drang erzähle, das kleine Wesen unterm Mantel hinauszuschmuggeln und unter Geranien zu begraben, von dem Schlangestehen und den vielen Formularen und Unterschriften, von den endlos klingelnden Bürokratentelefonen, von den Monaten der Zwiegespräche mit dem dicker werdenden Bauch, von der Sehnsucht nach etwas zum Festhalten nach dem erschreckenden und gewaltsamen Anschlag auf meine Genitalregion.

»Der Mann hat mich verlassen, noch bevor das Kind kam, verstehst du«, sage ich.

»War es der Mann, den ich kurz gesehen habe?«, fragt er. »Ich habe einmal vorbeigeschaut, weißt du noch? Du warst nicht zu Hause.«

»Ja, das war der Mann«, sage ich. »Er war nett. Er war nicht verkehrt. Er hatte bloß genug davon.«

Jacob nähert sich unbemerkt.

»Alles ein bisschen viel, Katherine?«, sagt er plötzlich, vielleicht eine Idee zu munter.

»Lass sie, Jake«, sagt Jonathan.

»Das arme Kind hat sich mit katholischen Fremden eingelassen. Hat sie es dir erzählt?«, sagt Jacob.

»Lass sie«, sagt Jonathan. »Sag mir, was Janes Arzt meint.«

»Er meint, vier Tage, und sie müsste entlassen werden können«, sagt Jacob. »Aber was höre ich da von Jane über dein Buch, Jont? Du hast dich tatsächlich davon trennen können und hast es untergebracht?«

»Geld hat ja doch seinen Reiz«, sagt Jonathan.

»Gratuliere!«, sagt Jacob. »Ein schöner Erfolg. Und wohlverdient.«

»Aber nein«, wehrt Jonathan bescheiden ab.

»Na«, meint Jacob und schlägt ihm lachend auf die Schulter, »wenn nicht, um so besser. Bravo, Jont! Die meisten von uns räuspern sich doch nur schriftlich. Du hast Ernst gemacht.« Er fischt einen Schlüsselbund aus der Tasche, zieht einen davon herunter und reicht ihn mir.

»Hier hast du einen Hausschlüssel, meine Liebe«, sagt er. »Lass sie nicht entwischen, Jont, hörst du? Nimm dich ihrer an. Ich muss ein paar Dinge an der Fakultät erledigen. Wir sehen uns später bei mir, ja?«

»Danke, Jake«, sage ich. Während ich seiner entschwindenden Gestalt nachsehe, erkenne ich mit Unbehagen, dass er langsamer geht als früher und dass sein Gleichgewichtssinn eine Idee gestört scheint.

»Wollen wir?«, meint Jonathan. Ich schaue noch einmal kurz bei Jane rein; Jonathan wartet vor der Tür. Es reicht nur noch für eine kurze Umarmung, die Besuchszeit ist vorüber. Jane steckt mir, mit heimlicher Genugtuung, die letzte Guinnessflasche zu. Unter den Augen der Schwester schiebe ich mir die Flasche unter den Pullover. Guinness am Busen.

»Versetz uns nicht wieder, Katherine, hörst du?«, sagt sie. »Ich bestehe darauf.« Draußen überreiche ich die Flasche Jonathan. Er schmunzelt.

»Was bist du denn bloß für eine? Trägst die Pisse des Papstes unterm Pullover herum.«

Wir begeben uns ohne viel Worte zur U-Bahn-Station. Jonathan reicht mir freundlich den Arm, einen Arm, der in brauner Marks & Spencer-Strickware mit deutlich durchgescheuerten Ellbogen steckt.

»Hast du gern Löcher in Pullovern?«, sage ich. »Wäre es anmaßend, dir einen geschmackvollen Flicken anzubieten?« Er hört nicht recht hin.

»Ich habe viel an der Schreibmaschine gesessen«, sagt er. »Das geht nicht ohne Verschleiß ab.« Erst an der U-Bahn-Station ein ganzes Stück weiter bleibt er stehen. »Geschmackvoll, meintest du?«, fragt er. »Geschmackvoll oder nützlich?« Ich stelle klar, dass ich geschmackvoll gesagt habe.

»Ich habe dir einen geschmackvollen Flicken angeboten. Meinetwegen auch einen geschmacklosen, wenn du darauf bestehst.«

»Küss mich«, sagt Jonathan. Ich küsse ihn am Zigarettenkiosk vorm Eingang zur U-Bahn, und der fremde, unvertraute Mund trifft mich unvorbereitet.

Auf dem Bahnsteig starren wir schweigend auf die Reklametafeln jenseits der Gleise. Jonathan hat die Hände in den Hosentaschen und pfeift tonlos vor sich hin.

»Jacob erzählte, du hättest geheiratet«, sage ich. Jonathan rollt die Augen zum triefenden Tunneldach hoch.

»Er hat sich alle Mühe gemacht, dich für mich einzunehmen, wie ich sehe«, sagt er mit einiger Belustigung.

»Hat er tatsächlich«, sage ich. »Er meinte, du würdest mir gefallen, und er hatte recht.« Jonathan grinst.

»Sagen wir doch einfach, wir haben beide ausgiebige anthropologische Studien zur erweiterten Familie betrieben«, schlägt er vor. »Und was, im Einzelnen, hat dir Jake erzählt?« Ich zähle an den Fingern ab.

»Dass du an einer Schule in Athen unterrichtet hast, dass du eine der Schülerinnen dort geschwängert hast, dass du sie geheiratet hast und dich wieder von ihr hast scheiden lassen. Du kennst doch Jacob: Er liebt saftige Details.« Jonathan nickt.

»Das war vielleicht eine Schule, Kath, ich kann dir sagen. Ich habe Englisch, Französisch, Deutsch und Volleyball unterrichtet. Ich habe sogar ein paar Schülern Flötenunterricht gegeben. Sklavenarbeit, sage ich dir. Geleitet wurde der Laden von einem wahrhaft korrupten alten Säufer. Einem deutschen Kriegsverbrecher, vermute ich.« Jonathan hatte immer schon gut andere nachmachen können. Jetzt gibt er mit wahrhaft hitlereskem Eifer den teutonischen Schuldirektor.

»ICH behandle nur Rainer Maria Rilke«, bellt er, »den Rest übernehmen Sie.« Wegen des Unterhaltungswerts seiner Darbietung sehe ich ihm seine Taktlosigkeit nach.

»Ich wundere mich, dass ich überhaupt die Zeit gefunden habe, die Kleine zu schwängern«, sagt er. »Mein Sohn ist goldig, Kath.«

»Das glaube ich gerne«, sage ich. Die Sehnsucht nach unseren Kindern verbindet uns.

»Ist! War, müsste ich wohl eher sagen«, seufzt er. »Ich habe ihn an die Sippschaft abgetreten. Er wird von seinen ihn vergötternden Großeltern aufgezogen und kann sich eines Überschusses männlicher Verwandter aus Athen erfreuen, die mich vollauf ersetzen. Ich war vor zwei Monaten kurz unten. Ich weiß nur zu gut, was du meinst, wenn du von dem Drang sprichst, sie unterm Mantel davontragen zu wollen. Meine Frau, meine ehemalige, geht wieder zur Schule. Schleckt wie eh und je mit kichernden Freundinnen ihr Eis. Unglaublich. Sie ist so alt wie Annie, aber viel kindlicher. Die Familie hat Ausläufer bis in die Fulham Road, weißt du. Sie kommt im September rüber, um auf eine Sprachenschule in Knightsbridge zu gehen. Knightsbridge ist nicht meine Ecke.«

»Hast du sie je geliebt?«, frage ich.

»Nein«, sagt er. »Ich mochte sie. Sie mochte mich. Ich hätte sie noch lieber gemocht, wenn sie richtig mitgezählt hätte. Ich habe ihr genau erklärt, wie sie ihren Zyklus berechnen muss, und natürlich hat sie es vermasselt. Der Februar hat achtundzwanzig Tage, nicht einunddreißig.« Ich verkneife mir die Bemerkung, dass er wohl auch Biologie unterrichtet habe.

»Ich mochte die ganze Mischpoke«, sagt er. »Sie haben sich alle mir gegenüber sehr anständig verhalten. Mein Gott, was sie dort unten an klebrigem, süßem Zeug verputzen, Kath! Hast du schon mal dieses griechische Nougat gegessen? Mann, das zieht dir sämtliche Zähne.« Mir drängt sich der Verdacht auf, dass ihm eine Paste aus Nüssen und Honig zur Versinnbildlichung extremer Klaustrophobie geworden ist.

»Ich bin auch eine dieser dusseligen Frauen, die ungewollt schwanger werden, Jonathan. Ich hatte die Pille vergessen«, sage ich.

»Kath«, murmelt er, »entschuldige.«

»Und bist du erleichtert, wieder daheim zu sein? Den Netzplan der Londoner Underground vor Augen zu haben?«, sage ich und meine mindestens ebenso sehr mich selbst. »Denkst du manchmal auch: Vielleicht habe ich das alles nur geträumt?« Jonathan nickt wissend.

»Und erst recht, wenn ich *›Inside Only‹* auf den Bussen lese«, ergänzt er.

»Und diese kleinen Hinweistafeln an den Obstständen, die verkünden: ›Bitte drück mich erst, wenn ich dein bin‹«, sage ich.

»Die ganz besonders«, lacht Jonathan. »Kulturschockneurotiker sind wir, wie? Abends heiße Milch und ein paar Takte Elgar für unsereins, wie?«

»Pfui Teufel!«, sage ich. Jenseits der Gleise prangt der Union Jack auf einer Käsereklame. Irgendjemand hat sein Leben aufs Spiel gesetzt, um »NF« darüberzuschmieren. Jonathan nimmt meine Hand.

»Und was, Werteste, halten Sie von der Fahne?«, bemerkt er. »Die Fahne, die in unserer unschuldigen Jugend zur Carnaby Street gehörte und nicht, wie jetzt, der National Front.« Viel Wasser ist die Themse hinuntergeflossen.

»Wie heißt dein Junge?«, frage ich.

»Alexis«, sagt er. »Ich habe die Absicht, eines schönen Tages mit ihm in den Sussex Downs zu zelten.«

»Angelst du noch?«

»Wenn ich die Zeit finde. Nicht oft.«

Über das landläufige Leid der Fische kann ich mich nicht mehr recht erhitzen. Mein Herz ist älter geworden. Ich habe ein totes Baby im Arm gehalten.

40

Jonathan fuhr mit mir zum Haus in Hampstead zurück, und dort saßen wir noch eine Zeit lang auf einem der Sofas.

»Ich finde, deine Mutter sah gut aus«, sagte ich. »Ich war ganz erleichtert, wie gut.«

»Sie verkraftet die ganze Chose mühelos«, sagte Jonathan. »Sie ist ein zähes altes Luder. Jake war letzte Woche wie gelähmt vor Angst. Er hatte sich schon eingeredet, dass sie mit einem Bein im Grab steht.«

»Der arme Jacob«, sagte ich. »Der liebe, gute Jacob. Sollten wir ihm nicht vielleicht irgendetwas kochen?«

Jacob kümmerte sich in Janes Abwesenheit offenbar nicht viel ums Essen. Er hatte eine Zwiebel im Haus, ein Ei und ein paar runzlige Kartoffeln, die schon keimten. Die Küchenschränke boten eine magere Auswahl unbrauchbarer und eher exotischer Konservenfeinkost. Wir schnitten die Kartoffeln und die Zwiebel in Scheiben und schoben sie, mit etwas Milch übergossen und schwarzem Pfeffer bestreut, in Jakes futuristischen Ofen. Jacob kehrte mit einem Armvoll von in letzter Minute in Hampstead Erstandenem zurück: Pâté, Pökelfleisch und Apfelstrudel.

»Wir haben deine Kartoffeln verbraten«, informierte ihn Jonathan. »Auf deinen Regalen findet man nichts als polnische Dosenohrläppchen. Warum hast du keine essbaren Vorräte im Haus, Jake?«

Jonathan verließ uns früh mit der Ankündigung, er werde mich am nächsten Tag abholen kommen. Jacob suchte mir rostrote Laken heraus und führte mich in Sylvias Zimmer. Ein hübsches kleines Zimmer mit Abba-Postern und kleinen flauschigen Souvenirs. An der Innenseite der Tür zu ihrem begehbaren Kleiderschrank hing ein glitzerndes kirschrotes Disco-Outfit. Wir wurden alle nicht jünger.

»Soll ich dir eine Mogadan borgen?«, meinte Jacob umsichtig, bevor wir schlafen gingen.

»Danke. Ich habe mein eigenes Schlafmittel dabei, Jacob«, sagte ich.

Am nächsten Abend brachen wir nach Kentish Town auf, Jonathan und ich. Der Stadtteil war viel schicker, als ich ihn in Erinnerung hatte. Als ich das beklagte, legte Jonathan es darauf an, die letzte schmierige Spelunke weit und breit ausfindig zu machen – was ihm gelang. Wir aßen Kebab in Pitabrot und spülten es mit Bier hinunter. Dann bestellten wir siruptriefendes Gebäck. Oder vielmehr tat ich es. Jonathan lehnte dankend ab; es erinnere ihn zu sehr an seine Schwiegermutter, meinte er. Ich erzählte ihm Rogers Geschichte vom Heiligen Geist, den Brombeeren und dem Zorn Gottes. Jonathan konnte sich an die Episode nicht erinnern.

»Aber ich will dir verraten, wieso«, meinte er. »Wieso der Heilige Geist nicht niedergefahren ist. Ich bin der festen Überzeugung, dass Rogsie selbst der Heilige Geist ist.« Worauf ich sagte, ich könnte einen türkischen Kaffee vertragen, so einen süßen türkischen Mokka.

»Griechischen Mokka, wenn ich bitten darf«, sagte Jonathan. »Es sei denn, du willst erleben, wie der Kellner mir ein Veilchen verpasst.« Ich fühlte mich sehr wohl in seiner Gesellschaft. Das verleitete mich dazu, mich ihm anzuvertrauen.

»Es stimmt nicht ganz, dass ich eben erst wiedergekommen bin«, sagte ich. »Ich habe fünf Wochen bei meiner

Mutter verbracht. In Dorset. Ich war Tagespatientin in der Psychiatrie. Ich war tieftraurig, Jonathan. Mag sein, dass ich gestern ziemlich high gewirkt habe, aber ich war am Ende. Ich weine leicht. Beachte es nicht weiter, okay?« Die eine oder andere Träne kullerte. »Im Jargon heißt das ›rauslassen‹. Im Psychojargon.«

»Wir wollen es einfach weinen nennen«, sagte Jonathan. »Nimm eine Papierserviette. Dazu sind sie schließlich da.«

Vor Jacobs Tür fiel mir ein, dass ich ihm Geld schuldete. Ich zog drei Pfund aus meinem Portemonnaie und reichte sie ihm.

»Hier«, sagte ich, »du hast für mich mitbezahlt.« Jonathan weigerte sich, das Geld anzunehmen.

»Hör auf mit dem Quatsch, Katherine«, sagte er. »Es war nur ein Kebab, mein Gott.«

»Nein«, protestierte ich. »Ich möchte mich nicht aushalten lassen. Das habe ich lange genug getan.«

»Du kannst meinen nächsten Haarschnitt bezahlen«, sagte er.

»Lieber bezahle ich mein eigenes Essen«, sagte ich. »Ich vermute nämlich, dass deine Friseurbesuche teurer kommen. Dem Ergebnis nach zu urteilen jedenfalls.« Jonathan musste lachen und steckte das Geld ein.

»Schnell geschaltet«, meinte er anerkennend.

Fast zwei Wochen lang begleitete mich Jonathan wie ein rührend besorgter Vormund von und zu Jacobs Haus und bewies sehr viel Gespür für mein noch labiles seelisches Gleichgewicht, beklagenswertes Geschöpf, das ich war, kaum über das Stadium von Kraftbrühe und Wärmflaschen hinaus. Von Elgar und heißer Milch. Ich ging anfangs noch jeden Tag mit Jacob ins Krankenhaus, Jane besuchen. Jonathan erschien abends und unternahm mit mir, manchmal auch mit Jake, Spaziergänge in Hampstead Heath. Mir kamen ähnliche Unternehmungen von früher in den Sinn, denn Jacob war in Sussex oft mit Jonathan und hin und wieder auch mir spazieren gegangen. Es war herrlich, in alte Gewohnheiten – wenn man so will – zu verfallen. Es tat mir gut. Ich kümmerte mich um Jane, als sie entlassen wurde, aber noch nichts heben konnte und sich schonen sollte.

Rosie kam eines Tages zu Besuch: eine große, dunkle Schönheit mit kurzem Haar und knabenhafter Figur. Sie trug folkloristisch bunte Wollstulpen – wegen des plötzlichen Kälteeinbruchs – und dazu passende Fäustlinge, die an einer Schnur um ihren Hals baumelten. Bei ihrem Anblick regte sich in meinem Kopf die Frage, ob John Millet sie möglicherweise vor seinem Tod zum Friseur begleitet hatte. Rosie warf sich mir mit einem kindlichen Freudenjuchzer in die Arme. Sie hatte einen jungen Mann im Schlepptau, der weder schwarz noch proletarisch war, für den sie aber offensichtlich etwas empfand. Er hielt sich scheu im Hintergrund, den Strauß Blumen umklammernd, den Rosie für Jane mitgebracht hatte. Dann gingen sie wieder, Händchen haltend.

Ich unternahm einen weiteren Heath-Spaziergang mit Jonathan.

»Sie ist sehr hübsch«, sagte ich, »deine Schwester.«

»Hm, nicht übel«, stimmte er zu. »Glaubst du, sie steht auf den Typen? Ihren kleinen Drogie?«

»Drogie?«, fragte ich. »Auf mich hat er gewirkt wie ein braves Bürgersöhnchen. Jacob behauptet, ihr würden nur Maurerlehrlinge gefallen.«

»Mann, sein Arm war doch mit Einstichen übersät«, sagte Jonathan. »Er hat doch den Ärmel extra aufgekrempelt, damit wir es auch bestimmt sehen. Du bist genauso blind wie meine Mutter, Kath. Warum trägst du keine Brille?«

»Zu eitel«, erwiderte ich.

»Hör mal«, sagte er plötzlich mit ziemlich angespannter Stimme. »Können wir vielleicht endlich mal hier verschwinden und zu mir gehen? Kann ich dich vielleicht endlich mal allein sehen, ohne Familienanhang?«

»Sicher«, sagte ich.

»Warte auf mich«, sagte er. »Ich gehe schnell zurück und sage Jane Bescheid, dass sie erst spät mit uns rechnen soll, ja?«

»Meinst du nicht, dass ich ihr Gesellschaft leisten sollte, bis Jake wieder da ist?«

»Mein Gott, Katherine«, knurrte er, »begreifst du denn nicht? Wenn ich dir nicht bald die Kleider vom Leib reißen darf, drehe ich vollkommen durch!«

Jonathan wusste, welchen Bus wir nach Kilburn nehmen mussten. Wir warteten eine Ewigkeit auf ihn.

»Wie sieht's aus?«, wollte er wissen. »Ich werde dir doch nicht wehtun, oder?« Er rührte damit an meine tiefsten Ängste: dass dieser Teil meines Körpers, der noch vor Kurzem ein Schlachtfeld infizierter Schwellungen und Klammern gewesen war, nicht mehr funktionsfähig wäre.

»Ich weiß es nicht. Ich habe es seit der Schwangerschaft nicht mehr ausprobiert. Ich habe sehr zölibatär gelebt«, erklärte ich ihm, getrieben von einem merkwürdig puritanischen Impuls zu beichten, einem Nachhall methodistischer Sonntagsschulbesuche. »In meinem ersten Jahr in Italien, nachdem dein Bruder meine Persönlichkeit demontiert hatte, habe ich um die dreißig Männer verschlissen.« Wie erwartet, war Jonathan nicht geneigt, sich zum Richter aufzuwerfen.

»Das erinnert mich an Jakes Witz über die Kuchen bei der jüdischen Hochzeit«, sagte er unbekümmert. »Mrs Goldberg hatte fünf, und Mrs Goldman sechs. Aber wer zählt denn hier schon mit? Kennst du den?« Ich verneinte.

Auf der Kilburn High Road sagte ich zu ihm: »Pflegst du eigentlich immer noch diesen Männeralt, zu dem dich deine Mutter früher angehalten hat?« Jonathan zuckte mit den Achseln.

»Wäre vermutlich ein guter Partygag«, meinte er. »Wenn ich auf Partys ginge, was nicht der Fall ist. Kurzum: nein. Keine Nachfrage, Kath.«

»Bei mir aber«, sagte ich.

»Du meinst, ich soll für dich singen?«, fragte er ungläubig.

»Ja«, sagte ich lachend.

»Wie? Hier? Auf der Straße?«

»Ja.«

»Bist du verrückt?«, meinte er. »Du willst, dass ich mich hier auf der Straße wie ein Transvestit aufführe? Wir sind in Kilburn, meine Liebe. Willst du, dass sechs betrunkene Iren aus dem Pub stürzen und mich zu Tode prügeln?« Jonathan kam mir so gegenwärtig vor, so konkret irgendwie, dass nichts ferner schien als der Tod.

»Die werden denken, dass ich es bin«, sagte ich. Jonathan ließ sich erweichen, und mit einem raschen Blick über die Schulter gab er eine Strophe einer italienischen Volksweise zum Besten, in der eine barfüßige Nymphe angefleht wurde, nicht den Tau auf der Wiese zu zertreten. Ganz anders als das altbekannte *Hey-nonny-no.*

»Weiter kann ich nicht«, sagte er, »danach braucht man mehr Stimmen.«

»Das war sehr schön«, sagte ich, weil es das war. Wunderschön. »Bäuerlich-traditioneller Balsam für uns müde

Pflastertreter.« In letzter Zeit störte es mich zunehmend, immer auf Asphalt gehen zu müssen.

»Das war nichts Traditionelles, das war Monteverdi«, sagte er. Monteverdi und ich reichten uns über den Graben hinweg die Hände und streckten die Waffen.

»Ich werde dir jetzt etwas sagen, was du gar nicht gerne hören wirst, ja?«, meinte ich. »Du bist kultiviert, Jonathan. Das warst du immer schon.«

41

Im Bett ragte Jonathan dräuend über mir und zögerte, wie ein Henker, den das Mitleid packt.

»Schieb mich weg, wenn ich dir wehtue«, bat er. Tat er nicht. Was er tat, brachte bei mir vielmehr etwas dazu, sich leise zu regen – wie ein Nachtfalter, der sich aus seinem Kokon herausarbeitet. Jonathan, dieser eloquente Vielredner, sprach während des Liebesakts nicht, eine Eigenart, die mir gefiel, weil ich selbst die ungestörten, meinetwegen primitiven Freuden fleischlicher Lust vorziehe. Hinterher pflückte er sorgfältig die paar dunklen Brusthaare ab, die am Schweiß zwischen meinen Brüsten kleben geblieben waren.

»Alles in Ordnung?«, fragte er.

»Ja«, sagte ich.

»Du hast ein paar aufregende Narben an den Stellen, wo du geflickt worden bist«, eröffnete er mir. »Sie schmälern den Genuss keineswegs.«

»So?«

»Und deine rechte Brust sondert noch Milch ab«, fügte er hinzu. »Wusstest du das?« Ich schüttelte den Kopf. Er verschwand zum Pinkeln. Ich sah ihm nach, träge und nicht gewillt, das warme Bett zu verlassen. Als ich es dennoch tat, stellte ich fest, dass das Bad gar kein Bad war, sondern eine kleine provisorische Küche. Ein schmales keilförmiges Eck, wie ein Stück Brie, mit Emaillebecken und antikem Gaskocher.

»Wo ist denn das Klo?«, fragte ich.

»Im Treppenhaus«, erklärte er. »Du wirst dich anziehen müssen. Ich habe eine leere Milchflasche benutzt, aber das ist eher eine Methode für Herren.«

»Ein feiner Herr«, murmelte ich, während ich unwillig in meine Kleider stieg. »Von den Gummistiefeln deiner Mutter zur Milchflasche avanciert. Was kommt denn wohl als Nächstes?« Eine Dominotheorie der Körperhygiene.

»Ich mache uns einen Tee«, sagte Jonathan kein bisschen zerknirscht. Offenbar war er überzeugter Teetrinker geworden.

Das Bad von Jonathans Vermieterin war museumsreif: Klobrille aus Holz, Messingscharniere und ein Porzellangriff mit der eleganten blauen Aufschrift »PULL« an einer klirrenden Kette. Die Schüssel hatte einen Namen: THE CHINE. Über der Badewanne hing eine Tafel mit dem Hinweis: »Bitte nicht öfter als 2 × wöchentlich baden«. Ich war sehr versucht, sie mitgehen zu lassen und Michele zu schicken. Offenbar konnte ich inzwischen den Gedanken fassen, ihm zu schreiben, ohne weinen zu müssen. Ich würde bald schreiben und ihm berichten, dass ich mit dem englischen Juden geschlafen hätte, was beweise, dass er niemals einen ›*meestake*‹ mache, und dass mein Leben, wenn auch noch immer etwas aus den Fugen, immerhin nicht mehr ein einziger Scherbenhaufen sei. Ich würde zu seiner Erheiterung der Vermieterin Vorgabe für die Waschungen ihrer Mieter abschreiben und ihm versichern, dass ich ihn immer lieben würde, was schließlich, in gewisser Weise, vollkommen der Wahrheit entsprach.

Jonathan hatte Tee gekocht und wartete damit im Bett auf mich, als ich wiederkam.

»Zieh dich aus und komm zu mir«, befahl er. Wir tranken unter dem Federbett unseren Tee. Jonathans Federbett war eine unaufdringlich teure Daunendecke mit elegantem grünem schnurgestepptem Bezug.

»Jonathan«, sagte ich, »wie lief bei deiner Frau die Geburt?«

»Zwei Stunden«, sagte er. »Nicht einmal ein Dammschnitt. Hervorragende ärztliche Versorgung. Sie hatte einen Riesendusel, nehme ich an. Und bei dir?«

»Jede Menge Technologie«, sagte ich, »jede Menge Blut. Höllischer Schmerz im Kreuz. Ich erzähl's dir lieber nicht. Nicht jetzt. Ich war zu verdammt britisch, um zu schreien, Jonathan. Ich lag da und habe mich für meine eigenen Schmerzen entschuldigt. Ungefähr zehn Tage lang war ich weniger ich selbst als ein Kombinationspräparat von Hoffman-La Roche. Nicht gerade billig, wie du dir vorstellen kannst. Die Ärzte haben Mist gebaut. Sie haben mir den Gebärmutterhals versaut. Die Nähte haben sich infiziert. Und so weiter.«

»Es tut mir leid«, sagte er. »Mir hat dein Flickwerk ausnehmend gut gefallen, wenn dich das tröstet.« Er salbte meine Schamlippen mit einigen flüchtigen Küssen.

»Jonathan«, sagte ich, »war es eigentlich für dich schwierig, als wir jung waren? Habe ich dich unglücklich gemacht? Ich meine, früher?«

»Ich denke, ich habe mir eingeredet, es würde mir nichts ausmachen. Ich bin schon klargekommen. Ich war vielleicht flegelhafter, als ich es sonst gewesen wäre, das ist alles. Ich habe mir eingeredet, dass die Frauen alle gleich sind, wenn man sie erst mal rumgekriegt hat. Ich wurde ein ekelhafter Quartalsaufreißer. In dem Jahr, in dem Roger zurückkam, habe ich mich verbissen durch die ganze Damen-Korbballmannschaft gevögelt.«

»Mit siebzehn?«, staunte ich. »Weißt du, was ich mit siebzehn getrieben habe, Jonathan? Ich habe in den alten

Schinken aus der Schulbücherei die Porträts von Lord Byron angeschmachtet.« Jonathan, zärtlich lächelnd, küsste mich auf die Wange.

»Da siehst du, um wie viel weniger verderbt du warst! Viel verderbter kann man auch kaum werden, scheint mir, als permanent hinterm Sportpavillon seinen Schwanz unter marineblaue Röckchen zu schieben. Wahrscheinlich habe ich den Abfluss geschafft, mit den vielen Präsern. Angebetete Kath. Betörende Kath«, schwärmte er, »dies ist für mich ein ganz besonderer Tag. ›Meines Lebens erster Tag ist heut: die Liebste kam mir‹.«

»*Zu mir*«, verbesserte ich die falsch zitierte Zeile. Ich war entsetzt. Und damit, dachte ich herablassend, hat er in Oxford mit Eins abgeschlossen?

»Zu mir«, wiederholte er, ohne Entschuldigung. »Aber nur mir ist besser; viel erregender. Meine Liebste kam mir.« Er bedeckte meinen Mund mit Küssen. »Wie ist es möglich, dass du so herrlich kommst, Liebste? Meine Liebste kam – zu mir, unter mir, mit mir, über mich. Meines Lebens erster Tag, weil meine Liebste im Begriff ist, mit mir zum zweiten Mal an diesem Abend zu kommen. Kath, wundervolle, wunderschöne, verwundete Kath, halten es die Narben an deiner Kehrseite aus, wenn ich dich umdrehe und von hinten nehme?« Ich konnte nur nicken, sprechen nicht. Zu viel der Freude.

Ich weckte Jonathan um ein Uhr nachts und erklärte, ich müsse jetzt nach Hause.

»Nach Hause?«, murmelte er gähnend und blinzelte benommen.

»Wenn du mich in ein Taxi setzt, fahre ich zu Jake und Jane«, sagte ich. »Verzeih, dass ich dich wecke.« Ich hatte ihm beim Schlafen zugesehen, auf diese seltsam mütterlich beschützende Art, in der Frauen über den Schlaf eines Mannes wachen, dem dieser anheimfällt, nachdem er sie lustvoll heimgesucht hat. Jonathan murmelte ins Kissen und blinzelte ins Licht.

»Die werden sich denken können, wo du bist«, meinte er. »Schlaf jetzt.«

»Ich finde, das gehört sich nicht«, sagte ich, »einfach wegzubleiben. Ich sollte morgens da sein.« Jonathan setzte sich mit einem Ruck auf und sah mich an, schüttelte den Schlaf ab.

»Hallo Liebste«, sagte er dann. »Redest du mit mir?«

»Ich komme morgen wieder«, versprach ich, »nach dem Lunch mit Jake. Ja? Jon, bitte, wach auf. Wie du vorhin ganz treffend festgestellt hast, sind wir in Kilburn, nicht? Verstehst du, ich habe, im Gegensatz zu deiner Schwester, keinen Frauenselbstverteidigungskurs besucht.«

»Ja, ja«, sagte er. Nach der Körper- und Bettwärme war die Nachtluft für uns beide eine Tortur.

Mittags, nachdem ich zuvor etliche Minuten mit dem Versuch verbracht hatte, mit einer Salbe gegen Nesselausschlag eine verräterisch wunde Stelle an meiner Oberlippe abzudecken, die ich Jonathans Schnurrbart verdankte, traf ich mich mit Jacob, der mit seinem Verleger zum Essen verabredet war. Ganz unverfroren diente mich Jake dem Verleger an und verbürgte sich leichtsinnigerweise für meine Fähigkeiten. Hatte ich mich in die Korridore der Macht verirrt?

»Ausgezeichnet«, sagte der Verleger. »Wir müssen die Stelle natürlich ausschreiben, aber der Job gehört Ihnen.« Dann fuhr ich mit dem Bus zu Jonathans Wohnung und fand ihn an seiner Schreibmaschine in ausgerechnet dem betagten schwarzen Pullover, den ich einst gestrickt hatte. Qualitätsware, gemacht für die Ewigkeit.

»Du kannst an diesem wunderschönen Morgen also noch gehen«, meinte er. »Dann hat die ganze Rammelei dir trotz angeknackstem Innenleben nicht geschadet.«

»Wir haben Nachmittag«, sagte ich. »Es ist halb vier.« Sehr geschäftsmäßig – denn intensive Gefühle sind schwer zu ertragen – legte ich ihm dar, was die Uhr sagte.

»Ich liebe dich«, sagte er, und nicht leichthin. »Kann ich es wagen, dich zu lieben? Sag es mir, Kath.«

»Ich habe einen Job«, sagte ich ausweichend, meiner Verletzlichkeit und Angst halber. »Der Verleger deines Vaters will eine Lektorenstelle ausschreiben, die er mir zuschanzen wird. Schlimm, nicht?« Jonathan nahm mich in den Arm.

»Schrecklich«, stimmte er zu. »Komische Vögel, diese Verleger. Sie verlegen dieses ganze linke Zeugs, weil nur Radikale lesen, und dann lassen sie in Hongkong drucken, wegen der Billiglöhne. Die Welt ist durch und durch schlecht, Kath. Komm. *Lie in my arms on the darkling plain.* Zieh zu mir. Lass mich heute Nacht nicht allein, bitte. Ich brauche dich. Ich muss mit dir, in dir, über dich und wieder und wieder kommen. Möchtest du einen Tee?«

»Ich bliebe lieber noch ein bis zwei Wochen bei Jake«, sagte ich, »wenn's recht ist.«

Jonathan machte uns Tee, den wir wieder im Bett tranken.

»Diese Daunendecke«, sagte ich, »diese Daunendecke ist eine Kostbarkeit, Jonathan. Wie kommen arme Poeten in Dachkammern zu so etwas?«

»Fürwahr, es hat sie jemand bei Heal's für mich entwendet«, sagte er. »Sie hat Weihnachten dort als Aushilfe gearbeitet. Aber ich habe sie nicht damit beauftragt, ich schwör's.«

Das im tiefsten Innern schlummernde jugendliche

Renegatentum erwachte zu neuem Leben bei der Vorstellung, dass ein Mann, der Hehlerware entgegengenommen hatte, mich gleich lieben würde.

»Ich bin nicht völlig verarmt, musst du wissen«, sagte Jonathan. »Ich bin Grundbesitzer. Du teilst das Bett mit dem heimlichen Besitzer eines Haufens feuchter Steine in Kilkenny. Eines Hauses, Kath, auch wenn es noch auf den Namen meiner Großmutter eingetragen ist, weil ich mir Stütze erschleiche. Es ist als Heuschober benutzt worden und deshalb etwas heruntergekommen. Ich habe die Absicht, darin zu leben. Rogsie hat versprochen, im September zwei Wochen mit mir raufzufahren und mit der Renovierung anzufangen. Er kennt sich aus mit Estrichen und weiß, wie man Balken verstärkt. Ich habe auch etwas Geld, eine bescheidene Summe, für die Reparaturen. Jane wollte kommen und den Garten für mich anlegen, sobald es bewohnbar ist. Es liegt in der Nähe des Ortes, wo sie als Kind die Ferien verbracht hat. Willst du das Leben dort mit mir teilen?« Ich versuchte, um eine Antwort herumzukommen.

»Eine milde Gabe deines Großvaters?«, fragte ich.

»Indirekt schon. Er ist letztes Jahr gestorben und hat einen Teil seines Vermögens mir und Roger hinterlassen. Nicht Jane, natürlich, das alte Arschloch, aber sie braucht sowieso nichts.«

»Sie hat ja das Geld der Tante«, lachte ich. »Und wie steht es mit deinen armen Schwestern? Wirst du sie im Gesindehaus beherbergen müssen?«

»Mein Haus ist das Gesindehaus – mindestens«, sagte er. »Die Schwestern sind versorgt. Sie kriegen das Haus der anderen Großmutter in Golders Green. Erbschaften allenthalben. Alles höchst peinlich für Jake. Roger ist gerade mit seiner Familie in das Haus der Großeltern in Oxford gezogen. Erinnerst du dich an das Haus? Ein Riesenkasten. Endlich Platz für den Flügel. Die tüchtige Mittelschicht hat es heutzutage aber auch wirklich nicht leicht hierzulande.«

»Das kann man wohl sagen. Mein Stiefvater kann ein Lied davon singen. Dein Großvater gehörte nicht zur Mittelschicht. Was für euch abfällt, sind die Früchte des aussterbenden Landadels. Geld, das den irischen Bauern gestohlen wurde.«

»Sagen wir halbe-halbe und verlieren kein Wort mehr darüber«, sagte Jonathan. »Lass uns essen.«

An diesem Abend wurde mir erfreulich klar, dass Jonathan kochen konnte. Ohne dieses ganze ermüdende Chefgehabe und Hantieren mit Steinmörsern und Eidottern zauberte er ein gelungenes Essen auf den Tisch, indem er Gemüse in einer Pfanne schmorte.

»Würdest du Rogsie gern wiedersehen?«, fragte er. »Würde das helfen, die Gespenster der Vergangenheit zu bannen? Eine Gegenüberstellung mit deinem Jugendschwarm?«

42

Mich drängte es nicht, Roger wiederzusehen, und ihn umgekehrt ebenso wenig. Er hatte schließlich meine Telefonnummer. Letzten Endes war unsere Begegnung mehr ein unglückliches Zusammentreffen, als er an einem Wochenende kam, um Jonathan zur Überfahrt nach Irland abzuholen. Vier Wochen zuvor war ich bei Jonathan eingezogen. Ich fühlte mich wohl, und Jonathan war überglücklich. Ich ging jeden Tag zur Arbeit in Jacobs Verlag und ließ einen Jonathan zurück, der zwischen kreativen Schüben Wäsche aufhängte und die Suppe umrührte. Ich freute mich abends auf ihn, und er verwöhnte mich mit warmen Mahlzeiten nach Rezepten aus *Preiswert kochen*. Er spülte ab – entweder dank der unerbittlichen Indoktrination seiner Mutter oder trotz dieser –, ohne dass es nötig gewesen wäre, zu den üblichen Kampfmitteln der Belohnung bzw. angedrohten Bestrafung zu greifen. Mein Verdienst belief sich auf mehr als sein Arbeitslosengeld, auf das er feierlich verzichtete.

»Setz dich, Schatz«, sagte er eines Abends zu mir. »Darf ich dir einen Tee bringen? Die Pfeife und Pantoffeln?« Er schleppte die aktuelle Ausgabe des *Guardian* an. »Hattest du einen guten Tag?«, fuhr er fort. »Ich habe mir die Stunden mit einer wahren Orgie an chauvinistischen Unterdrückungsphantasien versüßt.« Er trug eine urkomische kleine Baumwollschürze, die an die Dinger erinnerte, die Schulmädchen in ihrem ersten Jahr an der Oberschule als Vorbereitung für den anstehenden Kochkurs nähen. Seine

Ex-Frau hatte sie dagelassen. »Während ich deine Bluse bügelte«, meinte er.

»Wie nett«, sagte ich.

»Dachte ich mir doch, dass dir das Freude bereiten würde«, sagte er und setzte sich neben mich. »Du lässt dich von deinen Kerlen doch gern herumstoßen, oder? Erst von meinem Bruder, der dich seelisch misshandelt, und dann von dem verrückten Faschisten, der dich körperlich misshandelt und dich fast totfährt. Aber gegen mich sind die beiden in Bezug auf waschechte Männergewalt die reinsten Waisenknaben.«

»Und wie sieht deine spezielle Variante aus, Jonathan?«, fragte ich und überlegte, ob das viele Fischemorden in seiner Jugend dafür verantwortlich sein konnte, dass er so herzensgut war.

»Ich habe die Absicht, dich mit meinem neuen Mop zu vergewaltigen, während du Jill Tweedie liest«, erklärte er.

»Nachdem du mich mit deinen Schürzenbändern ans Bett gefesselt hast, natürlich«, ergänzte ich. Er küsste mich.

»Mein Bruder hat angerufen«, sagte er. »Schöne Grüße. Er kommt am Sonntag, um mich zur Irlandreise abzuholen. Ich erzähle dir mal etwas Lustiges über Rogsie, ja? – apropos chauvinistische Unterdrückung. Wenn er abends spät von seinen Seminaren kommt, kriegt er von seiner Frau nichts mehr zu essen. Dann schiebt er ab in den chinesischen Imbiss. Dabei schadet das viele Glutamat dem Gehirn. Und er ist schließlich Mathematiker. Hirnschwund ist ein Berufsrisiko.«

»Soll das heißen, ich sehe dich zwei Wochen nicht?«, sagte ich. Noch nie hatte ich mich mit jemandem so wohlgefühlt. Die Aussicht, auf ihn verzichten zu müssen, war deprimierend.

»Ganz schöne Scheiße, wie?«, meinte er.

Im Laufe der Jahre hatte ich die Vorstellung lieb gewonnen, ich würde mich für ein Wiedersehen mit Roger dadurch wappnen, dass ich mich sorgfältig zurechtmachte und einfach umwerfend aussah. Das half, wenn ich mich unsicher fühlte. Tatsächlich klingelte er, als wir noch im Bett lagen, sodass ich ihm halb nackt in dem Riesen-T-Shirt aufmachte, in dem ich schlief, und unangenehm berührt daran denken musste, dass ich mir noch nicht einmal den Nachtpelz von den Zähnen geputzt hatte. Wir umarmten uns flüchtig und linkisch auf der Schwelle, in der kalten Zugluft, die mit ihm eindrang. Roger hatte sich äußerlich überhaupt nicht verändert. Da stand er, derselbe hübsche Schuljunge, und schüttelte sich das Schnittlauchhaar aus den Augen. Er wusste nicht recht, wo er hinschauen sollte, und klimperte mit Schlüsseln, die an einem großen Plastikring mit Spiegelei-Anhänger – Maßstab 1:1 – baumelten.

»Ich bin etwas früh dran«, sagte er. »Ist Jonathan schon wach?«

»Natürlich bin ich wach«, rief Jonathan von drinnen, seine Frühmorgenstimme eine vielsagende Oktave tiefer als sonst. Er stieg in seinen Marks & Spencer-Unterhosen aus dem Bett.

»Kaffee erst mal«, sagte er.

»Ich bin etwas früh dran«, wiederholte Roger. Er hatte auch damals mit einem weniger ausgeprägten Sussex-Einschlag gesprochen als die anderen, aber jetzt hatte sich jede Spur davon verloren. Ich neige selber dazu: Weil ich immer so sehr um Gefälligkeit bemüht bin, übernehme ich unbewusst die Sprache meines Umfelds. Ich habe Murmeln im Mund, wenn ich mit Fremden rede, und spreche am Telefon gestelzt. Jonathan kennt dieses Problem nicht. Er schnappt nach Belieben Akzente auf, aber normal redet er wie eh und je unverwässertes Sussex-Englisch.

»Kaffee, Roger?«, bot ich an. »Schönes Spiegelei hast du da.«

»Meine Frau hat es mir zum Geburtstag geschenkt«, erklärte er. »Damit ich meine Schlüssel nicht so leicht verliere. Ich verliere ständig Schlüssel.« Er wirkte so jung, dass es mir affektiert von ihm vorkam, nicht nur eine Frau zu haben und überhaupt Schlüssel anvertraut zu bekommen, sondern sich auch noch diese Vergesslichkeit herauszunehmen.

»Reizt es dich nicht zum Knabbern?«, fragte ich. »Möchtest du frühstücken?« Roger zeigte seine Grübchen und nahm den Spott lächelnd hin, fand jedoch nichts zum Lachen.

»Danke, nur einen Kaffee«, sagte er. Jonathan zog die Jeans über der Unterhose hoch und warf sich den gestrigen Pullover über.

»Was muss ich denn noch mitnehmen, Kath?«, meinte er.

»Ibsen?«, fragte ich. »Wollsocken? Deine Flöte?«

»Kath hat mir Socken gestrickt, Roger«, sagte Jonathan. »Zwei, genauer gesagt. Für jeden Fuß eine. Socken zum Angeln. Oder genauer: weniger Socken als Kunst. Eigentlich müssten sie in der Whitechapel Gallery hängen, diese Socken. Sie bringen in atemberaubender Weise Form und Funktion in harmonischen Einklang.« Es waren Fair-Isle-Socken mit kunstvollem Mäusezähnchenrand. Roger ging nicht darauf ein.

»Du willst doch hoffentlich nicht angeln?«, sagte er. »Ich habe dich zum Zementsackschleppen eingeteilt.«

»Meinst du nicht, dass ich uns zumindest das Abendessen angeln könnte?«, sagte Jonathan. Roger hätte vielleicht doch einen ganz passablen Schulmeister abgegeben, hätte er sich nicht von Dozentur und der Jagd auf die Unendlichkeit verführen lassen.

»Wir machen Dosen auf«, sagte er bestimmt.

»Wie du meinst, Alter. Und was ist mit meinem Weib? Hast du im Kofferraum noch Platz für mein Weib?« Jonathan nahm mich in die Arme und verlieh mir die Sicherheit des wohldefinierten Status, wohl weil er spürte, dass ich mich etwas verloren fühlte. Roger lächelte wieder, ich vermute fast, weil er sich zwar wünschte, Jonathans Hochstimmung teilen zu können, aber doch lieber Abstand hielt.

»Können wir vielleicht bald aufbrechen, Jont?«, meinte er.

Ich blieb allein vor den Kaffeetassen sitzen, das Brennen von Jonathans kratziger, unrasierter Wange noch im Gesicht, und starrte ziemlich trübe zu Boden. Roger hatte sich so erbärmlich distanziert gegeben, dass ich mich regelrecht hohl fühlte. Er hatte sich nicht einmal zu der baren Höflichkeit aufraffen können, mich wenigstens zu fragen, was ich denn all die Jahre getrieben hätte oder wie ich es fände, wieder im Lande zu sein.

Ich kam mir ohne Jonathan in London vor wie eine Einsiedlerin. Meine alten Freunde waren alle fort, waren Männern oder Stellen hinterhergezogen. John Millet, der einst vielleicht die Lücke gefüllt und mich ins Manon Lescaut ausgeführt haben könnte, war tot. Ich zog mich an und wanderte durch Kilburn zur Finchley Road hinunter und von dort weiter durch Hampstead Village, zu Jacob. Unterwegs kaufte ich eine Flasche Milch – mein Frühstück – und eine Sonntagszeitung. Der Gehilfe des Zeitungsverkäufers flirtete ein bisschen mit mir.

»Lass sie, Ron«, sagte der Zeitungsverkäufer. »Sie hat einen jungen Mann. Nicht wahr, Miss?« Ich fühlte mich durch die Anrede geschmeichelt. Das Wetter wurde spürbar freundlicher, während ich weiterging. Jacob und Jane saßen beim Kaffee auf der Dachterrasse, als ich ankam. Jacob rief mir übers Geländer zu, ich solle raufkommen und mir eine Tasse mitbringen. Sie hatten oben eine große Thermoskanne Kaffee und heiße Croissants, in ein Tuch eingeschlagen. Die letzte der Frotteewindeln, schätzte ich.

»Und wo hast du Jonathan gelassen?«, fragte Jane. Es war sehr nett dort oben auf ihrem luftigen Ausguck.

»Er ist nach Irland«, sagte ich. Zu meiner eigenen Überraschung entwich mir ein verräterischer und alberner Schniefer. Flüchtig feuchte Augen.

»Reich doch dem armen Kind ein Taschentuch, Janie«, meinte Jacob. Jane kramte für mich ein zerknülltes Papiertaschentuch aus ihrer Morgenrocktasche und reichte es mir. Ich schnäuzte mich und lachte.

»Ich fürchte, auf die eine oder andere Weise machen dir meine Söhne viel Ärger«, sagte Jane.

»Jonathan doch nicht«, protestierte ich. Jane hob eine Augenbraue. Sie betrachtete Jonathan schon gewohnheitsmäßig als das Enfant terrible, und nichts konnte sie umstimmen.

»Jonathan hat immer Ärger gemacht«, sagte sie.

»Unsinn«, sagte Jacob. »Außerdem sind es nicht deine Söhne, Janie, es sind die Männer. Männer machen Katherine viel Ärger. Das ist nicht ungewöhnlich. Männer haben immer Ärger bedeutet. Es gibt nur eine Sorte Menschen, die noch mehr Ärger machen als Männer, und das sind Frauen. Du hattest in der Hinsicht Glück. Du hast dich in jungen Jahren für ein rechtschaffenes und solides Leben an meiner Seite entschieden, habe ich recht, mein Herz?« Jane strafte ihn mit einem bewundernswert bösen Blick.

»Wenn du schon bei der Geschichtsklitterung bist«,

meinte sie, »dann will ich für Katherine diese eine nackte Tatsache festgehalten wissen: Der einzige Grund, weshalb Jacob und ich heutzutage so nett zueinander sind, ist der, dass wir beide sehr genau wissen, dass jeder von uns von einem Tag auf den anderen darauf angewiesen sein könnte, sich vom anderen im Rollstuhl herumschieben zu lassen.«

»Hoffentlich einem hübsch altmodischen aus Peddigrohr«, lachte ich. »Wie eine Chaiselongue auf Rädern.« Ich fragte mich, angesichts ihres Beispiels, ob ich mit meinem Alten mit sechzig noch turteln würde oder ob es vermessen war, dergleichen zu erwarten. Ich leistete ihnen Gesellschaft bei den Croissants und blieb eine Stunde, die ich größtenteils über einem alten Fotoalbum verbrachte. Ich sehe mir gern anderer Leute Fotos an. Das heißt, Fotos von Leuten. Malerische Ablichtungen von historischen Gebäuden oder von Landschaften lassen mich kalt. Die ziehe ich in Form von Postkarten vor. Aber hier: Jane mit ihrem Angela-Brazil-Haarschnitt im Badeanzug, wie sie sich im Sand mit ihrem Bruder balgt, der sich fünf Jahre später mit Jake würde schlagen wollen. Und hier: Roger in kleinen Kattunhosen auf Jacobs Schultern in Hampstead Heath. Es gab ein Hochzeitsfoto, auf dem eine unübersehbar schwangere Jane am Arm von Jacobs Professor vorm Standesamt steht, und eines von Jacob mit einer Mutter in jedem Arm – seiner und Janes.

»Sie ist zur Hochzeit gekommen, weißt du«, erzählte Jane. »Sie hat einmal in ihrem Leben zu Hause Türen geknallt und ist erschienen.«

Es gab ein Bild von einem zahnlos aus einem Wigwam mit Pappfederputz lugenden Jonathan und einen Zeitungsausschnitt von Jonathan als Julius Cäsar, Eichenblätter aus Alufolie ins unbändige Kraushaar gedrückt, theatralisch vor einem Jugendlichen gestikulierend, der die Calpurnia spielt. »Vergesst nicht, Antonius, im Lauf Calpurnia zu berühren …« Verdammt, Caterina, halt's Maul, das Kind ist tot. Tot, verdammt noch mal.

43

Jonathan ließ polternd Rucksack und Gummistiefel fallen, als er wiederkam, und nahm mich einen Augenblick in die Arme, ehe er schwer auf einen Stuhl sackte.

»Sei so lieb und koch uns einen Tee, Kath«, sagte er. »Wir haben geschuftet wie die Tiere. Rogsie glaubt nicht an Teepausen. Wir haben einen neuen Estrich, der ganze Putz ist von den Wänden, und wir haben einen, der uns Sparren anfertigen will und eine Haustür. Roger zimmert uns in seiner Garage neue Fenster. Er hat sämtliche Maße in seinem Notizbuch stehen, stimmt's, Rogsie? Zwischen Herbstäquinoktium und Aufnahmeprüfungen reingequetscht. Setz dich, Rogsie. Lass doch dieses verdammte nervöse Lungern.« Roger schmunzelte.

»Er ist mit den Nerven am Ende«, sagte er eine Idee selbstzufrieden zu mir, weil er entgegen dem Anschein robuster war als Jonathan und ausdauernder im Zementsackschleppen. »Ich muss los«, sagte er. »Ich muss bei Mutter vorbeischauen, und Sally erwartet mich. Das hat uns gut getan, Jont. Ich habe es genossen. Es ist keine schlechte Idee, sich von Zeit zu Zeit ganz auf manuelle Arbeit zu konzentrieren.«

»Sagst du!«, meinte Jonathan und lachte und gähnte gleichzeitig. »Was du geleistet hast, das ging weit über das hinaus, was man aus brüderlicher Liebe erwarten kann. Danke, Roger. Du warst gewaltig. Bring ihn an die Tür, Kath, meine Beine wollen nicht mehr.« Ich begleitete Roger schweigend zu seinem Wagen hinaus. Auf dem

Rücksitz lag eine große Wasserwaage, und zwischen Tür und Kindersitz eingekeilt stand ein Werkzeugkoffer. Er holte das Spiegelei aus der Tasche.

»Auf Wiedersehen«, sagte er. »Es ist gut, dich und meinen Bruder so glücklich zu sehen, Katherine. Du hast mir auf dem Gewissen gelastet, immer mal wieder, über die Jahre.« Bildete sich Roger ein, dass er seinem Bruder Pfründe zuteilte? Seinem Bruder diese Frau zum Weibe gab? Und für wen war es gut? Doch für mich und für Jonathan. Weshalb sollte es für ihn gut sein?

»Ganz unnötig«, sagte ich. »Ich habe nicht Däumchen gedreht, weißt du. Ich habe diese vielen Jahre nicht an der Nähmaschine verbracht.« Roger nickte.

»Nein, davon bin ich überzeugt«, meinte er. »Aber ich habe dich schlecht behandelt. Diese Dinge, die ich dir sagte – ich glaubte, sie sagen zu müssen.«

»Ich habe deine Reisetasche mitgenommen«, sagte ich. »Und ich kann sie dir nicht einmal zurückgeben, weil sie mir selbst gestohlen worden ist.«

Roger lächelte und berührte – kurz nur – mit dem Spiegelei meine Wange. Ich glaube, es war die zärtlichste Geste, die ich jemals von ihm erlebt hatte. Wegen dieser Geste riskierte ich einen Schlag unter die Gürtellinie.

»Gehst du wirklich in die Kirche, Roger?«, fragte ich. »Ist dir der Heilige Geist in den Brombeeren erschienen?« Roger lachte, aber er war nicht gekränkt.

»Das musst du nicht verstehen, Katherine«, sagte er. »Es hat, wenn du dich entsinnst, mit dem Frieden zu tun, welcher höher ist als alle Vernunft.« Wieder ein verbaler Coup.

»Du bist so ungeheuer klug, Roger«, sagte ich bewundernd. »Kein Wunder, dass du Dozent bist. Und schlagfertig warst du ja immer schon. Soll ich dir mal etwas verraten, was mich sehr überrascht hat? Ich bin auch klug.

Als ich kürzlich in der Klapse war, hat der Seelenklempner meinen IQ festgestellt.«

»Das habe ich nie bezweifelt«, sagte Roger. »Hör mal. Wenn du jemals meine Hilfe brauchst, Katherine, sag Bescheid, ja? Ich bin dein Freund.« König Cophetua und die Bettlerin.

»Danke«, sagte ich. »Auf Wiedersehen, Roger.«

»Komm uns besuchen«, sagte er. »Sally möchte dich kennenlernen, und meine Tochter freut sich immer so auf Jonathan. Du kommst doch, nicht? Bald?«

»Ja«, sagte ich. Jonathan schlief fast schon, als ich wieder hereinkam.

»Jon«, sagte ich, »kann man wirklich einen Mann begehren, der zu Gott betet? Ich meine: Sich von einem Kerl vögeln lassen, der eben noch auf den Knien gelegen hat?«

Bevor er endgültig einschlief, reichte mir Jonathan, vernünftigerweise, John Donne.

44

Die Begegnung mit Rogers Frau war ein Auftritt, auf den ich mich sorgfältig vorbereitete. Ich stand lange vorm Spiegel, nachdem ich mich für enge weinrote Samthosen und ein geschmeidiges, farblich passendes Strickteil mit Fair-Isle-Muster an Passe und Bündchen entschieden hatte, unter dem die Brustwarzen sich deutlich abzeichneten. Dank Michele, der sich auf teure Bestechungsgaben verstanden hatte, besaß ich ein paar hohe italienische Luxusstiefel, die bis über die Knie reichten. Meine Wangen blühten kunstrosig, und das Rauschgoldengelhaar hatte ich mit kalkulierter Lässigkeit unter eine Baskenmütze gestopft. Darüber trug ich die handgesteppte Chintzjacke mit den blassrosa Rosen, die ich einmal aus alten Gardinen meiner Tante geschneidert hatte. Und da stand ich dann und starrte mich selbstverliebt im Spiegel an.

»Wir wollen nicht den Zug verpassen, ja?«, mahnte Jonathan. Und fügte hinzu: »Mein Gott, was bist du aber auch für ein eins a Sexualobjekt. Mann, ich bin zwar in meiner Zeit mit einigen Fegern herumgezogen, aber nie einem mit derart rassigen Anglerstiefeln. Sie war übrigens Schulsprecherin, Rogers Frau«, meinte er schadenfroh. Ich blieb wie angewurzelt stehen.

»Du machst Witze«, sagte ich. »Du willst mir Angst einjagen.« Jonathan lachte.

»Ehrenwort«, sagte er. »Vom Direktor eingesetzte Schulsprecherin an dieser elitären Stipendiatinnenschule in Cambridge. Jetzt habe ich dich aber ins Schwitzen gebracht, wie?« Auf dem Weg zur U-Bahn hielt er meine Hand. »Ich liebe dich, Kath«, sagte er. »Es hat sich gelohnt, zu warten. Wenn ich dich damals gekriegt hätte, hätte ich dich jetzt nicht mehr, habe ich nicht recht?« Ich nickte. Aller Wahrscheinlichkeit nach nicht. Sie halten selten, die Jugendlieben, oder? Vielleicht ist es nur möglich, zusammenzukommen, nachdem man durchs Feuer gegangen ist, sich verbrannt und entstellt wiederfindet, wie Jane Eyre und ihr Rochester.

Wir spazierten in Oxford vom Bahnhof aus am Kanal entlang, an gelegentlichen Schuten vorbei. Selbst die Penner, die unter den Brücken lagerten, wirkten jünger. Wir legten den Weg ins gediegene nördliche Oxford zurück, zu dem Haus, in dem einst die Großeltern gewohnt hatten. Rogers Großmutter war mit einer Freundin in ein Cottage nach Wolvercote gezogen. Sally empfing uns; Roger war noch im Institut. Sie hatte braune Locken und hübsche, lachende Augen, die einen sehr direkt musterten, anders als Roger, dessen Blick einem stets nervös auswich und der viel blinzelte. Sie hatte einen zarten Aprikosenteint und eine leicht geschwollene Lippe, weil ihr irgendjemand aus Versehen eine Aktentasche ins Gesicht gestoßen hatte, als sie am Vortag in die Bahn gestiegen war, aber das tat ihrem selbstbewussten Auftreten keinen Abbruch. Das Kruzifix konnte ich nicht entdecken; sie trug einen Rollkragenpullover. Im Gegensatz zu mir hatte sie sich nicht herausgeputzt – das brauchte sie nicht; sie hatte mehr Selbstvertrauen.

»Tag, Jonathan«, sagte sie herzlich. Sie bot ihre Wange zum Kuss. »Und du bist also Katherine. Schön, dich endlich kennenzulernen.« Sie reichte mir die Hand. »Kommt rein.«

Das Haus war verändert. Es war noch genauso hochherrschaftlich in seinen soliden und großzügigen Dimensionen, aber bescheiden ausgestattet. Von den eher erschlagenden Antiquitäten der Großeltern befreit und bar auch solcher kunsthandwerklichen Vorzeigestücke wie der Petitpointkissen und gestickten Wandbehänge, für die ich so schwärmte. Die Zimmer waren durchgängig mit neuer steingrauer Auslegeware versehen, und an den weißen Wänden hingen keine Bilder. In der Halle gab es einen pädagogisch wertvollen Wandfries – Sally war offenbar eine gewissenhaft fördernde Mutter. Sie hatte auf der Tür des Kühlschranks Magnetzahlen verteilt, und an die Wände der unteren Besuchertoilette hatte sie mit Marker die kleinen Buchstaben des Alphabets gemalt. Ihre Küche war groß und sehr überlegt ausgestattet. Die Pflaumenbäume, vom Küchenfenster aus zu sehen, bogen sich unter der Last der Früchte. Wir tranken eine angenehme Tasse Kaffee mit ihr. Keine Spur davon, dass sie mich wegen der verwegen schief aufgesetzten Baskenmütze melden würde.

»Roger bringt einen Kollegen mit zum Essen«, sagte sie. »Seine Frau hat gerade ein Kind gekriegt. Gut möglich, dass sie sich etwas verspäten. Ob ihr zwei wohl Lust hättet, Clare abzuholen? Sie ist bei einer Freundin in der Nachbarstraße. Sie würde sich so freuen. Ein Besuch von dir ist für sie immer etwas ganz Besonderes, Jonathan.« Sie verstand es, einen auf unaufdringliche Weise herumzukommandieren. Ihr »Ob ihr wohl Lust hättet?« hieß im Klartext: »Und ihr tut jetzt das und das.« Vielleicht war es ja das, was sich Roger immer gewünscht hatte. Dass ihm irgendjemand sagte, wo's langging. Dass ihm irgendjemand sagte, er solle jetzt aufhören, auf einem Grashalm zu kauen, und gefälligst die g-Moll üben. Auf die Idee war ich bisher gar nicht gekommen.

Jonathan und ich wanderten die baumbestandenen Straßen hinunter, bis wir uns in der Nachbarküche wiederfanden, wo Rogers Tochter ihren Freunden dabei zusah, wie sie Computerausdrucke bemalten. Eine Dreijährige, mit dem offenen Blick ihrer Mutter und nichts von dem Misstrauen ihres Vaters. Sie empfing Jonathan wie eine energische Komiteefrau.

»Du solltest mich doch gar nicht holen kommen, Jonerfun«, sagte sie. »Mummy sollte mich holen.«

»Und wieso hast du nicht einen ganzen Haufen Bilder vorzuweisen, wie deine Freunde?«, konterte Jonathan.

»Weil ich lieber nur herumspiele«, erwiderte sie. »Ist sie deine Frau?«

»Das ist Katherine«, sagte Jonathan. »Sie ist meine Freundin.« Er ging in die Hocke, um ihren Dufflecoat zuzuknöpfen.

»Wirst du sie heiraten?«, fragte das Kind. Die Nachbarin lachte verlegen.

»Nein«, sagte Jonathan.

»Warum nicht?«, fragte das Kind. Jonathan schmunzelte.

»Weil ich keinen Anlass sehe, die Einmischung von Klerus und Staat in mein Privatleben zu dulden«, sagte er, sich absichtlich für sie unverständlich ausdrückend. »Oder von dir, du neugierige kleine Gans.« Sie gluckste vor Wonne über die Beleidigung. Wir verabschiedeten uns und traten auf die Straße, wo sie vorausrannte und das Herbstlaub hochwirbelte.

»Hättest du gern so etwas, Kath?«, meinte er. »So einen kleinen Wicht? Soll ich dich schwängern?«

»Vergiss es«, sagte ich. »Kein Bedarf.«

Roger erschien, in Begleitung und in Fachsimpelei vertieft.

»Tut mir leid, wir sind spät dran«, sagte er. »Das ist Donald.« Sein Kollege war kahl und trug einen Bart, aber ich erkannte ihn.

»Wir kennen uns«, sagte ich. Donald O'Brien schaute verdutzt. Ich genoss seine Verlegenheit.

»Tut mir leid«, sagte er, in diesem herrlich unverdorbenen Akzent. »Hilf mir auf die Sprünge.«

»Vor elf Jahren«, sagte ich. »South Parks Road. Auf der Mauer. Im Regen.« Donald schnippte mit den Fingern.

»Alles klar.« Er grinste breit. »Du hast auf deinen Kerl gewartet.« Er bedeutete für mich, in Rogers Anwesenheit, die reinste Wohltat, gelassen und umgänglich, wie er war. Ich deutete gebieterisch auf Roger, mir der Ironie dessen bewusst, eine Frau zu sein, die – zumindest vorübergehend – die Bewunderung sämtlicher anwesender Männer genossen hatte.

»Roger war der Kerl?«, fragte Donald ungläubig. Ihn erheiterte die Vorstellung über die Maßen. »Köstlich! Ich habe also deine Freundin angebaggert, Roger, aber ich kann dir versichern: Sie war nicht zu bewegen. Sie bestand darauf, im Regen auf dich zu warten. Es ist mir nicht gelungen, sie zu einem gemeinsamen Drink zu überreden.« Roger zupfte nervös an einem Fingernagel und überstand die Situation mit Fassung. Wir gingen ins Wohnzimmer. Donald ließ sich freudestrahlend neben mir auf dem Sofa nieder.

»Du hattest damals mehr Haare auf dem Kopf und weniger im Gesicht«, zog ich ihn auf. »Aber erfreulicherweise ist dein Akzent dir geblieben.«

»Findest du?«, fragte er. »Daheim in Melbourne werfen sie mir vor, ich würde reden wie ein Pommie.«

»Nun, dann irren sie sich in Melbourne«, sagte ich. »Du klingst wie Barry McKenzie. Du würdest doch wohl nicht wie ein Brite klingen wollen? Und du lebst jetzt tatsächlich hier in der Strafkolonie?« Donald lachte.

»Du vergisst aber auch nichts, wie?«

Ich flirtete mit ihm, weil er sich anbot. Wir schäumten über vor freundschaftlicher Verbundenheit. Ich, vermutlich, um Roger eins auszuwischen, der das als Vorwurf verstehen musste, wo er mich schließlich so viel besser kannte, sich aber mit seinen Mitmenschen so viel schwerer tat.

»Nichts«, sagte ich gewichtig. »Ich vergesse nichts. Ich bin sozusagen Archäologin vergangener Gespräche. Ich zitiere dich gern wörtlich, wenn du willst.«

»Aber zum Zahnarzt zu gehen, das vergisst du«, sagte Jonathan. Ich hatte am Tag zuvor den Zahnarzt versetzt. Der liebe gute Jonathan! Er musste klarstellen, dass er derjenige war, der meine kleinsten Geheimnisse kannte. Der die Farbe meiner Zahnbürste kannte. Womit er indirekt zu verstehen gab, dass man es sich als Ehre anrechnen könnte, mich zu kennen. Ich spielte das befriedigende Spielchen, Roger in seinen eigenen vier Wänden die Schau zu stehlen.

»Was heißt Archelogin?«, fragte Clare.

»Das ist ein Mann, der Knochen ausgräbt«, sagte Donald.

»Ein Mann, hä?«, lachte ich. »Alter australischer Sexist.«

»Knochen ausgräbt?«, wiederholte Clare staunend. »Ein Hund?« Wir mussten alle lachen. Donald hob sie sich aufs Knie. Es war erstaunlich, wie viel Freude das Wiedersehen uns beiden bereitete, wo wir doch kaum zwanzig Minuten zusammen auf einer Mauer gesessen hatten, vor vielen, vielen Jahren. Wir litten wohl beide, vermute ich. Roger setzte mir mehr zu, als ich mir eingestand; Donald hatte Heimweh nach Melbourne.

»Und du bist hier hängen geblieben?«, fragte ich. »Und hast eine der schrecklichen Oxfordfrauen geheiratet, über die du damals so geklagt hast, und sie hat gerade ein Kind bekommen?«

»Sie stammt aus Sydney«, korrigierte er. »Und es ist unser drittes Kind. Wieder ein Junge.« Er war sichtlich von

Clare angetan und wünschte sich wohl eine Tochter. Und dann, ehe ich mich versah, hatte er ein Foto von Frau und Kindern aus der Brieftasche gezogen. Strandaufnahme. Australischer Strand. Frau im Bikini. 95-55-95. Wallende blonde Mähne. Grinsende Söhne mit strohblondem Strubbelhaar.

»Wow!«, bemerkte Jonathan, der an meiner anderen Seite saß. Er besaß ausreichend Phantasie, sich die dürftig verborgenen Reize einer halb nackten Frau mit unverkennbaren Attributen auszumalen. »Diese Frau soll zwei Kinder zur Welt gebracht haben?«

»Sie ist eine Wucht, Donald«, sagte ich. »Beachtlicher Fang für einen kahlköpfigen Kolonialmathematiker, oder? Und dazu sieht sie auch noch wahnsinnig nett aus. Trägst du sie immer im Portemonnaie mit dir herum, zwischen Banknoten und Kreditkarten?« Ich führte mich Donald gegenüber megärenhaft auf, weil ich wusste, dass er dem gewachsen war, und außerdem konnte ich damit indirekt Roger eine Botschaft zukommen lassen. Sie lautete: Wenn du mir heute kämst wie in meiner Jugend, dann müsstest du dich darauf gefasst machen, deine Eier durch den Mixer gedreht zu bekommen. Donald lachte auf.

»Meine Fresse, Mädchen«, sagte er.

»Meine Fresse, was?«, sagte ich. Er lachte erneut.

»Meine Fresse, Mädchen, ich wusste gar nicht, dass du eine so spitze Zunge hast. Schön, dich wiederzusehen. Ehrlich.«

Roger machte für uns eine Flasche sehr guten College-Weins zum Lunch auf. Wir aßen in der Küche an einem stromlinienförmigen schwarzen Tisch mit blanken Chrombeinen. Eine herrlich gewundene Aluminiumröhre führte durch die Küchenwand – wohl ein Heizungsentlüfter oder so ein Ding, das die Kochdünste abzog. Bei diesem

Anblick wurde mir erst bewusst, dass in Rogers Haus alles neu war. Ich fragte mich, was aus seinem Hang geworden war, sich mit den abgelegten Sachen anderer Leute zu umgeben. Ich kam zu dem Schluss, dass Sally es einfach nicht duldete. Sally hatte ihr Essen bestens vorgeplant. Die Speisen waren in Plastikdosen aus dem Tiefkühlfach gezogen worden. Es verlieh der Zusammenkunft etwas angenehm Familiäres. Fast, als wären wir zu einer Tupperware-Party zusammengekommen. Aber Clare wollte ihr Pâté nicht essen. Sie stellte für Sally eine ganz schöne Herausforderung dar, denn Sally war konsequent. Sie legte Wert auf Manieren, darauf, dass man gerade saß und dass gegessen wurde, was auf den Tisch kam. Clare kippte mir trotzig ihr Pâté auf den Teller und warf damit den Fehdehandschuh. Sally entschuldigte sich bei mir.

»Sie ist wirklich ein ganz ungezogenes Kind«, sagte sie. Mir behagte das Wort »ungezogen« nicht. Ich verband damit irgendwie Postkarten aus Seebädern und Tanzpaläste.

»Sei doch nicht so rigide, mach ihr ein paar Pommes«, sagte Jonathan keck. Zu meiner großen Überraschung wurde Sally rot und warf Jonathan einen beinahe scheuen Blick zu. Sie geriet völlig aus dem Konzept.

»Sie ist eine bezaubernde Göre«, sagte Jonathan. Er schnappte sich die Weinflasche und schenkte Sally nach. »Warum so enthaltsam, Schwester?«, neckte er. Sie lächelte geziert. Es fiel mir schwer, Sally Goldman gelassen zu nehmen. Das verdammte Weib war nicht nur dominierend, dachte ich neidisch, sie wusste auch noch die Waffen einer Frau auf die unverschämteste Weise einzusetzen.

»Ich bin schwanger«, erklärte sie. Mein Gott, die reinste Brutkolonie hier. »Gerade eben erst«, fuhr sie fort, »aber in der ersten Zeit kommt es natürlich auch am meisten darauf an.« Jonathan strahlte und rechnete im Stillen nach.

»Kaum vom Mörtelbett zurück, und schon mit dir in die Federn«, meinte er. »Sauber. Ein Brüderchen oder Schwesterchen für unsere Kleine hier. Ruf mich an, wenn du im achten Monat bist, dann führe ich dich zum Essen aus. Denn er tut das bestimmt nicht, dein unmöglicher Mann, stimmt's?« Sally schüttelte mit hübschem Schmollmund den Kopf. Sie flirtete mit ihm. Ganz unverhohlen. Mit meinem Kerl, das Flittchen. Und ich mit meinen blöden Pillen in Jonathans Küche. Folienverpackt im Marmeladenglas. Pillen, die ich wahrscheinlich sowieso nicht mehr brauchte. Andererseits, war einem sauertöpfischen Schandmaul von italienischer Krankenschwester zu glauben oder nicht? Man brauchte sich doch nur die IRA-Beerdigungen anzusehen, wie Jonathan einmal bemerkt hatte, um zu begreifen, wie die Katholiken in Tod und Unglück aufgingen.

»Lässt du mich dann auch das Strampeln durch deine Bauchdecke fühlen?«, fragte Jonathan. »Ich stehe auf schwangere Frauen.« Ich war nahe dran, ihm das Brotmesser ins Bein zu rammen. Sally kaschierte ihre Freude an seinen Aufmerksamkeiten hinter einer milden Zurechtweisung.

»Du kannst doch Katherine heiraten und mit ihr eigene Kinder zeugen, wenn dir das gefällt«, sagte sie. »Ich komme mir schwanger ehrlich gesagt immer vor wie eine Kuh.«

»Es wäre in den Augen Gottes keine rechtmäßige Ehe«, sagte er, um sie aufzuziehen. Sally sah ihn skeptisch an.

»Als interessierten dich die Augen Gottes einen Pfifferling.«

Am Nachmittag, als Donald sich verabschiedet hatte, besuchten Jonathan und ich mit Clare das Natural History Museum, und der große Rhetoriker Jonathan wurde von seiner Nichte in Bezug auf das Leben nach dem Tod arg in Bedrängnis gebracht. Ihr gefielen die Dinosaurierknochen nicht.

»Sie sind doch tot«, sagte Jonathan beschwichtigend.

»Aber sie können wiederauferstehen«, meinte sie. »Christus ist auch wiederauferstanden, oder?«

»Frag mich was Leichteres«, sagte Jonathan. »Ich bin nicht näher mit dem Herrn bekannt.« Im Obergeschoss stattete ich, während Jonathan sich mit der Wiederauferstehung herumschlug, der Mineraliensammlung einen sentimentalen Besuch ab und warf einen Blick auf die Ziselierung der Eisenpfeiler.

»Du hast mit Rogers Frau geflirtet«, warf ich ihm in der U-Bahn vor.

»Reine Selbstverteidigung«, sagte Jonathan. »Du hast mit diesem Aussie angebandelt.«

»Hat dir mein charmanter Aussie gefallen?«

»Geht so«, sagte Jonathan ohne rechte Begeisterung. »Es gelingt ihm jedenfalls offensichtlich, dich auf Touren zu bringen.«

»Du übertreibst«, sagte ich. »Er wäre vielleicht etwas fürs Wochenende, aber nicht fürs Leben.«

»Ist schon gut«, sagte er. »Du hast die gleiche Wirkung auf ihn gehabt. Er kam genauso auf Touren wie du. Wäre ich nicht zur Stelle gewesen, er hätte dich nach oben abgeschleppt.«

»Das hat er gar nicht nötig«, meinte ich, »bei einer Frau wie seiner eigenen.«

»Miss Down Under von 1975 ist seit ein, zwei Wochen aus dem Verkehr gezogen, wenn du es vergessen haben solltest. Sie hat gerade ein Kind gekriegt.« Was bei mir und Jonathan so schön war, war dass wir hemmungslos klatschen konnten. Nichts war tabu. Die ganze Boshaftigkeit, die wir anderen niemals zugemutet hätten ... Ich glaube, er hatte das von seiner Mutter; Jacob war nämlich im Großen und Ganzen zu gut – ihn habe ich nie dabei ertappt.

»Oxford ist ja ein verdammt fruchtbares Pflaster«, sagte ich. »Der reinste Zuchtbetrieb.«

»Die haben zu viel Zeit«, meinte Jonathan. »Zu oft zum Mittagessen daheim.« Aber so richtig lachen konnten wir beide darüber nicht. »Spül doch deine verdammten Pillen zum Klo runter, Kath«, schlug er vor. »Komm schon. Wie dein Valium. Denk an die Millionen hochmotivierter Spermien. Meinst du nicht, einem von ihnen könnte es gelingen?« Ich blickte zum Fenster hinaus, richtete mich kerzengerade auf. Nicht umsonst war Jonathan Jacobs Blumenkind, dachte ich. Die Leute konnten doch nicht einfach so mir nichts, dir nichts hingehen und in Anderthalbzimmerwohnungen Kinder zeugen, wenn sie eigentlich arbeiten mussten, dachte ich. Außerdem würde kein Baby jemals wieder mit solcher Geschicklichkeit und solchem Charme an seinen blaugeäderten Fäustchen nuckeln. Ich blickte auf die nassen, flachen, grünen Felder von Oxfordshire hinaus und musste unverhofft an Babyhäubchen denken. Englische Babys trugen diese kleinen Baumwollhäubchen nicht, die den italienischen Babys zum Schutz vor der Sonne übergezogen wurden und die mir die liebe, gute Janice auf dem Weg von der Arbeit aus einem Bekleidungsgeschäft mitgebracht hatte. Plötzlich waren die Felder mit Wasserzeichen überzogen, wie Moireestoff. Das lag an den Tränen in meinen Augen.

»Mein Baby hatte Häubchen«, sagte ich. »In die war sie nur noch nicht hineingewachsen, schließlich konnte sie noch nicht einmal den Kopf heben, Jonathan.« Ich stemmte die Fäuste in die Augenhöhlen, um die Flut zu dämmen.

»Jetzt habe ich dich zum Weinen gebracht«, sagte Jonathan untröstlich. »Gott im Himmel, Liebste, ich habe dich zum Weinen gebracht.« Er griff nach meiner Hand, aber ich schlug sie mit unvermittelter Heftigkeit weg.

»Wenn du dich so nach einem Kind sehnst«, stieß ich hervor, »dann verpiss dich doch und fick so eine verdammte Sonntagsschullehrerin mit intakten Geschlechtsorganen wie dein Bruder. Vielleicht hat sie eine Schwester für dich.«

Der Ausbruch ließ uns verstummen. Wir wechselten kein Wort, bis wir vorm Fahrscheinkontrolleur standen.

»Du hast die Fahrscheine«, sagte Jonathan. »Rückst du sie endlich raus oder nicht?« Der Kontrolleur wartete. Ich kramte in meiner Handtasche.

»Verzeihung«, sagte ich. Ich fischte die Scheine raus, und wir durften passieren. »Jon«, rang ich mir ab, »es tut mir leid. Ich war gemein zu dir.«

»Ich habe dich bedrängt«, sagte Jonathan kurz angebunden.

»Jon«, sagte ich, »wenn du dich verpissen würdest, würde ich das doch eher als Verlust empfinden, weißt du.«

»Wer will sich denn verpissen? Ich nicht, Rotznase. Mich wirst du so schnell nicht los. Ich bin die reinste Klette. Kath«, sagte er ernst, »wenn ich gewusst hätte, dass die gute Frau schwanger ist, wären wir nicht hingegangen.«

»Schon gut«, sagte ich. »Mich brauchst du nicht davon zu überzeugen, dass du nett bist. Das ist unverkennbar.«

»Wenn du genau wissen willst, warum ich so angetan schien von ihrer blöden Schwangerschaft –«, sagte er, aber ich legte ihm eine Hand auf die Schulter, um ihn zum Schweigen zu bringen.

»Weil du ein netter Kerl bist«, sagte ich. »Warum solltest du nicht angetan sein? Da ist nichts dabei.«

»Weil ich so verdammt froh war, dass es Sally ist, die Rogers Babys kriegt, deshalb«, brachte er seinen Satz zu Ende. »Und nicht du. Jetzt weißt du Bescheid. Tut mir leid, wenn dich das verletzt, Kath. Ich weiß, dass du dir genau das vielleicht gewünscht hast. Manchmal denke ich, du wünschst es dir noch. Aber ich kann es doch nur aus meiner Sicht sehen.« Ich warf mich ihm schluchzend an die Brust. »Jetzt habe ich es schon wieder geschafft«, murmelte er. »Was ist bloß los mit mir?«

»Ich werfe die Pillen weg, wenn du willst«, schluchzte ich. »Auf der Stelle.«

»Wenn *du* willst«, sagte Jonathan. »Nur, wenn du willst.«

»Gut, wenn ich will«, schniefte ich. »Natürlich will ich, Jonathan. Es wäre doch wirklich schuftig von mir, von dir kein Kind zu wollen. Können wir jetzt bitte nicht mehr darüber reden?«

»Klar«, sagte Jonathan. »Wir beschränken uns darauf, wie die Verrückten zu vögeln, und verlieren sonst kein Wort darüber. In Ordnung?« Ich lachte.

»Eins muss ich dir aber noch sagen«, fuhr er fort, »und dann halte ich wirklich den Mund. Wenn ich dich schwanger kriege, musst du mich auch nehmen. Verstehst du mich? Keine Frau legt mich je wieder mit dieser matriarchalischen Nummer rein, Kath. Du nicht. Niemand. Du wirst mich mit in Kauf nehmen müssen.«

»Ich glaube, das könnte ich mir zur Not vorstellen«, sagte ich. »Ich finde, du bist durchaus bedenkenswert.«

»Lady«, sagte Jonathan. »Ich finde, du bist eine Wucht.«

45

Ich hatte den Arzt bereits zweimal in der Klinik aufgesucht, aber er hatte mich gebeten, nochmals mit Jonathan in seiner Praxis am Seymour Place zu erscheinen. Er bespreche gern alles mit beiden Partnern. Er redete nichtssagendes Zeug, und das endlos und meist über den Rand seiner teuren Brille hinweg, alles in einem begütigenden Ton. Er selbst, meinte er, sehe keinen entscheidenden und erkennbaren Grund, weshalb Mrs Browne nicht imstande sein sollte, ein Kind zu empfangen. Er wandte sich an Jonathan, der, wie es schien, aus seiner Sicht das Sagen über meine unzulänglichen Reproduktionsorgane hatte. Ich hörte ihm zwischendurch gar nicht mehr zu und stellte mir zum Spaß vor, es verhielte sich umgekehrt. Mal angenommen, Jonathan hätte ihn konsultiert, wegen eines Leistenbruchs oder hochgewandertem Hoden etwa, würde er dann wohl jetzt mich über Jonathans Kopf hinweg in der gleichen Weise anreden? War es überhaupt denkbar, dass ein Mann – über den Kopf eines anderen hinweg – das Problem einer Funktionsschwäche des männlichen Geschlechtsapparates erörterte? Mrs Brownes Geburtskanal lasse zwar erhebliche Spuren plastischer Chirurgie erkennen, meinte er. Und es gebe überdies einiges vernarbte Gewebe in dem von ihm als »vorderen Eingang« bezeichneten Bereich, aber er kenne zahlreiche Fälle von Frauen, die unter solchen Umständen durchaus weitere Kinder geboren hatten, wenn auch mit Kaiserschnitt. Mr Browne werde es ihm jedoch nicht verübeln, hoffte er, wenn er, mit allem Vorbehalt, die Möglichkeit anspreche, dass im vorliegenden Fall eventuell emotionale Faktoren eine Empfängnis erschwerten. Bedenke man Mrs Brownes höchst bedauerliche frühere Geburtserfahrung und das traumatische Todeserleben – nicht ein-, sondern zweimal (an dieser Stelle faltete er die Hände wie ein Geistlicher und hielt kurz inne, um einen Blick auf seine Notizen zu werfen), denn man dürfe den frühen Tod des Vaters ja nicht vergessen, meinte er, der sich ereignet habe, als Mrs Browne, äh, neun Jahre alt gewesen sei, nicht wahr? Der Satz hatte kein Ende. Er bestand nur aus relativierenden Teilen. Er verpackte seine Erkenntnisse langatmig und geschickt in Lage über Lage heißer Luft. Ich hatte von meiner Mutter gelernt, Ärzten eine fast servile Hochachtung entgegenzubringen. Saubere Kopfkissen für den Hausbesuch und die besten Unterhosen für die Untersuchung. Wenn man bei hohem Fieber den Hausarzt rief, dann hatte man sich zu entschuldigen, stillschweigend davon ausgehend, dass der Arzt Patienten vorzog und verdiente, die nicht krank wurden. Es war für mich deshalb eine wunderbare Offenbarung zu sehen, wie Jonathan diesen Hohepriester der Gynäkoklempnerei seelenruhig auseinandernahm.

»Sie ist nicht hergekommen, um sich den Kopf untersuchen zu lassen«, sagte er. »Sie ist wegen der möglichen Reparatur ihres Fortpflanzungsapparates zu Ihnen gekommen. Was sie wissen möchte, ist lediglich, ob dies im Bereich der Möglichkeiten Ihrer speziellen Zunft liegt oder nicht. Sparen Sie sich die Laienpsychologie.« Der Arzt blieb zu meinem Erstaunen stinkhöflich. Er verstehe vollkommen, was Mr Browne meine. *Vollkommen.*

»Goldman«, sagte Jonathan. »Ich heiße Goldman.« Der Arzt hielt inne und schielte wieder auf seine Notizen.

Mr Goldberg habe vollkommen recht, meinte er, insofern nämlich, als er und seine Kollegen natürlich nie ausschließen könnten, dass es empfängnishemmende Faktoren gebe, die sich ihrem Einfluss entzögen, dass aber, das wolle er doch betonen, im vorliegenden Falle, in Anbetracht der Vorgeschichte, Mrs Goldberg sich möglicherweise (und, wie er unbedingt betonen müsse, *vollkommen* verständlicherweise) unterbewusst vor der angstbesetzten Möglichkeit schützen wolle, ein weiteres Mal die Pein von Schmerz und Tod zu erfahren.

»Blödsinn«, sagte Jonathan. Da ich davon ausging, dass wir jeden Moment hinausgeworfen werden würden, griff ich mir schon mal meine Handtasche und rutschte auf die Stuhlkante vor, doch der Arzt ließ Jonathan weiterreden.

»Sie haben weder ihre Reaktion auf Schmerz noch ihre Furcht vor dem Tod untersucht«, fuhr Jonathan fort. »Sie haben sie zum Beispiel nicht mit menschenfressenden Ratten eingesperrt oder aufs Hochseil geschickt. Sie speisen sie mangels konkreten Wissens mit Hypothesen ab. Es wirft Ihnen niemand vor, dass Sie keine gesicherten Erkenntnisse bieten können, aber Ihre Bemäntelung ist Schwindel. Eine Gruppe italienischer Metzger, die sich Ärzte nannten, haben ihr Handwerk nicht beherrscht, und als Kollege spielen Sie das herunter und ihre Psyche herauf, weil Sie alle unter einer Decke stecken. Sie schieben die Schuld der Patientin zu, um das Gesicht zu wahren.« Er wandte sich mir zu. »Ich kann hier nicht länger sitzen und mir das anhören, Kath«, sagte er. »Ich warte draußen auf dich.« Und damit rauschte er von dannen und ließ mich allein. Jonathan war immer ein Meister des glanzvollen Abgangs und Auftritts gewesen. Wie Austens Mr Knightley erscheint er plötzlich aus dem Nichts auf einer Türschwelle und stampft sich den Dreck von den Stiefeln. Als eingefleischtes masochistisches weibliches Wesen empfinde ich sowohl dies als auch seine unglaubliche Unverfrorenheit unentbehrlich für mein Wohlergehen.

Der Arzt war entschlossen, sich als Beschützer zu gerieren, was ich extrem peinlich fand. Ich erkannte, dass ich, wenn ich noch sehr viel länger sitzen blieb, mich mitten in einer Eheberatung wiederfinden würde. Er hoffe, ich werde das nicht missverstehen, meinte er, aber dürfe er vielleicht fragen, ob derartige Ausbrüche für Mr Browne typisch seien. Der arme Mr Browne, der unschuldiger nicht hätte sein können.

»Nur wenn er auf Trip ist«, sagte ich und trat damit in die Fußstapfen meines Herrn und Meisters, ehe ich ging. Im Wartezimmer saß Jonathan unter lauter Frauen und las *Cosmopolitan*. Er war der einzige Mann meiner Bekanntschaft, der stets die Selbstsicherheit besaß, unbekümmert in aller Öffentlichkeit Frauenzeitschriften zu lesen.

Ich ging zu ihm hin und küsste ihn auf die Wange.

»Rüpel, du«, sagte ich. Jonathan sah hoch.

»Ach, Mrs Goldberg«, sagte er. »Was für ein verängstigtes Wesen du doch bist. Du lässt einen Kurpfuscher wie den auf deinem ebenso hellen wie hübschen Kopf herumtanzen. Mein Gott, die Art Laienpsychologie kriege ich beim Friseur umsonst zu hören.« Jonathan, als Kurzhaarträger, war längst zu dem Schluss gelangt, dass die Leute, wenn sie nur häufiger zum Friseur gingen, auf Psychologen nicht mehr angewiesen wären.

»Ich habe aufbegehrt«, versicherte ich ihm. »Ich habe ihm erklärt, du würdest Trips werfen.«

»Wie bitte?«, meinte Jonathan.

»Dachte ich mir doch, dass du stolz auf mich sein würdest.«

Jane konnte sich nach meinem Bericht von Jonathans Auftritt kaum noch einkriegen. Sie verwöhnte uns am selben Nachmittag mit Tee und Brownies und lachte entzückt.

»Bravo, Jontikins!«, sagte sie. »Aber verrate mir eins, Katherine: Warum sind wir darauf angewiesen, dass die Männer für uns ›Blödsinn‹ sagen? Warum sagen wir es nicht selbst? Ich glaube fast, Annie wird es sagen können. Ich setze große Hoffnungen in Annie. Und sie wird es auf die denkbar charmanteste Art tun. Trotzdem, eins steht fest, das bringt euch einem Baby auch nicht näher, oder? Vielleicht solltet ihr eins adoptieren? Das würde vielleicht voraussetzen, dass ihr heiratet, aber dagegen ist ja wohl nichts Ernstliches einzuwenden, oder? Es heißt ja nur, dass ein Standesbeamter ein paar Floskeln murmelt, mehr nicht. Ihr könnt meinen Ring borgen, wenn das Geld knapp ist.« Jacob schlug sich vor die Stirn.

»Mein Gott, Janie«, rief er, »mit solchen Dingen kommt man den Leuten nicht einfach so. Kennst du denn gar keine Zurückhaltung?«

»Ich dachte nur, wenn sie vielleicht adoptieren wollen, wäre es zweckmäßig«, sagte sie.

»Und noch etwas«, meinte Jacob. »Adoptierte Babys sind braun. Braune Babys sind zugegebenermaßen ganz niedlich, aber nur in Hampstead. Die beiden haben aber die Absicht, sich unter die bigotten katholischen Bauern der Irischen Republik zu wagen. Willst du tatsächlich, dass Katherine ein braunes Baby auf der Hüfte herumträgt? Binnen Kürze werden sich die einheimischen Frauen auf dem Markt jedes Mal bekreuzigen, wenn sie vorübergeht.« Jane schmunzelte.

»Das werden sie ohnehin«, sagte sie. »Es kann dir doch wohl nicht entgangen sein, dass Katherine eine extravagante Erscheinung ist.«

»Aber überleg doch, Jane, was für eine schlechte Figur wir in den Adoptionsakten machen würden«, sagte ich.

»Wieso, was ist an euch auszusetzen?«, fragte sie loyal. Loyalität war einer von Janes vielen liebenswerten Zügen. »Ich finde euch beide ganz wunderbar. Wenn ich mir selbst Eltern aussuchen müsste, würde ich nicht zögern, dich und Jonathan zu nehmen.«

»Nun mach mal einen Punkt, Ma«, sagte Jonathan. »Klar könnten wir heiraten, wenn das was nützte, aber schließlich ist Kath eine vom Glauben abgefallene Methodistin, die eine Zeit lang in der Klapse war. Sie hatte ein Kind, verstorben, aus einer unehelichen Verbindung mit einem verheirateten Venetier. Und ich? Mit mir ist auch nicht viel Staat zu machen: Ich bin geschieden; mein Sohn lebt am anderen Ende der Welt; ich lasse mich von meiner Freundin aushalten und lebe in einer zweifelhaften Dachabsteige.«

»Nach einer anderen Lesart bist du allerdings äußerst respektabel, Jont«, erwiderte sie. »Was mich, nebenbei bemerkt, selbst überrascht. Du bist ein umgänglicher junger Mann mit einem erstklassigen Abschluss aus Oxford. Du hast einen Roman im Druck. Deine Freundin ist unverkennbar eine vernünftige Frau, ungeachtet schwieriger Phasen in der Vergangenheit. Du besitzt ein hübsches kleines Haus. Dein Vater ist dieser liebenswerte, weißhaarige Philosoph hier. Ich glaube wirklich, ihr braucht nur noch zu heiraten.«

»Und zu den Sozialarbeitern nicht ›Blödsinn‹ zu sagen«, ergänzte ich.

»Natürlich: Und zu den Sozialarbeitern nicht ›Blödsinn‹ zu sagen«, stimmte Jane zu. »Komm schon, Jonathan. Bitte sie ganz höflich.« Jonathan lachte.

»Kath«, sprach er, »gelbe Seidenstrümpfe, Hand aufs Herz, bei meiner Ehre: Willst du mich heiraten?«

46

Nachdem ich Jonathan geheiratet hatte, äußerte meine Mutter mir gegenüber die Ansicht, dass ich »es schlechter hätte treffen können«. Wir statteten ihr einen Wochenendbesuch ab, und er machte alles richtig. Er öffnete Türen für sie, schnürte seine Schuhe ordentlich, ließ sich einen Abend lang neben ihr nieder und sah sich Wochenendunterhaltung im Flimmerkasten an. Sie hatte ihre Hoffnungen für mich in den Jahren, seitdem ich mit neunzehn ins heiratsfähige Alter gekommen war, so drastisch gesenkt, dass sie vor allem erleichtert war. Ihre Nachbarin hatte ihr erzählt, die Juden würden sich »rührend um die Ihren und besonders ihre Frauen kümmern«, was sie mir gleich brühwarm erzählte, damit auch ich vielleicht aus dieser Information Trost bezog. Da ich nicht mehr neunzehn war, unternahm ich keinen Versuch zu leugnen, dass Jonathan Jude war. Noch erzählte ich ihr, wie ich es damals wohl getan hätte, dass Jonathan griechisch-orthodox getauft war. Es ging schließlich – nachdem ich genau das getan hatte, was ich wollte – nicht darum, mich ihr gegenüber zu behaupten, sondern sie, wenn möglich, glücklich zu machen. Im Gegenzug strich sie Jonathan zuliebe zuvorkommenderweise Bacon aus dem Sonntagsfrühstücksspeiseplan. Jonathan war hiervon entzückt, und hinterher fragte er mich spöttelnd, wie er denn bloß sicherstellen könnte, dass sie sich beim Abwasch nicht eine gotteslästerliche Vermischung von Fleisch und Milch habe zuschulden kommen lassen.

»Sie haut einfach alles in die Spülmaschine«, erklärte ich.

»Wir müssen ihr unbedingt klarmachen, dass ich bei unserem nächsten Besuch zwei Spülmaschinen erwarte«, sagte er. »Denn der gebotene Abwasch ist eine teure Angelegenheit.« Ich schmiegte mich an ihn, ganz Frischvermählte.

»Bevor du mich anrührst«, sagte Jonathan, »musst du mir versprechen, dass du nicht blutest. Ich kann die Verunreinigung durch eine menstruierende Frau nicht dulden.«

»Ich blute nicht«, sagte ich. Das war der Augenblick, da uns beiden gleichzeitig klar wurde, dass ich nicht blutete, obwohl ich es hätte müssen.

»Freu dich nicht zu früh. Morgen blutest du«, bremste er mich. Ich schüttelte den Kopf.

»Das ist das einzig absolut Verlässliche an mir«, sagte ich.

»Da hört euch diese Frau an«, sagte Jonathan. »Sie könnte schwanger sein. Wär das nicht ein Witz?« Wir hatten das Ritual der Eheschließung über uns ergehen lassen, ohne Einmischung des Klerus zwar, aber immerhin mit der des Staates, und wozu? Einzig und allein, um unsere Chancen bei der Adoption zu erhöhen.

»Da seht euch diese Frau an«, mokierte er sich. »Ein übles Feministinnenblatt wie *Spare Rib* unterm Arm, in meinen armen, wehrlosen Bruder die Krallen geschlagen, große Klappe bei diesem armen, unschuldigen Australier. Aber seht sie euch an: Kann nicht schwanger werden, ehe sie einen gesetzlich angetrauten Ehemann hat!«

Einen netten, verlässlichen englischen Ehemann.

Als Hochzeitsgeschenk bekam ich von meiner Mutter eine hochmoderne Strickmaschine. Sie war perfekt. Wir hatten vor, sie nach Irland mitzunehmen und mit ihr unseren

Lebensunterhalt zu verdienen, aufgestockt mit dem, was Jonathan und ich mit gelegentlichen Lektoratsarbeiten verdienen konnten, und, wenn nötig, seinen Rücklagen. Wir hatten das vor, was Jacob »ein bisschen Bohemeleben mit Mittelschichtsrückversicherung« nannte. Zu diesem Zweck hatte ich mit Proben meiner Fertigkeit diverse Läden in – wer sagt's denn? – der King's Road und anderswo abgeklappert. Ich hatte ein paar Bestellungen ergattert, und Sally mit ihrer christlichen Nächstenliebe hatte zwischen Kinderversorgung und Unterricht die Zeit gefunden, meine Sachen in den wohlhabenden Touristenstädtchen der Cotswolds zu verhökern. Sally, die mit beiden Beinen um einiges fester auf dem Boden steht als ich, meinte gleich, eigentlich wäre der beste Markt für die Sachen die Schweiz. Und organisierte das prompt über das vorjährige Schweizer Aupair-Mädchen. Auf diesem Wege gelangte ich, denke ich, zu der Einsicht, dass Schulsprecherinnen auch für anderes gut sind als dafür, Arrest aufzubrummen und Gerenne auf den Treppen zu melden.

»Roger könnte in New York Kontakte knüpfen«, sagte sie. »Er fliegt Weihnachten zu einer Tagung rüber.« Im Traum hätte ich nichts aushecken können, was Roger gründlicher kastrierte, als sich gezwungen zu sehen, mit meinen Strickwaren in Manhattan von Laden zu Laden zu ziehen, als Klinkenputzer für seine spleenige Ex-Freundin.

»Das kann ich Roger unmöglich zumuten«, sagte ich. »Kommt nicht infrage.«

»Wieso denn nicht?«, meinte sie. »Ich werde darauf bestehen.«

»Roger und Pullover anpreisen?«, sagte ich. »Da müsste er ja mit den Leuten *reden*. Ich meine mit Normalsterblichen – Leuten, die Handel treiben. Sally, bitte, ich versinke vor Scham, wenn du ihn darum bittest. Ehrlich. Ich könnte ihm nicht mehr unter die Augen treten.« Sally schaute verdutzt drein.

»Manchmal versteh ich dich nicht«, sagte sie. »Aber wenn du wirklich meinst, dann lasse ich's eben.«

Ich schrieb nach der Trauung an Michele, obwohl er auf meinen früheren Brief nie geantwortet hatte. Ich erzählte ihm, dass Jonathan und ich geheiratet hätten und dass ich wieder schwanger sei. Seine Reaktion war sehr anständig: Er schickte einen gewaltigen toskanischen Kuchen, einen Kuchen, der aussah, als leide er unter den Auswirkungen einer Hormonbehandlung, und dazu eine Karte, die, frecherweise, an »Caterina und den englischen Juden« adressiert war und die, sehr galant, mitteilte, er habe nur einmal in seinem Leben einen *meestake* gemacht.

47

Im Zeichen meiner segensreichen Ahnungslosigkeit war meine erste Schwangerschaft der reinste Spaziergang gewesen. Es wäre mir gar nicht in den Sinn gekommen, dass eine Geburt anders als nach Lehrbuch verlaufen, das Kind anders als körperlich und geistig gesund sein könnte. Jetzt war es nicht so. Düstere Visionen suchten mich nachts heim, und Jonathan wurde nicht selten davon wach, dass ich auf und ab tigerte und alle nur erdenklichen Geburtsfehler nach Schwere gestaffelt durchging, um zu prüfen, welchen ich ins Auge sehen könnte. Einmal wurde sogar Zeuge, wie ich schlotternd eine Wärmflasche umklammerte, nachdem ich geträumt hatte, dass ich in einer Lache intrauterinen Bluts eine tote Katze gebar – frei nach Leones Abtreibungsdebakel.

»Herrgott noch mal«, stöhnte Jonathan gereizt, an ersten Schlafentzugserscheinungen leidend. »Ich hoffe, wenigstens nach neunwöchiger Tragezeit? Sei nicht pervers, Kath.« Jonathan, der dem Gynäkologen gegenüber so loyal meine geistige Gesundheit verteidigt hatte, müssen allmählich Zweifel gekommen sein. Babys hatten in seinem Erleben einfach immer nur stattgefunden. Sie waren stets lebend eingetroffen, gesund, und hatten als unangenehmste Begleiterscheinungen höchstens den Gestank von Windeln und Sanitärreiniger mit sich gebracht. Er hatte daher kein Verständnis für meine wiederkehrenden Schreckensvisionen von Missgeburten und toten Katzen. Für ihn gehörte dergleichen ins Genre mittelmäßiger Schauerromane. Und ihn hatte jahrelanger Konsum billiger Comics und Schundhefte immunisiert.

Ich war zudem eine reichlich kränkelnde Schwangerschaft. Nicht nur, dass ich sexuell von Anfang an lahmgelegt war, nein, ich musste mit meiner Risikoschwangerschaft in den ersten drei Monaten auch mehrmals je eine Woche zur Beobachtung auf eine besondere Abteilung ins Krankenhaus. Dort verband die Opfer von Blutdruckschwankungen, Fettleibigkeit und Diabetes ein makabrer Geist weiblicher Kameraderie, der die Leidtragenden in Trauben wattierter Synthetikhausmäntel und flauschiger Pantoffeln zusammenführte und zur gegenseitigen Einweihung in die Umstände vorausgegangener Katastrophen veranlasste. Ich nahm, wie immer in Krisensituationen, zur erneuten Lektüre von *Emma* Zuflucht und stopfte mir Watte in die Ohren. Das bisschen kostbarer Schlaf, das zu ergattern war, wurde durch die abendliche Tablettenausgabe oder die Assistenzärzte gestört, die röhrend in ihren Sportflitzern auf den Klinikparkplatz vorfuhren.

Es versteht sich von selbst, dass ich kündigte. Wir lebten hauptsächlich von Jacob, der uns mit großzügigen und regelmäßigen Zuschüssen in Gestalt der Miete, die er für das Haus in Sussex einnahm, unter die Arme griff. Er drängte Jonathan das Geld auf und rechtfertigte es damit, dass es ihm hinsichtlich des Verbrechens, zwei Häuser zu besitzen, mildernde Umstände sicherte, und außerdem sei er so stinkreich, dass er ohnehin nicht wüsste, was er mit dem Geld anfangen sollte. Er war in einem geradezu grotesken Ausmaß um mein Wohlergehen besorgt, was zur Folge hatte, dass ich mich wie Volpone flugs auf die Couch begab und nach meinem Riechsalz griff, wenn ich nur seinen Tritt auf den Stiegen hörte. Einmal erwischte er mich an der Strickmaschine.

»Was zum Teufel machst du da?«, maulte er.

»Fair-Isle«, erwiderte ich keck. »Nun komm schon, Jacob, eine der ersten Äußerungen, die ich aus deinem Munde gehört habe, war die, dass das Kinderkriegen ein natürlicher Vorgang sei. Es gibt Frauen, die sich in die Wildnis hocken und die Nabelschnur durchbeißen.«

»Rede keinen Unsinn«, sagte Jacob. Er brachte mir Bücher. Erbauliche Bücher, und jede Menge Weintrauben. Ich sah wohl, dass er seine Vorfreude darauf, mit einem Enkelkind spielen zu können, zügelte, weil mein Zustand kipplig war und weil wir die Absicht hatten, nach erfolgreich überstandenem vierten Monat fortzugehen – zu welchem Zweck mein Krankenhausarzt bereits die Überweisung an einen Kollegen in Dublin arrangiert hatte. Jacob scheute sich nicht, Jonathan massiv zu bearbeiten, um ihn umzustimmen; er erpresste ihn hemmungslos mit meiner Gesundheit. Jonathan unterstellte Jacob daraufhin, Frauen in anderen Umständen vorzuziehen, weil sie leichter zu beherrschen und zu manipulieren seien. Bald gewöhnte sich Jonathan an, außer Haus zu gehen, wenn Jacob kam, was dieser doch ein wenig als Zurückweisung empfand, fürchte ich. Jane kam mich vormittags allein besuchen, redete immer vernünftiges Zeug und hatte bei einer Gelegenheit den hervorragenden Einfall, Sally mitzubringen, damit deren brandneues Baby mir Hoffnung machte. Janes einziger Fehler lag darin, ungerechterweise anzudeuten, Jonathan täte nicht genug für mich.

Ich fühlte sehr mit Jonathan in diesen Monaten. Die Panikmache seines Vaters und die Verdächtigungen seiner Mutter, meine nächtlichen Angstattacken und seine Hemmung, die Schreibmaschine zu benutzen, aus Angst, er könnte mich wecken, und nicht zuletzt der sexuelle Notstand trieben ihn fast in den Wahnsinn. Eines Nachts fand ich ihn in Socken an der Küchenspüle. Er hatte die Schreibmaschine auf zwei Dielenbrettern über dem Becken aufgebockt und – da es in der Küche keine Steckdose gab – mit einem endlosen Verlängerungskabel neben dem Plattenspieler angeschlossen.

»Komm ins Bett«, sagte ich energisch. »Ich bin scharf auf dich.« Also kam Jonathan in meinem Bauchnabel und benetzte meine Schulter mit erschütternden männlichen Tränen. Es war auch die Nacht, in der er aus dem Bett stieg und seine Brille zertrat, die er auf dem Fußboden abgelegt hatte.

»Mist, verdammter!«, fluchte er. »Liebe macht blind.« Er bildete sich gern ein, dass nur Roger es fertigbringen konnte, aus Zerstreutheit seine Brille kaputt zu machen. Die Schmach, dass es jetzt ihm passierte!

48

Jacob hatte die Fahrt von Bedales offensichtlich genossen: Für schwarze Komödie war er schon immer zu haben gewesen. Er hatte seine Tochter Sylvia mit zwei Freundinnen übers Wochenende heimgeholt. Es war ihr Geburtstag, und es war das Wochenende, an dem Jonathan und ich nach Irland abreisten. Die Mädchen schwärmten plappernd in schriller Aufmachung herein: weiße Drillichhosen zum Satin-Kummerbund, rote Pfennigabsätze zu quergestreiften Söckchen, wattierte Westen, Rettungswesten nicht unähnlich, über Haremshosen in Tarnfarben, die an den Fesseln mit Haarbändern gebündelt waren. Die Mutigste trug einen grünen Spraystreifen im Haar und eine überdimensionale spiegelnde Sonnenbrille. Sylvia lutschte mit ihren vierzehn Jahren hin und wieder noch am Daumen. Sie hatte wie Jonathan sehr krauses Haar, das sie lang trug, an den Schläfen apart hochgeschlungen und mit apfelgrünen Plastikspangen gehalten. Ihre Freundinnen sprachen Jacob gnadenlos mit »Professor Goldman« an. Sie ließen ihren ganzen Lolitacharme spielen, um ihn aus der Reserve zu locken, und waren von jeder seiner Äußerungen entzückt.

»Ich bin nicht ›Professor Goldman‹«, sagte Jacob, »ich bin Jacob.«

»Verzeihung, ›Professor Goldman‹«, sagte die Kesse mit dem grünen Punkstreifen.

»Er wird bald pensioniert«, meinte Sylvia. »Er ist schon fast nicht mehr Professor. Ist er nicht unheimlich alt? Du bist so alt, Jake. Du bist der älteste Vater in meiner ganzen Klasse.«

»Ich gehe nicht in deine Klasse«, erwiderte Jacob. Gekicher. »Dann will ich dich nicht weiter blamieren, Sylvie. Ich humpel jetzt lieber wieder brav in meine Pensionärspension zurück.«

»Er ist richtig nett, dein Vater«, sagte das andere Mädchen zu Sylvia im Bühnenflüsterton. »Seine Augenbrauen sind einfach süß. Findest du seine Augenbrauen nicht süß?«

»Zum Schreien, nicht?«, pflichtete Sylvia bei.

»Tag, Katherine«, begrüßte mich Jacob und rettete sich zu uns älteren Herrschaften. »Das sind mir vielleicht Harpyien! Alles künftige Margaret Thatchers.«

»Harpyien?«, fragte Sylvia verständnislos.

»Katherine, erklär doch bitte diesem exklusiv ausgebildeten Kind, was Harpyien sind«, seufzte er.

Roger kam, um uns zu verabschieden, mit Sally und den zwei Kleinen. Annie war da, per Motorrad, Freund auf dem Sozius, und Sam tauchte auch auf, allein. Rosie wurde erwartet, war aber noch nicht eingetroffen.

»Meg, Mog und Owl«, stellte Jacob Sylvia und ihre beiden Freundinnen vor. Uns rubrizierte er kurz für die Mädchen.

»Mein Sohn Roger, mein Sohn Jonathan, meine Schwiegertöchter Sally und Katherine, Sallys Kinder, mit deren Namen ich euch nicht zusätzlich belasten will, meine Tochter Annie und ihr Freund Mike, der, wie ihr seht, das Herz auf dem rechten Fleck hat.« Mike trug ein T-Shirt mit Hammer und Sichel vorne drauf und eine Plakette mit der Parole »Kernfamilie, nein danke«. Annie, dieses ausgeglichenste Produkt einer Kernfamilie, trug den gleichen Button. »Und da drüben, der gut aussehende junge Mann, das ist Sam.« Sam löste nahezu eine Ohnmacht aus, denn er war fast so umwerfend wie Roger mit neunzehn, dabei natürlicher und ohne Rogers gehemmte, nervöse Intensität. Er fachsimpelte mit Mike über Motorräder, und sie verschwanden zusammen nach draußen, um Annies Maschine zu begutachten, die sie neben den Kletterhortensien an der Haustür abgestellt hatte.

Jonathan hatte für Sylvias kleine Geburtstagsfeier, die später stattfinden sollte, entzückende Lebkuchenmännchen gebacken. Aber erst wollten die Mädchen bei einem Nachbarn in den Swimmingpool. Sie waren noch kindlich genug, um sich, als Sam und Mike erst einmal außer Sicht waren, unbekümmert zu entkleiden und in ihre niedlichen kleinen, knappen schwarzen Bikinis zu schlüpfen. Ich stand mit Jane und Sally in der Küche, aber wir konnten durch die Tür beobachten, wie sie Roger und Jonathan dabei ignorierten, als zählten die aus Überalterungsgründen nicht mehr. Roger hatte sich anstandshalber eine Ausgabe des *New Statesman* geschnappt, in der er die Nase vergraben konnte, hatte sich aber ohnehin kurz abgewandt, um nach seinem winzigen Sohn zu schauen, der unter Janes Topfpalme in einem Weidenkorb schlief. Jonathan hingegen konnte den Blick nicht von Sylvias Freundinnen wenden. Eine der beiden hatte äußerst ansprechende Grübchen über den Pobacken.

»Sieh dir nur Roger und Jonathan an«, sagte ich im Flüsterton zu Jane. »Roger liest den *New Statesman*, und Jonathan beäugt die Mädels und überlegt sich, welche er nehmen würde.« Jonathan, der scharfe Ohren hatte, kriegte sofort mit, dass sein Name fiel. Er stand auf und kam in die Küche.

»Was redet ihr da über mich?«, fragte er.

»Nichts, nichts«, meinte Jane. »Wir wollen es dir nachsehen, weil du so nette Teigmännchen gemacht hast.«

Nachdem die Mädchen losgezogen waren, stellte Annie aufmerksam die leuchtend bunten Teenietaschen ordentlich übereinander, damit wir uns nicht inmitten eines Schlachtfeldes zu Wein und Käse niederlassen mussten. Annie war eine große, kompakte junge Frau mit deutlichem Hang zum Damenbart. Sie widerlegte die gängige Mär, dass Männer hübsche Frauen vorziehen. Annie kam bei den Männern sehr gut an. Sie war stets umringt von hübschen Kerlen, die mit ihr über Sandstein und Bronze diskutierten.

Jane sah vollkommen wiederhergestellt aus, geradezu blühend. Außerdem schöner als je zuvor. Ihr Kleidungsstil hatte sich seit der Zeit unserer ersten Bekanntschaft gewandelt, insofern nämlich, dass sie Jacob zuliebe Sachen trug, die er ihr kaufte. So auch heute: ein feines, himmelblaues Wollkleid mit hohem geschlossenem Kragen, das wunderbar fiel und das Sally wortreich bewunderte.

»Jake hat es mir gekauft, als Garderobe, die meinem Alter und meiner Stellung im Leben entspricht«, sagte Jane und spielte damit Sallys Kompliment herunter. Er hatte es ganz offensichtlich gekauft, weil es zu ihren Augen passte. In diesem Moment schneite Rosie herein. Sie hatte einen jungen Mann im Schlepptau, der so wenig Proletarisches an sich hatte, dass wir mit offenen Mündern dastanden. Er war die Inkarnation von Micheles britischem Stereotyp mit dem fliehenden Kinn, dessen Existenz ich stets patriotisch geleugnet hatte. Er trug einen Schulschlips. Er redete Jacob mit »Sir« an. Er schlug fast die Hacken zusammen, als Rosie ihn vorstellte.

»Sehr erfreut, Sir«, sagte er. Jacob huschte zur Küche hinein und wieder heraus, weil er für Jane auftrug. Er blieb im Wohnzimmer kurz stehen und überschlug den Bedarf an Gläsern, was der arme Junge missverstand. Er sprang auf. »Verzeihung, Sir, sitze ich auf Ihrem Stuhl?«

»Setzen Sie sich, junger Mann, setzen Sie sich«, brummelte Jacob missmutig. »In diesem Haus sind alle Stühle meine Stühle.« Ich floh, Feigling, der ich bin, in die Küche und half Jane mit den Essensvorbereitungen.

»Meine Tochter!«, zischte Jacob halb hysterisch Jane zu, als er das nächste Mal hereinkam. »Sie ist einem aufstrebenden Grafschaftsanwalt in die Hände gefallen!«

»Beruhige dich, Jacob«, sagte Jane kühl. »Er sieht aus wie ein biederer junger Mann, der bei Liberty Lederwaren verkauft. Der macht es eine Woche, länger nicht.«

»Du hast mir doch gesagt, dass sie auf Prolls steht«, zischte ich. »Ich glaube dir kein Wort.«

»Die reine Wahrheit«, zischte Jacob zurück. »Das ist vollkommen neu. Wer ist er? Ob er in Sandhurst war? Mein Gott, Janie, er ist unerträglich.«

»Du bist, was diese Tochter angeht, neurotisch«, sagte Jane. »Du wirst nicht eher zufrieden sein, als bis sie sich den Kopf scheren lässt und ins Kloster geht.«

Alle stießen auf Jonathan und mich an und wünschten uns alles Gute, aber Jacob, der von dem Moment an, wo die Irlandidee Gestalt angenommen hatte, nur gemeckert hatte, konnte auch jetzt, kurz vor Toresschluss, keine Ruhe geben.

»Tja, Jont«, sagte er. »Wir müssen uns wohl mit diesem hirnverbrannten Plan von dir abfinden, obwohl mir auf ewig ein Rätsel bleiben wird, was gegen London einzuwenden ist. Das Landleben ist was für Bauern und Milchmädchen, das wirst du schon noch merken. Und wer kauft dir dann deine armselige, baufällige Hütte ab?«

»Jacob, lass ihn in Ruhe«, sagte Jane bestimmt. »Jonathan gefällt das Landleben. Das war immer schon so. Du wirst akzeptieren müssen, dass ihr euch in dieser Hinsicht unterscheidet.« Annie stand um unseretwillen der Mund offen vor Empörung.

»Und wie kommst du überhaupt dazu zu sagen, dass Jonts Haus baufällig ist?«, ging sie ihn an. »Er hat doch ein Bauunternehmen beauftragt, oder etwa nicht? Du hast das Haus noch nicht einmal gesehen, du alter Miesmacher. Roggs kennt es und hat nichts daran auszusetzen.«

»Wann kommst du also und schaust es dir an, Jacob?«, fragte ich. »Du willst doch wohl nicht auf die Seniorentarife warten, hoffe ich?« Jacob grinste.

»Katherine«, sagte er, »hast du irgendeine Vorstellung, was es heißt, isoliert zu sein?« Ich fand, die hatte ich sehr wohl. Es hieß, morgens um vier von Hendon aus die Zeitansage anzurufen. Es hieß, inmitten einer wimmelnden Stadt bei den Bernards zu wohnen. Es hieß nicht, mit Jonathan allein auf dem Land zu leben.

»Ich habe ja Jonathan«, sagte ich und muss hoffnungslos verliebt geklungen haben.

»Und ein Kleinkind?«, sagte Jacob. »Mutterschaft isoliert schon per se. Du wirst abgeschnitten sein und an dein Kind gefesselt. Dieser ganze Strickspleen von dir wird sich erledigen, weil das Kind deine gesamte Zeit beanspruchen wird. Und weil es im ganzen Land niemanden mehr gibt, der die Arbeit hat, die nötig ist, deine Unikate zu erwerben.«

»Blödsinn«, sagte Rosie. »Das West End wimmelt von Läden mit Edelpullovern. Hampstead genauso. Das fällt dir bloß nicht auf. Du achtest doch nur auf Buchläden. Natürlich kaufen die Leute so etwas. Ich schließlich auch, oder nicht? Wir kleiden uns nicht alle secondhand ein, weißt du, wie einige der hier Anwesenden.« Jane lächelte, von der kleinen Spitze unbeeindruckt.

»Warum ist Pullover stricken bitte schön Unsinn, Jake?«, fragte Annie. »Und das von jemandem, der Metaphysik lehrt, also das ist schon ein starkes Stück. Was brauchen die Menschen denn dringender: Metaphysik oder Pullover?«

»Die schlichte Wahrheit, mein Herzblatt, ist, dass ich dafür bezahlt werde«, konterte Jacob. »Diese beiden dagegen – es ist zum Erbarmen – haben zusammen nicht einen Funken praktische Veranlagung. Welcher von beiden hat denn Geschäftssinn?«

»Ich«, sagte ich. »Mein Vater war Krämer, Jacob. Jonathan hat Landerfahrung, und ich weiß, wie man Dinge verkauft. Du glaubst, ich hätte keine Arbeitsmoral. Gib's zu. Du hältst mich immer noch für ein schusseliges junges Ding ohne rechte Motivation.«

»Mein Engel«, sagte Jacob, »ich halte dich für ganz bezaubernd.«

»Danke«, sagte ich. »Dann also ein bezauberndes schusseliges junges Ding ohne rechte Motivation.«

»Er ist ein Mistkerl, Katherine«, sagte Jane. »Das ist dir doch hoffentlich klar.«

»Mein liebes Kind«, meinte Jacob, »was hat Arbeitsmoral schon damit zu tun? Geld ist noch nie mit harter Arbeit gemacht worden. Kein Mensch ist je durch Arbeit reich geworden. Geld entsteht durch die Ausbeutung der Arbeit anderer. Was du brauchst, Katherine, sind so viele Strickmaschinen, dass alle einheimischen Frauen damit versorgt werden können, die dann die Arbeit für dich tun, während ihr beide vom Überschuss lebt. So müsst ihr das machen. Das wäre die einzige Rechtfertigung, nach Irland zu gehen, wie euch jeder anständige Kapitalist überzeugend darlegen könnte. Bei hoher Arbeitslosigkeit beutet man die Gelegenheit zu schlecht bezahlter Heimarbeit von Frauen aus. Dann stellt man einen Buchhalter ein, der die Zahlen frisiert, und betrügt das Finanzamt. Das nennt man Unternehmensgeist. Und den hast du nicht,

Katherine, auch wenn du über Reize im Überschuss verfügst.«

»Die Hefte raus, Leute«, sagte Jane. »Ich hoffe, ihr schreibt alle mit. Was bist du nur für ein Pedant, Jake. Ich kann nicht umhin, mir dazu zu gratulieren, seit zwanzig Jahren schon kein Buch mit Fußnoten mehr aufgeschlagen zu haben.«

»Aber Jont«, sagte Jacob, »begreifst du denn nicht: Es will mir einfach nicht in den Kopf, weshalb ihr partout verhungern wollt. Es muss euch doch daran liegen, nicht zu verhungern? Du weißt doch, was der große Brecht zu dem Thema zu sagen hatte: Erst kommt das Fressen, dann die Moral!«

»Warum bist du für die beiden so raffgierig?«, warf Annie ein. »Vielleicht bist du selbst bloß ein verhinderter Kapitalist, Jake. Katherine will nicht reich werden. Sie will Schönes hervorbringen. Und das ist doch auch das Einzige, was im Leben lohnt.« Jacob rührte ihre liebe Art.

»Du bist etwas Schönes«, sagte er. »Einmal im Leben habe ich etwas Schönes hervorgebracht.« Annie versetzte ihm einen freundschaftlichen Rippenstoß und grinste gewinnend.

»Ich zeig dir den Finger, du alberner alter Kerl«, sagte sie. »Nur, weil meine Nase fast so groß ist wie deine. Glaub ja nicht, dass es mir etwas ausmacht.«

Jane rückte auf die ihr eigene, einnehmend verschwörerische und so schmeichelhafte Art näher an mich heran. Sie legte ihre Hand auf meine.

»Dir wird heute ein reichliches Maß an gutem Rat vom Allmächtigen zuteil«, meinte sie. »Gib uns unseren täglichen ... Ich wage es kaum, meinen eigenen noch hinterherzuschicken, aber er würde folgendermaßen lauten: Dein Plan, diese Dinge herzustellen, wird hervorragend funktionieren, denn es gibt immer genügend sehr reiche Leute, die wenige sehr schöne Dinge kaufen können – soll Jake sagen, was er will. Rosie hat vollkommen recht. Und Jacob weiß das. Es betrübt ihn einfach, auf Jonathans Gesellschaft verzichten zu müssen.«

»Das ist nicht wahr«, sagte Jacob. Der arme Jacob, da sah er sich doch glatt zu einer faustdicken Lüge genötigt, der alte Mistkerl. Jane ignorierte ihn.

»Deine Rechnung wird unter einer Voraussetzung aufgehen, Katherine, wenn ich das mal sagen darf«, fuhr sie fort, »und zwar, indem du diesem dickschädeligen und widerspenstigen Sohn von mir eine ganz konkrete, geschäftsmäßige und verbindliche Zusage abringst – und ich betone: abringst –, Hausarbeit und Kinderversorgung mit dir zu teilen.«

»Das wird er«, versicherte ich. »Das tut er schon. Er ist sehr gut zu mir, Jane.«

»Wir sind alle sehr gut zu dir, Katherine«, sagte sie. »Du machst eine schwierige Schwangerschaft durch. Ich meine aber langfristig. Ich kenne diese geschickten Kerle wie den deinen und den meinen, verstehst du. Ich kenne ihre hübschen und bewegenden Bekenntnisse zu den Rechten der Frau und zur Arbeitsteilung, denn sie können wunderbar eloquent über diese Dinge reden, und es kostet sie nichts, das so überzeugend zu formulieren, wie sie es tun. Aber wenn du deinen Lebensunterhalt verdienen willst, Katherine, und deinen Bestellungen gewissenhaft nachkommen, dann wirst du das nicht können, wenn du dich gleichzeitig um ein kleines, quirliges Kind kümmern musst. Jonathan muss dieses Kind für dich hüten, entweder grundsätzlich vormittags oder vier volle Tage die Woche. Nicht aus Gefälligkeit, sondern aus blanker Notwendigkeit. Dazu gehören dann auch Einkaufen, Kochen, Waschen und

Putzen. Wie wir Frauen es tun. Sorg dafür, dass er sich das Recht, an der Schreibmaschine zu sitzen, verdient. Das ist sein Vergnügen. Sämtliche Männer in dieser Familie zeichnen sich dadurch aus, dass sie ihren Lebensunterhalt mit ihrer Lieblingsbeschäftigung bestreiten. Das ist in einer notleidenden Welt ein Luxus. Jonathan bestreitet bisher noch nicht einmal seinen Lebensunterhalt, aber das ist eine vorübergehende Phase. Er wird es noch.«

»Mach nur so weiter, Ma«, sagte Jonathan. »Lass dich durch meine Anwesenheit nicht stören.«

»Danke, Jonathan«, sagte Jane, »das werde ich auch nicht.«

»Oder du könntest dir die langen Reden sparen und gleich meinen Kopf fordern. Auf dem Tablett. Nur zu.« Jane lachte kurz auf.

»Katherine«, fuhr sie dann fort, »du musst das Folgende tun. Du musst einen Zeitplan für ihn erstellen, schriftlich, und er muss ihn unterschreiben. Mach ihn vorher betrunken, wenn nötig, oder drohe damit, dass du seine Angelrute versteckst.« Jonathan ahmte sie hinter ihrem Rücken nach. Er schnitt gräßliche Pennälergrimassen, die mich zum Lachen reizten. »Kopier das Ding, und lass eine Kopie bei mir«, sagte sie, »denn wenn du es nicht tust, kann ich mir lebhaft vorstellen, wie es in eurem hübschen kleinen Häuschen zugehen wird. Fette Fische auf dem Grill, und du um Mitternacht an der Strickmaschine, nachdem du die letzte Windel ausgewaschen hast.« Jonathan hörte mit den Fratzen auf und musterte sie plötzlich mit einem Gesicht wie einer Gewitterwolke.

»Machst du eigentlich Witze?«, sagte er scharf. »Ich kann darüber leider nicht lachen. Wir teilen uns jetzt auch die Arbeit. Sie hat es dir selbst gesagt, aber du bist so emsig dabei, deine eigene Rechnung zu begleichen, dass du ihr nicht einmal zuhörst. Wie kommst du darauf, dass ich wie Jake bin?«

»Na wie wohl?«, fragte Jane provozierend zurück. »Wie in der Welt komme ich nur auf so etwas?«

»Ich brauche Katherine nicht, um mir meine stinkenden Socken zu suchen«, empörte sich Jonathan. »Ich bin nicht wie Jake. Ich koche. Ich koche ständig. Lass mich bloß in Ruhe.«

»Mein über alles geliebter Jontikins«, sagte Jane, »wir haben deine Lebkuchenmännchen alle bewundert.«

»Ach, hör doch auf, alte Kuh«, rief Jonathan. »Behandel mich bloß nicht so von oben herab.«

»Und er geht auch in den Waschsalon«, steuerte ich bei. Ich hielt einen blütenweißen Ärmel hoch. »Sieh dir diese Bluse an. Von Jonathan gebügelt.«

»Hör zu«, sagte Jane, »ich will ja gar nicht bestreiten, dass er im Augenblick etwas besser ist als Jake in diesen Dingen. Die Zeiten haben sich und ihn geändert. Glaub doch nur nicht, dass ich ihn nicht selbst erlebt habe in eurer komischen kleinen Küche, wie er Boccherini pfeifend über *Preiswert kochen* steht. Ich gebe zu, ich war beeindruckt, aber eine Menge Männer kochen hin und wieder ganz gern, sofern ihre Frauen den Knoblauch und die Ingwerwurzel und was immer sonst für den großen Auftritt erforderlich ist, besorgen.«

»Leck mich, du Hexe«, sagte Jonathan. »Lass mich bloß in Frieden.«

»Babys ketten Frauen ans Haus, Katherine«, sagte Jane. »Nichts ist besser geeignet, Abhängigkeit zu schaffen, als eine ans Haus gekettete Frau. Jonathans erstes Baby wurde in eine vollkommen andere Welt hineingeboren, weißt du. Horden von Tanten und Omas, die sich darum gerissen haben, die Windeln waschen zu dürfen. Aber sieh dir den armen Kerl nur an. Er schnaubt schon vor Wut.«

»Wenn Katherine deinen Rat braucht, wird sie dich verdammt noch mal darum bitten«, sagte Jonathan. »Verstanden?«

»Oder vielleicht auch nicht«, entgegnete Jane. »Vielleicht gerade dann nicht, wenn sie ihn am nötigsten hat. Deshalb bekommt sie ihn ungebeten.«

»Sie verfügt über eine viel breitere Erfahrung als du«, sagte Jonathan. »Sie hat in ihrem Leben mehr Männer gehabt als du warme Mahlzeiten. Wie kommst du dazu, zu meinen, dass sie deinen Rat dazu braucht, wie sie sich vor mir zu schützen hat, du schwarzseherische alte Ziege? Sie hat vier Jahre mit einem faschistischen Irren zusammengelebt.«

»Sechs«, sagte ich.

»Du kannst doch unmöglich den reizenden Mann meinen, der dir den Kuchen geschickt hat?«, staunte Jane, aber Jonathan überging das.

»Was hast du schon jemals riskiert, außer einem kunstliebenden Schwulen schöne Augen zu machen, um Jake zu quälen, du überhebliche Kuh?« Jacob rauchte eine seiner stinkenden Zigarren.

»Beruhige dich, Jont«, tadelte er milde durch den Nebel. »Sie bevormundet alle. Wir alle stellen gern unsere größten Begabungen unter Beweis. Diese ist die ihre. Diese und die Aufzählung der Ungerechtigkeiten gegen Frauen. Jane hatte das Recht auf alle Leidensprüfungen des weiblichen Geschlechts schon lange gepachtet, bevor die erste Geschlechtsgenossin auf die Idee kam, öffentlich ihren Büstenhalter zu verbrennen. Jane hat in meinem Küchengarten die Frauenbewegung erfunden.«

»Beim Schrubben der Bettlaken deiner Kinder wohl

eher«, sagte Jane. »Draußen an deiner Mülltonne, Jake, während ich die Kotelettknochen von den Tellern schob. Über dem Waschbecken, aus dem ich deine Bartstoppeln wischte, während du irgendwo saßest und deine wunderbaren Bücher geschrieben hast. Und jetzt schreibt dein Sohn Bücher. Warum sollte Katherine das Gleiche blühen? Warum sollte sie nicht aus meinen Fehlern lernen?«

»Weil sie das nicht kann«, sagte Jacob kurz angebunden. »Das kann niemand. Du wirst langweilig, Janie.«

»Langweilig zu werden hat dich doch auch nicht daran gehindert, an ihnen herumzumäkeln, oder, Jake? Jetzt bin ich dran.«

»Du hörst dich an wie jede x-beliebige zeternde Vettel«, sagte Jacob. »Frauen gegen den Rest der Welt. Frauen gegen überhaupt alles.« Mike beugte sich zu Annie hinüber.

»Und der nennt sich einen Radikalen?«, bemerkte er halblaut. Woraufhin sie beide leise gluckten. »Klingt mehr wie Dschingis Khan.«

»Nicht«, mahnte ihn Annie flüsternd.

»Deine Kinder sind erwachsen, verdammt noch mal«, sagte Jacob. »Du hast seit Jahren keine Bettlaken mehr geschrubbt. Sieh sie dir doch an. Es sind alles wunderbar rationale Erwachsene. Du hast eine Putzfrau, die dir die Küche sauber macht. Wenn du dich dabei ertappst, dass du von Zeit zu Zeit meine Barthaare aus dem Waschbecken fischt, dann tut's mir leid, aber was zum Teufel hast du denn sonst zu tun, außer deine Schwiegertöchter zu nerven? Du kannst doch nicht den Rest deines Lebens an diesem verflixten Klavier verbringen wollen. Das ist dein Luxus, meine Liebe, und davon ist noch nie eine Gasrechnung beglichen worden.«

Du Schwein, Jacob, dachte ich im Stillen. Du gemeine Sau. Wie kann ich dich bloß immer so gern gehabt haben?

»*Ich* streite mich mit Jane«, mischte sich Jonathan ein. »Mit Jane, die die fixe Idee hat, dass ich ein mieser Schofel bin. Lenk sie jetzt nicht mit diesem ganzen Frauenbewegungsmist ab.«

»Das ist nicht nur Mist für jemanden wie mich, Jont, eine Frau, die sechs Kinder gehabt hat«, sagte Jane. »Sieben, mit Jake.«

»Bitte, Ma«, sagte Annie. »Bitte, hör auf.«

»Ich habe nichts gegen die Frauenbewegung«, sagte Jonathan, »solange es nicht mein Samen ist, der ins Eisfach wandert, um lesbische Ehen zu befruchten.«

Sally, die ihrem kleinen Sohn die Brust gab, wurde steif vor Missbilligung über Jonathans Wortwahl, obwohl sie sie einigermaßen mit Fassung trug. In ihrer Bewertungsskala der menschlichen Sekrete war Muttermilch offenbar akzeptabler als Samen. Aber Jane schmunzelte, und nichts anderes hatte Jonathan bezweckt. Aus Gutmütigkeit brachte er zur Entschärfung der Situation um ihretwillen sein komisches Talent ins Spiel.

»Du bist süß, Jontikins«, sagte sie, »und sehr gerissen. Sei mir nicht böse. Es war unklug von mir, mich in deine Angelegenheiten einzumischen, und ich hoffe, du kannst mir verzeihen.«

Rogers Töchterchen frustrierte sich selbst allmählich mit einem Kreisel, dem es noch nicht gewachsen war. Sie stupste Roger das Ding in den Oberschenkel, um seine Aufmerksamkeit zu erringen, aber er bemerkte sie nicht – ich glaube kaum, dass er überhaupt von einem von uns Notiz nahm. In einem Haus voller Vielredner sagte Roger nicht viel. Er hatte nie viel für unspektakuläre Allerweltsgespräche übriggehabt. Das war zwischen uns immer ein Zankapfel gewesen: Ich höre liebend gern, was Leute zueinander sagen. Aus diesem Grund stehe ich gern

Schlange, während Roger, meiner Erfahrung nach, Läden schon deshalb mied, weil er fürchtete, es könne von ihm eine Äußerung darüber erwartet werden, ob er nicht auch meinte, es sei plötzlich merklich frischer geworden. Er ging mit seinem Kind freundlich und sanft um, aber er spielte nicht mit ihm. Nicht auf die wilde und wunderbare Art, in der Jacob mit Kindern spielen konnte; die Art, die Umstehende veranlasste zu rufen: »Hör auf, Jacob! Sie bricht sich noch ein Bein! Das endet noch mit Tränen!«

»Er hört dich nicht, Kleinchen«, sagte Jonathan zu ihr. »Bring ihn mir. Ich mag die Dinger furchtbar gern. Ich lass ihn für dich wirbeln, bis er steht wie eine Eins.« Er brachte den Kreisel an der Schnur meisterhaft zum Tanzen und reichte ihr die Enden zum Halten. Mich durchzuckte es freudig bei der Vorstellung, dass Jonathan für mein Kind Kreisel tanzen lassen würde. Außerdem hatte es mir die Wendung »stehen wie eine Eins« angetan.

Sally hob das Baby an die andere Brust und schob die erste in einen geräumigen, vorne zu schließenden Still-BH.

»Wenn ich dich so sehe, Sally, juckt es mir in den Brustwarzen«, sagte Jane freundlich. »Ich wünschte, ich könnte von vorne anfangen.« Aber Sally musste Ärger loswerden. Sich beklagen galt nicht, und Jane hatte die Regeln verletzt.

»Ich möchte ja nicht erneut Öl in die Flammen gießen«, sagte sie. »Und ich verstehe wohl, was du sagen wolltest, Jane, und im Übrigen wünschte ich wirklich, dass Jonathan sich bemühen wollte, nicht ausfällig zu werden, aber meinst du nicht doch, dass du übertreibst? Roger und ich unterschreiben doch auch nichts. Wir unterrichten beide. Wir holen beide Clare vom Kindergarten, je nachdem, wer von uns in der Mittagszeit frei ist. Alles andere wäre doch egoistisch, oder nicht? Wir haben zwar Regeln – ich koche jeden Abend um die gleiche Zeit für alle, die gerade da sind, und zwar einmal; Roger bringt Clare ins Bett, während ich abwasche; wir arbeiten beide bis zur Bettgehzeit, und wenn Clare wach wird, gehen wir abwechselnd zu ihr – aber ich kann mir nicht vorstellen, ihm deswegen Zettel unter die Nase halten zu müssen.« Für Sally ist das Leben eine einfache Kunst, die sie ganz offensichtlich gemeistert hat.

»Und wer hat ausgerechnet zum Trimesterende ihr Kind bekommen?«, fragte Jonathan, um sie ein bisschen vom hohen Ross zu holen. »Das ist doch die blanke Katastrophe für einen Oxfordmann. Und der arme alte Rogsie so überlastet.«

»Also gut, Jonathan«, sagte Sally etwas ärgerlich, »ich habe das Kind zur Unzeit bekommen. Das entzog sich meinem Einfluss.« Während Sallys höchst vernünftiger kleiner Rede, die irgendwie von so schlichter Bilderbuchmoral war, trafen sich zufällig Jacobs und meine Blicke. Er blies mir einen vollendeten und äußerst unverschämten Rauchring zu, den ich heimlich anerkannte wie einen während der Schulandacht unter der Nase der Direktorin zugesteckten Zettel.

»Roger ist anders«, sagte Jane. »Er war immer schon ernsthaft, fleißig und zuvorkommend. Und du, Sally, du bist auch anders. Du verstehst es weit besser als Katherine, anderen deine Wünsche klarzumachen.«

»Das heißt im Klartext: Du kommandierst andere herum, Schwesterfrau«, sagte Jonathan.

»Das heißt es überhaupt nicht«, sagte Jane. »Sally weiß einfach, was sie will, das ist alles.«

»Im Gegensatz zu dir armem, verhuschtem Wesen«, sagte Jonathan zu mir. »Du lässt alle mit dir machen, was sie wollen, wie? Mein Gott, Ma, dich habe ich nur als Feldwebel in Erinnerung: Tu dies, tu das. Besonders mit Roggs. Putz das

Becken! Spiel Flöte! Wenn du keine Französischvokabeln zu lernen hast, dann schlepp Kohle! Und wenn du damit fertig bist, mach einen Kopfstand und bete das große Einmaleins mit zwölf auf Latein herunter.« Jane lachte.

»Aber ich habe Jahre dazu gebraucht, Jonathan«, sagte sie. »Ich dachte, ich könnte Katherine den Weg abkürzen. Ich habe dich gekränkt, mein Schatz. Es tut mir leid. Es steht mir nicht zu, deiner Frau Ratschläge zu erteilen. Ich hoffe, du kannst dich trotzdem überwinden, mich im Frühjahr kommen zu lassen, um dir den Garten zu machen und mein Enkelkind zu besichtigen. Ich verspreche dir, dass ich mich überaus korrekt verhalten und nicht einmischen werde. Wenn doch, darfst du mich vor die Tür setzen.«

»Schon besser«, sagte er etwas wärmer. »Kriech nur zu Kreuze, alte Kuh. So ist's recht.«

Rosies junger Mann konnte nicht mehr an sich halten.

»Ich muss schon sagen«, platzte er heraus, »wenn auch ungern, alter Knabe, aber es gehört sich wirklich nicht, in diesem Ton mit der eigenen Mutter zu reden. Jedenfalls da, wo ich herkomme.« Die Verlegenheitspause, die auf diesen Ausbruch folgte, trieb Annie die Röte in die Wangen, und Mike starrte unangenehm berührt auf seine Füße. Jacob sah sich auffordernd um, als hätte jemand im Seminar einen Einwurf gemacht und er wartete jetzt darauf, dass jemand ihn aufgriffe. Roger strafte den Jungen mit einem verächtlichen Blick, mit dem er vielleicht früher jemanden bedacht hätte, der ihm die Schuhe putzte.

»Und woher wäre das?«, fragte Jonathan. »Wer bist du überhaupt?« Rosie verlor die Fassung.

»Halt bloß den Mund, Jonathan!«, rief sie. »Jeremy ist mein Verlobter, wenn du's genau wissen willst. Wir sind hergekommen, um dir Auf Wiedersehen zu sagen, und das tun wir hiermit. Oder besser: Auf Nimmerwiedersehen!«

Sie stand zum Gehen auf. Ihr junger Mann folgte ihr und nahm sich nur noch die Zeit, Jane höflich zuzunicken und sich zu verabschieden.

»Auf Wiedersehen, Mrs Goldman«, sagte er. »Auf Wiedersehen, Sir.« Sie ließen uns sprachlos zurück.

»Soll ich ihr nicht lieber nachgehen?«, fragte Annie.

»Lass sie«, sagte Jane. »Alles Unsinn. Glaubt mir, sie meint das nicht so. Rosie ist theatralisch. Wie Jake.«

»Fahr zur Hölle«, sagte Jacob. Er stand auf und eilte seiner Tochter nach.

»Ach, jetzt fällt mir wieder etwas ein, was ich euch beide fragen wollte. Wollt ihr Kopf- und Fußteil von diesem hübschen alten Messingbett haben, in dem Jake und ich früher geschlafen haben? Wir haben die Sprungfedern und die Matratze weggeworfen, aber vielleicht kann euch Roger einen neuen Rahmen basteln. Jacob und ich vertragen es im Doppelbett nicht mehr. Wir schlafen dabei schlecht. Jetzt kommen wir wie Herrschaft von getrennten Betten zusammen.«

»Mutter«, sagte Roger, »auf die Gefahr hin, ungnädig zu klingen, muss ich doch darauf hinweisen, dass mich die Universität dafür bezahlt, zumindest einen Teil meiner Zeit im Mathematischen Institut zu verbringen. Das mag mein Luxus sein, aber es ist auch mein Job.«

»Entschuldige, Roggs«, sagte Jane. »Selbstverständlich ist es das. Ich habe es nur vorgeschlagen, weil du in diesen Dingen so geschickt bist.«

Jane, Jonathan und ich marschierten in Janes Schlafzimmer, um das Bett zu bewundern. Sie hatte die Teile dort an einer Wand stehen.

»Wir könnten sie so mitnehmen und einen Tischler suchen«, sagte ich. »Alles andere ist auch auf dem Dachgepäckträger, warum nicht noch die?«

»Ich bringe sie lieber mit, wenn ich komme, meint ihr nicht?«, sagte Jane. »Dann muss ich auch wirklich kommen.«

»Aber natürlich musst du kommen«, sagte Jonathan. »Du weißt, dass Katherine darauf bestehen wird. Du weißt genau, dass sie dir ganz und gar ergeben ist, du alte Zicke.«

»Ebenso wie ich ihr«, sagte Jane. »Und das eine will ich dir sagen: Ich habe von dir jetzt für geraume Zeit genug Kosenamen gehört, Jontikins. Es betrübt mich, dass mein Intimleben dir so ungemein dürftig erscheint, aber das lag nicht am Mangel an Gelegenheit, glaub mir. Es tut mir leid, wenn du mein Getändel mit John anstößig fandst. Komisch. Ich hatte immer gedacht, Roger würde derjenige sein, der Anstoß nehmen könnte. Er hat immer so hohe Maßstäbe an mich angelegt. Ich habe mir immer schrecklich viel Sorgen um Roger gemacht. Meinst du, es hat ihn schockiert?« Jonathan zuckte mit den Achseln.

»Ich habe so dahergeredet, Ma«, sagte er. »Dreck geschleudert. Zerbrich dir wegen Rogsie mal nicht den Kopf. Er ist erwachsen. Er hat seinen Hamlethut, wie ihn Kath nennt, weggeworfen. Er macht dir alle Ehre. Du hast ihm natürlich gar keine andere Wahl gelassen.«

»Du bist garstig zu mir, Jonathan«, sagte sie. »Du willst, dass ich mir an die Brust schlage. Gut, sollst du haben. Ich mache mir auch Sorgen um Rosie. Ich war ihr nie eine gute Mutter. Sie war immer so ein gewöhnliches kleines Ding, Jonathan. Ich wollte und konnte das nicht akzeptieren. Ich dachte damals noch, alle meine Kinder müssten so sein wie du und Roger. Ich wusste es nicht besser.«

»Sie wird schon wissen, was sie tut«, sagte Jonathan. »Sie wird diesen Kotzbrocken nicht heiraten.«

»Wenn ich euch besuchen komme, darfst du dich nicht von mir bedroht fühlen, ja, Jont?«, bat sie. »Du bist doch hoffentlich nicht halb so verrückt wie dein Vater, oder? Womit ich nichts weiter meine. Er ist so viel mehr, als ich verdient habe. Glaub ja nicht, dass ich das nicht weiß, Jonathan.«

Jonathan war es müde, sich mit ihr zu streiten, mit ihr den menschlichen Spinnentanz aufzuführen, der nichts weiter ausdrückte als den Kummer, ihn zu verlieren, und ihre Trauer um die eigene verlorene Jugend, ihre Liebe zu mir und ihren irrationalen Drang, durch schiere Willenskraft unser Glück zu sichern.

»Katherine wird dir Tag für Tag ähnlicher«, neckte er sie. »Sie bewahrt Schnur und Hemdknöpfe und Bibliothekslesekarten in alten, gesprungenen Krügen auf dem Kaminsims auf. Und sie hat eine Schwäche für diese abstoßende Salzglasurkeramik aus Staffordshire entwickelt.«

»Ich wusste gar nicht, dass du sie nicht leiden kannst«, sagte ich. »Ich finde sie wunderschön.« Jonathan lachte.

»Du hast mich nie danach gefragt. Ich finde sie widerwärtig.«

»Sie ist ganz bezaubernd«, befand Jane abschließend. »Natürlich ist sie das.«

»Sie erinnert mich an Hautausschlag«, sagte Jonathan. »Ich muss immer an schorfige Schrunden denken.«

Jane umarmte Jonathan mütterlich. »Aber das liegt nicht an der Salzglasur, mein Lieber«, lachte sie. »Das liegt an *dir*. Bei allem denkst du an Abstoßendes. Das ist mir erst richtig klar geworden, als ich deinen Roman gelesen habe.«

»Ach, du hast ihn gelesen?«, meinte Jonathan. »Ist das der Grund, weshalb du mich heute so rangenommen hast?«

»Ich habe dich nicht rangenommen, Jont. Ich habe lediglich die Wahrheit über dich gesagt. Dass du eine Pest bist, wie Jake. Ich streite gar nicht ab, dass du es wert bist. Ich war naiv. Vergiss es. Katherine schmeißt die Staffordshirekeramik weg, und ihr werdet glücklich. Aber zu deinem Roman, Jont. Meine Güte, er ist aber auch schmutzig, oder? Wie kommst du dazu, so schmutzig zu sein, Jonathan? Und dabei so gut! Ich fand ihn streckenweise ungemein witzig. Dein Schmutz hat nichts Kleinliches. Es ist stolzer Schmutz. Ganz aufrichtig, er müsste dich berühmt machen. Meinst du nicht auch, Katherine?«

Jonathans Roman fühlte ich mich ehrlich gesagt während der Schwangerschaft nicht gewachsen – dieser munteren, wenn auch makabren, vierhundertseitigen satirischen Halluzination, gespickt mit gespreizten Frauenschenkeln. Ich hatte mir fest vorgenommen, ihn zu lesen, wenn ich stillte, sofern mir dabei die Milch nicht gerann.

»Er erinnert mich an Swift«, sagte sie. »Auch ein Jonathan mit einem bösartigen und großen Geist. Es ist sehr passend, dass du nach Irland gehst.« Jonathan war gebauchpinselt, und auch ein wenig verlegen.

»Zu viel der Ehre, werte Dame«, sagte er. »Weiter so. Du machst mir Mut.«

»Ich dachte, Swift wäre leicht pervers gewesen«, sagte ich. »Oder vielmehr sexuell zurückgeblieben.«

Jane erteilte mir, mit einem Blick, die schulmeisterliche Zurechtweisung.

»Genug davon, Katherine«, sagte sie tadelnd. »Du weißt sehr wohl, was ich meine. Ich denke an die Prosa. Soll ich euch etwas verraten«, fuhr sie in verschwörerischem Ton fort, »obwohl ich nicht petzen dürfte, und das tue ich auch nur ausnahmsweise. Ich habe alles getan, meine Ausgabe heute Morgen vor Sally in Sicherheit zu bringen, aber ich habe den Verdacht, das ist mir nicht gelungen. Ich glaube, sie hat einen Blick riskiert, meint ihr nicht auch? Du stehst heute nicht in ihrer Gunst, ist dir das nicht aufgefallen?« Jonathan zuckte unbeeindruckt mit den Achseln.

Nach Geburtstagsfeier und Lebkuchenmännchen, nachdem die Schulmädchen mit ihren jungfräulich konkaven Bauchnabeln und ihrem nassen Haar sich zurückgezogen hatten, um New-Wave-Kassetten zu hören, nachdem Roger sich verabschiedet hatte und mit seiner Familie – die goldigen Kleinen in Sicherheitsgurte und Tragetaschen geschnallt – wieder Richtung Oxford abgezogen war, nachdem Annie und ihr Freund, bewehrt mit ihren grässlichen Rollerballhelmen, abgebraust waren und Jacob mit Sam zu einem Spaziergang aufgebrochen war, nahmen Jonathan und ich, unter Schwierigkeiten, Abschied von Jane. Wir fuhren in dem Wagen los, den Sam für uns zusammengeflickt hatte, Rücksitze, Kofferraum und Dach voller Gepäck. Jonathan seufzte erschöpft und dankbar.

»Endlich«, sagte er. »Die wären wir erst einmal los.« Jonathan brauchte sich durch meine herzliche Verbundenheit mit seiner Familie nicht weiter bedroht zu fühlen. Er war ihr selbst zugetan, nur war seine Geduld in vielem schneller erschöpft.

»Wenn nur diese Karre weniger vollgepfropft wäre und du weniger hoffnungslos tabu«, meinte er, »dann würde ich mir auf dem nächsten Parkplatz ein diskretes, therapeutisches Schäferstündchen mit dir gönnen.«

»Würdest du das?«, sagte ich. »Ich liebe dich, Jonathan.« Ich sagte es voller Dankbarkeit und ganz nüchtern, weil es stimmte. Ich habe mich ganz allmählich und mit Bedacht in Jonathan verliebt. Das hatte ich noch nie getan.

»Nach meiner Mutter hätte ich es bitter nötig«, sagte er. »Woher nimmt sich die Frau das Recht, über mich zu reden, als hätte sie diesbezüglich einen Patentbrief vom Allmächtigen?« Und dann erging sich Jonathan in Sex-Talk, mit Worten, die für den Akt selbst herhalten mussten, den zu vollziehen uns unratsam erschien.

»Es wird in unserer kleinen Kate heftige und ausgedehnte Orgien geben, Kath«, sagte er. »Viel nachzuholen. Ich werde allmorgendlich meinen Torso von deinen Rippen hieven und dich in einer klebrigen Pfütze meines Spermas zurücklassen.« Jonathan, fiel mir auf, war von seinem Sperma besessener als der Durchschnitt. Er bezog sich gern auf ihn. (Das nur für die psychologische Anamnese.)

»Fein«, sagte ich höflich und ignorierte die Hitzewallung im Schritt.

»Und dann bringe ich dir das Frühstück ans Bett«, fuhr er fort. »Eier und Tee für meine wunderbare, unwiderstehliche, klebrige, schwangere Kath. Wollen wir wirklich dieses alte Messingbett haben? Wäre ein Zwei-mal-zwei-Meter-Kasten nicht vorzuziehen?«

Ich hatte ziemlich romantische Vorstellungen von unserem Leben in dem irischen Häuschen, wenn auch nicht, wie ich hoffte, ohne einen Schuss defensiver Ironie. Mir schwebte eine Art zynischer Romantizismus vor. Das hatte ich von Jane gelernt. Und wenn mein Ziegenhirte in Milchflaschen pinkelte und sich von mir aushalten ließ! Er warnte mich, dass er in Wirklichkeit auch nicht besonders gut Querflöte spiele, obwohl es für meine Ohren tadellos klang. Ich sah mich vorm Kamin sitzen und keltische Nebelschwaden und Schatten in mein Tuch weben. Ich sah Jonathan von seiner Schreibmaschine aufstehen und zum Holzhacken rausgehen, wie eine Figur von Ingmar Bergman, und das Kind, Fäustlinge an den Handgelenken baumelnd, ihm hinterhertapsen.

»Übrigens brauchst du gar nicht zu meinen, ich hätte nicht gesehen, wie du die Schulmädchen begafft hast«, sagte ich herausfordernd. Jonathan lachte und legte die Hand auf meinen Schenkel.

»Knusprig, die kleine Blonde in Drillich, nicht?«

»Die Strickmaschine da hinten gehört mir«, erwiderte ich. »Ich besitze die Produktionsmittel, also sieh dich ja vor.«

49

Das Häuschen war zauberhaft. Es wurde von lieben Freunden zusammengesetzt wie ein buntes Harlekinkostüm. Annie und ihre Mitbewohner, entschädigt nur durch eine Woche auf dem Land und heiße Suppen, kampierten Weihnachten auf dem Fußboden und weißten sämtliche Wände. Ein sehr netter einheimischer Tischler fertigte mehrere Türen, die Fußleisten und eine Küchenarbeitsplatte an. Er setzte uns Fensterbänke ein, die breit genug zum Sitzen waren und die ich mit Kissen versah. Wir legten Maisstrohteppiche aus. Ich nähte Patchworkgardinen und stürzte mich mit Wonne auf das, was Jacob – der Mistkerl – die »frauliche Kunst, ein Heim zu schaffen« nannte. Annie skulptierte einen Fries um den Kamin, da ihr kein süffisanter Roger über die Schulter schaute, sondern nur Mike, der mit anpackte. Jonathan tippte und angelte, wie Jane es vorhergesagt hatte, aber er fütterte uns auch und feuerte uns an. Es gab Tage, an denen ich glaubte, wir müssten erfrieren. Zu Weihnachten schenkte mir Jonathan eine Daunenweste und lange Männerunterhosen. Sally schickte uns mit Annie ihre Babytragetasche und unzählige Baby-Gro-Strampler. Roger schickte Jonathan per Post einige wohlwollende Rezensionen aus den Zeitungen. Das Baby war ein Mädchen, ein Kaiserschnitt, und wurde zunächst unter einer Gipsfigur der Jungfrau Maria und dann auf dem Matratzenlager in unserem Schlafzimmer gestillt. Ich versuchte, dabei Jonathans Roman zu lesen, musste ihn aber weglegen und auf *Emma* zurückgreifen, das wohl mein Lieblingsbuch bleiben wird. Jonathan, der mir in der Tat Eier ans Bett brachte, badete die Kleine in der Plastikabwaschwanne zu meinen rekonvaleszenten Füßen. Sie war ganz anders als mein anderes Baby: eine Nachteule, unruhig und gierig. Wir nannten sie Stella, ein Name, auf den uns Janes Erwähnung von Swift gebracht hatte, weil Jonathan daraufhin ein Lieblingsgedicht seiner Jugend wieder eingefallen war, eines von Swifts Geburtstagsgedichten für Stella:

Stella this Day is thirty-four
(We shan't dispute a Year or more)
However Stella, be not troubled,
Although thy Size and Years are doubled,
Since first I saw Thee at Sixteen
The brightest Virgin on the Green,
So little is thy form declin'd
Made up so largely in thy Mind.

Jane kam, sie trug auch jetzt Kaschmir, gegen den Wind, und das Haar zu einem gouvernantenhaften Dutt hochgesteckt. Sie entführte mich in die Baumschulen, wo sie für uns die besten und widerstandsfähigsten Apfelbaumsorten aussuchte und ein sorgfältig gestaffeltes Sortiment an Sträuchern und Kletterpflanzen, damit unser Garten auch im Winter noch »dem Auge etwas zu bieten« hätte. Sie kaufte uns Behälter zum Verbrennen und Kompostieren, Gartengeräte und einen futuristischen Rasenmäher.

»Schenke ich euch«, sagte sie, als wir ihr das Geld geben wollten. Sie war unschlagbar, wenn es darum ging, beim Steineausgraben einen Spaten in die Erde zu treiben.

»Dieser muss im Herbst zurückgeschnitten werden, Jont«, dozierte sie. »Hör mir zu, sonst hast du mich im

September wieder am Hals.« Jonathan weigerte sich, mit uns einkaufen zu fahren. Er meinte, er habe in seiner Kindheit lange genug darunter gelitten, wie sie in schneidendem Upperclass-Ton die Verkäufer anraunzte.

»Ich mag meinen Tonfall genauso wenig wie du«, sagte sie, »und wenn ich die Leute anraunze, dann nur, weil ich mich vor ihnen fürchte, Jonathan. Ich habe eben nicht das Auftreten und den sicheren Umgang deiner Katherine.«

»Ich?«, rief ich bass erstaunt.

»Die?«, staunte Jonathan gleichfalls.

»Was glaubt ihr, warum ich meine vielen süßen Babys bekommen habe?«, fragte sie. »Auf diese Weise konnte ich sicherstellen, dass ich nie arbeiten gehen müsste. Du kennst mich doch, Jont. Ich hätte nicht einmal einen Blumenkiosk betreiben können.«

»Du hast aber immer außergewöhnlich gut Klavier gespielt«, sagte Jonathan sanft.

»Du meinst, ein Job als Klavierbegleitung für die samstäglichen Ballettstunden im Gemeindehaus wäre mir sicher gewesen?«

»Weshalb machst du dich so klein?«, fragte Jonathan.

»Tun das Frauen nicht immer?«

»Nur, bis sie *Spare Rib* in die Finger kriegen«, sagte Jonathan. Seit wir uns zusammengetan hatten, las er die eine oder andere Nummer dieses Periodikums, das ich sporadisch einbrachte, aber er hielt nicht sonderlich viel von ihm.

»Das ist aber nichts für nette alte Damen wie mich, oder?«, meinte Jane. »Das ist was für emanzipierte junge Frauen.«

»Es ist was für vergewaltigte Lesben«, sagte Jonathan. »Und jetzt haut gefälligst ab und besorgt mir ein paar verdammte Apfelbäume, ihr zwei.« Das taten wir auch, ließen das Baby im Tragetuch – günstig bezogen über *Spare Rib* – an Jonathans Brust und mussten, natürlich, bei unserer Rückkehr feststellen, dass sie verzweifelt an der Wolle seines Pullovers über den milchlosen Warzen nuckelte.

»Mir gefällt es hier«, sagte Jane beim Tee, während ich das Baby stillte. »Jake hat sich geirrt, nicht? Es bekommt euch ausgezeichnet. Ich könnte ewig bleiben. Rosie ist wild entschlossen, ihren jungen Mann zu heiraten, wisst ihr. Und genau das ist es, was mich daheim erwartet – die Hochzeitsvorbereitungen.«

50

Das Letzte, wovon ich berichten werde, ist Rosies Hochzeit. Es war einer dieser Anlässe, wo die Familien von Braut und Bräutigam sich gegenüberstehen wie Fußballmannschaften vorm Match – erkennbar an den Farben. Die geschmackvollen Hüte fanden sich zum Glück alle in unserem Lager. Jonathan und ich schlüpften – nach einer halben Nacht Anreise – neben Jane in die Bank und stellten die Tragetasche auf dem Boden ab. Im selben Moment hob die Orgelmusik an.

»Sie atmet durch den Mund, deine Kleine«, flüsterte mir Jane über Jonathan hinweg zu. Rosie machte jetzt in weißer Altasseide an Jacobs Arm ihren Weg den Mittelgang hinunter. »Ein Anblick für die Götter«, murmelte Jane etwas verbittert.

»Sei still und benimm dich«, zischte Jonathan.

Ich fand Rosie nach dem Hochzeitsempfang im Haus ihrer Eltern dabei, sich in Sylvias Schlafzimmer aus der weißen Altasseide zu kämpfen.

»Der verflixte Reißverschluss klemmt«, sagte sie. »Hilfe!« Wir rangen kichernd damit, bis sie endlich in der Unterhose dastand.

»Du hast umwerfend ausgesehen«, sagte ich, was stimmte. Rosie lachte – eine Idee überspannt.

»Ist es nicht ein Witz?«, meinte sie. »Mein Gott, ob Jeremys Mutter auch nur den blassesten Schimmer hat, mit wie vielen Männern ich geschlafen habe?«

»Was ziehst du jetzt an?«, fragte ich.

»Das da«, antwortete sie. Sie zog ein ziemlich extravagantes braunes Seidending unter einem Mantel auf dem Bett hervor. »Jacob ist einen ganzen Tag lang mit mir in der Regent Street herumgelaufen und hat nur Schecks unterschrieben«, sagte sie. Sie stieg in das Kleid und bewunderte sich im Spiegel. »Ich bin nur froh, dass John Millet das nicht miterleben musste«, sagte sie. »Er hat mir immerhin eine große Zukunft prophezeit. Hat er die ganze Nummer mit dir auch abgezogen, Katherine? Ich meine das heiße Bad und die schwarzen Laken und das alles?« Ich nickte.

»So ähnlich«, sagte ich. »Ich glaube, es ging dabei letztlich irgendwie um Macht.«

»Meinst du, dass er es mit Ma auch durchexerziert hat?«, fragte sie.

»Ich glaube, Jake war schneller«, sagte ich. Rosie betrachtete sich im braunen Seidenkleid im Spiegel.

»Manchen fällt das Glück einfach zu, oder?«, meinte sie. »Der einzige Mann, für den ich jemals etwas empfunden habe, hat sich umgebracht. Hat sich die Pulsadern mit so einem Messer aufgeschlitzt, mit dem man Teppiche verlegt. Du weißt schon, wie sie Tischler auch haben. Du hast ihn übrigens kurz kennengelernt. Er war an dem Tag mit, an dem du zurückgekommen warst. Als Jane operiert worden war. Erinnerst du dich?«

»Ja, ich erinnere mich«, sagte ich.

»Erzähl es nicht den Eltern«, bat sie. Sie schien entschlossen, einsam zu bleiben. »Wozu auch? Sag Jonathan, dass es mir leidtut, dass ich ihn angebrüllt habe, das letzte Mal. Ich mag Jonathan. Er hat mir geholfen, mein Cello zu verlieren, als ich klein war. Das war meine Rettung. Ich habe keinen Grips, verstehst du. Nicht für die Dinge, die meine Mutter interessieren. Du warst für mich sehr wichtig. Ich bin oft in dem Kleid schlafen gegangen, das du mir gestrickt hast, ich habe deine Schrift nachgeahmt, ich habe sogar bei John mal ein Porträt von dir geklaut, als ich fünfzehn war. Ich habe es immer noch irgendwo. Du siehst darauf aus, als würdest du jeden Moment in Tränen ausbrechen.« Rosie lachte. »Ich bin ein klitzeklein wenig betrunken«, sagte sie. »Wie auch immer: Auf in die Hochzeitssuite.« Am Fuß der Treppe hatte Roger Jonathan beiseite gezogen. Ich hörte, wie er mit seinem alles übertreffenden Snobismus von Rosies Schwiegermutter sagte: »Wie die Frau des Gemüsehökers nach einem großen Lottogewinn.«

»Wer, ich?«, sagte ich, um ihn in Verlegenheit zu bringen, denn Aggression ist das einzige Mittel, das ich kenne, die schmerzliche Anwesenheit Rogers zu ertragen. »Jon, lass uns gehen; hol die Tragetasche und lass uns hier verschwinden.«

Jacob brachte uns zur Tür. »Du warst sehr überzeugend, Jacob«, sagte ich. »Der ›wahre Jacob‹.« Jacob lächelte tapfer.

»Das ist das letzte Mal, dass ich eine Tochter zum Altar führe«, meinte er. »Die nächste verkaufe ich.«

An diesem Tag sah ich Jacob zum letzten Mal. Kurz darauf fällte ihn eines Sonntagmorgens ein Herzinfarkt in seiner schönen Küche. Er formte noch mit den Lippen Worte, die Jane nicht verstand. Zu Ehren seines teuren und glorreichen Andenkens will ich hier erklären, dass ich mir nichts Dialektisches ohne Verschlusslaute denken kann und *Liebende Frauen* nicht ohne beschleunigten Atem im Unterholz. Ich habe hin und wieder an Jacobs Vorwort denken müssen, das mich einst so beeindruckt hat, zumal mich Jonathan seither in einem seiner eigenen erwähnt hat.

Jacobs ist, natürlich, eine Glanzleistung an Verlogenheit, durch und durch. Wie immer entscheidet er sich für beide Heuhaufen. Er erteilt, unter dem Deckmantel einer Galanterie, sowohl Jane wie auch seinen Kollegen Seitenhiebe. Was er wirklich sagen will, ist, dass seine Kollegen die schlechteren Frauen haben: diese armen, tumben Wesen, die gegenlesen und kommentieren, während das eigene Weib als Göttin über alledem steht. Was er gleichzeitig aber auch sagt, ist: »Verdammt noch mal, Janie, warum kannst du mir nicht eine ordentliche Frau sein?« Die größte Unaufrichtigkeit von allen ist seine Beteuerung, er hätte sich »niemals zu erwarten angemaßt«, sie unverändert an seiner Seite vorzufinden. Natürlich hat er das. Er ist ganz selbstverständlich davon ausgegangen, genauso wie er davon ausgegangen ist, dass die Milch und der *Guardian* pünktlich zum Frühstück geliefert würden. Jonathan erwähnt mich dagegen so:

»Dank an Katherine,
deren Einnahmen den Sockenbetrag sicherten.«

Nachwort

Ich las *Fliegender Wechsel* als Studentin an der Universität. Seitdem weiß ich, was man mit einer modernen weiblichen Erzählstimme alles machen kann. Und diese unverwechselbare Stimme ist mir in den folgenden zwei Jahrzehnten so klar in Erinnerung geblieben, dass ich noch heute zahlreiche Passagen oder Bemerkungen aus dem Roman auswendig zitieren kann. Es gibt viele, viele Bücher, die ich bewundere, doch dieses spezielle Kompliment kann ich nur wenigen machen.

Das liegt vermutlich daran, dass *Fliegender Wechsel* ausdrücklich zu *mir* sprach. Die Geschichte einer eigenwilligen jungen Frau mit literarischem Geschmack und einem Sinn für Humor, die sich ihren Weg durch eine Welt der Männer sucht und, indem sie die Hand nach der Liebe ausstreckt, wie von einer Brennnessel berührt in Leid und Unterwerfung versinkt, betraf mich ganz persönlich. Es schien mir, als sei der gesamte Roman lediglich eine Verlängerung der Interessen seiner Heldin sowie meiner eigenen. Er war das Leben selbst als literarisches Unterfangen, er erzählte Persönliches wie einen Schelmenroman.

Wir lernen Katherine kennen, als sie sich anschickt, in das Gebirge der Erfahrung hinaufzusteigen, mit nicht viel mehr als einem Talent, sich hübsch zu machen, und einem Studienplatz für Philosophie. Wir verabschieden uns von ihr Jahre später, als sie den Gipfel des Glücks erreicht hat. Beim Lesen fragte ich mich, ob Katherine ihrem Leben selbst diese lektüretaugliche Form gegeben hatte. Oder spiegeln Romane doch nur den Verlauf des Schicksals mit all seinen Windungen, die den Blick auf das Ziel versperren, aber nie die Hoffnung auf eine Ankunft zunichtemachen? Während ich Katherine auf ihrem steinigen Weg begleitete, fand ich Anzeichen für beides. In ihrer Welt der durchkreuzten Liebe und gescheiterten Gefühle schien mir der deterministische Hintergedanke vieler Romane eine Rolle zu spielen. Und der verschmitzte englische Titel des Romans, der auf William Butler Yeats als den weniger berühmten Bruder von Jack anspielt, enthält ja einen gewissen Trost für die Glücklosen, die sich in Angelegenheiten des Herzens unentwegt vertun. Als Neunzehn- oder Zwanzigjährige hatte ich den Eindruck, in Barbara Trapido eine neue, unglaublich mitfühlende Freundin gefunden zu haben.

Es ist jedoch nicht ungewöhnlich, dass sich die Kunst des Schreibens und die Kunst des Lebens im ersten Buch einer Autorin umeinanderwinden. Das, was man gern Bildungsroman nennt, ist häufig das schüchterne Debüt sowohl der Schriftstellerin als auch ihrer Hauptfigur, bei dem sich die beiden gemeinsam gewisse, jeweils eigene Fertigkeiten auf dem Gebiet der zwischenmenschlichen Angelegenheiten aneignen, und das vor den Augen der Lesenden. *Fliegender Wechsel* ist ein derart durchdachtes Beispiel dafür, dass man es beinahe als Kommentar dazu lesen könnte: Tatsächlich belegen seine klugen Einschübe zu Fragen des Lesens und Schreibens dieses Bestreben. Von den ersten Zeilen an ist klar, dass wir es mit einem Bericht über das Unerfahrensein zu tun haben, der alles andere als schüchtern klingt, der so reich an Gewürz ist wie an literarischen Anspielungen, und genau damit erhebt der Roman seinen Hauptanspruch auf Originalität. Wenige Schriftsteller*innen mit einem Talent wie Barbara Trapido können es sich lange verkneifen, ihr ganzes Repertoire zu entfalten und ihre auktoriale Stimme zu Wort kommen lassen, wie ungeschickt auch immer. Aus diesem Grund gibt es auch nur wenige moderne Erzählungen von der ersten Liebe und ihren Enttäuschungen, die so umfassend gelungen, so wunderbar unanständig und auf so amüsante Weise beglückend für Männer wie Frauen aller Generationen sind wie diese.

Nicht zuletzt ist die Geschichte von Katherine, dem einzigen Kind einer prüden Witwe aus der Vorstadt, und ihren Beziehungen zu den Goldmans, einer achtköpfigen, unverblümt wollüstigen künstlerischen Familie, deren Oberhaupt ein gutmütiger jüdischer Intellektueller ist, ein Porträt eines ganz besonderen England: Wir tauchen ein in das Mittelschichtengland in all seiner unbesungenen Vielfalt und moralischen Verwirrung, dessen Angehörige fortwährend darum kämpfen, in allen Bereichen von der Kunst bis hin zum Sex das Richtige und das Falsche zu definieren. Es ist ein England, in dem marxistische Überzeugungen auf Spitzengardinen treffen und Feministinnen auf Hausfrauen. Ein England, in dem eine Menge Selbstfindung betrieben wird, während die jüngere Generation sich mit den überkommenen Geschlechterrollen, Traditionen und Verantwortungen auseinandersetzt. Auch deshalb ist *Fliegender Wechsel* so ein amüsantes Buch. Sein Humor ist der der Außenseiterin – wie auch die Autorin, die aus Südafrika nach England verpflanzt wurde, eine war –, und Barbara Trapido haucht der englischen Gesellschaftskomödie mit der Begeisterung des Neulings frisches Leben ein.

Doch *Fliegender Wechsel* ist vor allem ein Buch über das Schicksal. Es folgt Katherine in ihr Leben als erwachsene Frau, in Ehe, Exil, Mutterschaft und tatsächlich auch Tragödie; und dann bringt es sie unerbittlich dorthin zurück, wo alles begann. Was wie eine Reise erscheint, ist in Wahrheit ein langsamer Prozess des Erkennens. Es ist ja eine der Besonderheiten der Jugend – und vor allem der ersten Zeit des Erwachsenseins –, dass die Erfahrungen uns formen, dass Ereignisse eine Bedeutung haben, die wir als fast schon vorbestimmt empfinden, so als würden unsere Phantasien und Illusionen in dem Moment, in dem sie das erste Mal auf die Realität treffen, aushärten und sich verfestigen. Vielleicht ist dieser Moment das erste – und bisweilen einzige – Mal, dass wir uns als Teil einer Handlung fühlen, einer Folge von Ereignissen, die nicht beliebig sind, sondern bedeutsam, zu unserem Besten oder gar moralisch. Später werden wir verstehen, dass wir diesen Ereignissen ihre Bedeutung verliehen haben, aber im Moment selbst fühlten wir uns, als sei es umgekehrt. *Fliegender Wechsel* hält genau jene Mischung aus Leichtsinn und Unauslöschbarkeit fest, die die Atmosphäre dieses Geschehens erfüllt. In unserer Unschuld, oder indem wir diese verlieren, werden wir geprägt in einer Weise, die wir später zwar untersuchen, aber nicht mehr ungeschehen machen können. Dieser Roman lehrt uns, unsere Leben noch einmal zu lesen, noch einmal hinzuschauen und zu verstehen, was wir beim ersten Mal übersehen haben.

Rachel Cusk

Barbara Trapido

Barbara Trapido wurde 1941 in Südafrika geboren und zog nach ihrem Studium nach London. Dort arbeitete sie zunächst als Lehrerin, widmete sich aber ab 1970 ganz dem Schreiben. Gleich ihr erster Roman *Fliegender Wechsel* gewann 1982 den Whitbread Prize, für den auch mehrere ihrer späteren Werke nominiert wurden. Barbara Trapido lebt in Oxford.

Uda Strätling

Uda Strätling, Jahrgang 1954, verlebte ihre Kindheit und Jugend in den USA, Osteuropa und Afrika und kehrte erst zum Studium der Publizistik und Germanistik an der LMU München nach Deutschland zurück. Heute lebt sie in Hamburg und übersetzt seit gut zwanzig Jahren englischsprachige Literatur und Lyrik, darunter Werke von Teju Cole, Claudia Rankine, Marilynne Robinson u.a.

Bitte beachten Sie auch die folgenden Seiten.

DÖRLEMANN VERLAG

Sabine Eschbach
Seerauchen
Roman

Unter der Herrschaft der Nationalsozialisten ist Anderssein gefährlich – lebensgefährlich. Und Josef ist anders. Geräusche und Stimmen füllen seinen Kopf mit Farben, kleinste Veränderungen in seinem Alltag, verunsichern ihn; erst mit sieben Jahren spricht er sein erstes Wort. Nach heutigem Verständnis würde man ihn dem Autismus-Spektrum zuordnen. In einem Dorf am deutschen Bodenseeufer führen Josef und seine Mutter Martha ein karges Bauernleben am Rande der Dorfgemeinschaft. Als Josef endlich zur Schule gehen darf, scheint sich sein sehnlichster Wunsch zu erfüllen: Dazugehören. Unter der fördernden Obhut des Lehrers entfaltet er seine besonderen Begabungen.
Über die Jahre jedoch macht sich die NS-Diktatur auch in seinem entlegenen Dorf bemerkbar, und das Gift der Propaganda beginnt zu wirken. Der Hass auf Josef wächst, seine wenigen Vertrauten beginnen zu verschwinden, und Josef muss sich entscheiden.

Sabine Eschbach erzählt einfühlsam und poetisch von der Farbenpracht einer ganz besonderen Weltwahrnehmung, aber auch von der Gefahr des Andersseins.

DÖRLEMANN VERLAG

Kate Chopin
Das Erwachen

Roman

Aus dem amerikanischen Englisch von Melanie Walz
Mit einem Nachwort von Barbara Kingsolver

Kate Chopins berühmtester Roman gilt als Meilenstein der feministischen Literatur und nimmt die Klassiker des Modernismus vorweg. Wir tauchen tief ein in das Bewusstsein der jungen Mutter Edna Pontellier, die in einem Sommerurlaub am Meer allmählich beginnt, ihr konventionelles Leben zu hinterfragen. Während ihr Mann weiter seinem Beruf nachgeht, verbringt Edna den Großteil ihrer Zeit im Gespräch mit anderen Frauen am Strand. Sie lernt schwimmen, beginnt wieder zu malen – und verliebt sich in Robert, der jedoch bald aus ihrem Leben verschwindet.
Nach dem Ende der Sommerferien kehrt Edna verändert in ihr altes Leben zurück. Sie möchte die neuentdeckten Freiheiten nicht aufgeben und entfremdet sich immer mehr von ihrem Mann, beginnt schließlich sogar eine Affäre. Doch sie kann Robert nicht vergessen, den sie bei ihrem nächsten Aufenthalt am Meer tatsächlich wiedersieht. Aber Edna und Robert müssen sich trennen – und Edna gibt sich der Verzweiflung hin.

Einer der größten Texte der amerikanischen Literatur – in einer furiosen Neuübersetzung von Melanie Walz.

DÖRLEMANN VERLAG

Theres Essmann
Schwarzer Schwan
Roman

Der Taxifahrer Jürgen Krause ist zunächst nicht sonderlich angetan von seinem Fahrgast, einem älteren, etwas arroganten Herrn mit düster-melancholischer Ausstrahlung, der sich als Federico Temperini vorstellt. Doch allmählich gewährt ihm sein Gast Einblicke in sein einsames Leben und seine Obsession mit dem »Teufelsgeiger« Niccolò Paganini. Krause wird neugierig, und eine Art Freundschaft entwickelt sich zwischen den beiden so unterschiedlichen Männern.
Dabei hat Krause ganz andere Sorgen, denn seit seine Ex-Frau wieder einen Lebensgefährten hat, fürchtet er den Kontakt zu seinem jugendlichen Sohn Leo zu verlieren. Es dauert eine Weile, bis er merkt, dass die Gespräche mit dem älteren Herrn auch ihm guttun.

»Mit nur wenigen Pinselstrichen erzählt Theres Essmann gleich drei pralle Leben. Eine wunderbar melancholisch-heitere Geschichte auf engstem Raum.«
Silke Arning / SWR

DÖRLEMANN VERLAG

Jokha Alharthi
Herrinnen des Mondes
Roman
Aus dem Arabischen und mit einem Nachwort von Claudia Ott

Das Dorf al-Awafi in Oman ist die Heimat dreier Schwestern: Mayya, die mit gebrochenem Herzen die Ehe mit Abdallah eingeht, Sohn des wohlhabenden Kaufmanns Sulayman. Asma, die aus Pflichtgefühl Khalid heiratet, einen selbstverliebten Künstler. Und Chaula, die alle Anträge ablehnt, während sie auf ihren Geliebten wartet, der nach Kanada ausgewandert ist und nur alle zwei Jahre zurückkehrt. Drei Frauen, drei Blickwinkel auf Oman und eine traditionelle Gesellschaft, die sich nach der Kolonialzeit zwischen Tradition und Moderne neu definieren muss – wie die Frauen auch. Und dann ist da noch die rätselhafte, betörende Zarifa, die als Sklavin nach Oman kam, von Sulayman gekauft und seine große Liebe wurde.

Ein vielstimmiger Roman über das Leben, Lieben und die Träume von Frauen in einer traditionell patriarchalischen islamischen Gesellschaft.

Ausgezeichnet mit dem International Booker Prize

DÖRLEMANN VERLAG

Penelope Lively
Nachtglimmen

Roman

Aus dem Englischen von Ulrike Miller
Mit einem Vorwort von Elif Shafak

Claudia Hampton war Kriegsreporterin, sie ist Schriftstellerin und Historikerin. Eine kluge und selbstbewusste Frau, berühmt, in ständiger intellektueller Auseinandersetzung mit ihrer Umgebung und sich selbst. Jetzt, todkrank in einem Krankenhausbett, blickt sie zurück. Persönliche Erinnerungen gehen nahtlos über in politische Ereignisse. Sie erzählt von einer Kindheit kurz nach dem Ersten Weltkrieg, über den Zweiten Weltkrieg und darüber hinaus. Alles in ihrem Leben ist Gegenwart: Kindheit und Krieg, Ägypten und England, die ganze Welt und ihre Vergangenheit.
Aber Claudias Geschichte ist auch mit anderen verwoben, und sie muss denen, die sie kannten und liebten, die Möglichkeit geben, zu sprechen. Da ist Gordon, ihr Bruder und Rivale. Jasper, ihr unzuverlässiger Liebhaber und Vater von Lisa, Claudias kühler, konventioneller Tochter. Und dann ist da noch Tom, ihre einzige große Liebe, und jener tragische Zwischenfall in der Wüste.

»Dieser Roman ist einer der besten Booker-Preisträger aller Zeiten. Ein wunderbares Buch.«
The Guardian, London

DÖRLEMANN VERLAG

Virginia Woolf
Mrs Dalloways Party
Stories

Aus dem Englischen und mit einem Nachwort
von Hans-Christian Oeser

In ihrem konzeptionell wohl bedeutendsten Roman *Mrs Dalloway*, der zugleich ein Klassiker der Moderne ist, zeichnet Virginia Woolf einen einzigen Tag im Leben einer Frau nach: Clarissa Dalloway, die die letzten Details einer Abendgesellschaft der *upper class* organisiert. Bevor Virginia Woolf dieses Meisterwerk schrieb, tastete sie sich mittels einer Reihe von Kurzgeschichten an die Party heran.
Sie erzählen von einer nervösen jungen Frau, die sich darüber ärgert, dass die anderen Gäste über ihr gelbes Seidenkleid lachen, und von zwei Menschen, die sich in Clarissa Dalloways Salon zum ersten Mal begegnen. Die Erzählungen spielen vor, teils während und schließlich gegen Ende der Party, die bei Virginia Woolf zum Mikrokosmos der Gesellschaft wird.